URSULA HAHNENBERG

Wolfstanz

GOLDMANN
Lesen erleben

Buch

In einer nebligen Nacht wird Julia Sommer, Försterin im Ebersberger Forst, zu einem Wildunfall auf einer der Durchgangsstraßen im Wald gerufen. Auf den ersten Blick sieht alles danach aus, als wäre das Reh von dem Auto erfasst und getötet worden. Doch Julia kommen Zweifel. Wurde das Tier nicht etwa angefahren, sondern gerissen? Womöglich von einem freilaufenden Wolf, der vor Kurzem in der Gegend gesichtet wurde? Als kurz darauf die sechzehnjährige Leonie vom Joggen im Wald nicht mehr zurückkehrt, ist die Dorfgemeinschaft von Grafenried erst recht in heller Aufregung. Auch Julia, ihren Sohn Florian und ihre Großmutter Martha nimmt das Verschwinden der liebenswerten Schülerin sehr mit, schließlich passte sie oft auf Flo auf. Als dann tatsächlich Leonies Leiche mit verdächtigen Bissspuren gefunden wird, steht für die meisten Dorfbewohner fest: Das junge Mädchen muss dem Wolf zum Opfer gefallen sein. Plötzlich gibt es kein Halten mehr, und eine wilde Hetzjagd beginnt. Nur Julia ist skeptisch. Denn sie glaubt nicht an das Märchen vom bösen Wolf …

Weitere Informationen zu Ursula Hahnenberg sowie zu lieferbaren Titeln der Autorin finden Sie am Ende des Buches.

Ursula Hahnenberg

Wolfstanz

Kriminalroman

GOLDMANN

Der Verlag weist ausdrücklich darauf hin, dass im Text enthaltene externe Links vom Verlag nur bis zum Zeitpunkt der Buchveröffentlichung eingesehen werden konnten. Auf spätere Veränderungen hat der Verlag keinerlei Einfluss. Eine Haftung des Verlags ist daher ausgeschlossen.

Dieses Buch ist auch als E-Book erhältlich.

MIX
Papier aus verantwortungsvollen Quellen
FSC® C014496

Verlagsgruppe Random House FSC® N001967

1. Auflage
Originalausgabe Mai 2017

Umschlaggestaltung: UNO Werbeagentur, München
Umschlagmotiv: plainpicture/Mohamad Itani; gettyimages/Kristin Hanisch
KS · Herstellung: kw
Satz: KompetenzCenter, Mönchengladbach
Druck und Bindung: GGP Media GmbH, Pößneck
Printed in Germany
ISBN: 978-3-442-48594-9
www.goldmann-verlag.de

Besuchen Sie den Goldmann Verlag im Netz

Für Oma

Prolog

Sie rannte den Forstweg entlang, der eine schnurgerade Schneise in den Fichtenwald riss. Panisch warf sie einen Blick über die Schulter und stolperte, fing sich aber wieder und rannte weiter. Er war immer noch hinter ihr. Und er hatte an Tempo zugelegt. Ihre Seite schmerzte, und sie atmete heftig und ungleichmäßig.

An der Wegkreuzung verlangsamte sie ihren Schritt. Sollte sie abbiegen und Richtung Dorf rennen? Nein, das gäbe ihm nur die Möglichkeit, zwischen den Bäumen hindurch abzukürzen und sie einzuholen. Erneut blickte sie sich um. Er kam immer näher. Wie lange würde sie ihren Vorsprung noch halten können?

Sie beschleunigte wieder und rannte weiter den Forstweg entlang. Die Fichten wurden von niedrigen Laubbäumen abgelöst. Sie musste runter vom Weg und sich in den Wald schlagen. Dort hätte sie eine Chance, könnte sich verstecken und ins Dorf zurückkehren, wo man ihr helfen würde. Sie retten. War er noch hinter ihr? Sie wagte es nicht, sich wieder umzusehen, aus Angst zu stolpern und hinzufallen. War er da? Sie vernahm nur noch das Rauschen ihres Blutes in den Ohren und ihren keuchenden Atem. Der Wald war totenstill.

Sie verließ den Forstweg und lief ins Dickicht. Hier kam sie langsamer voran. Zweige schlugen ihr ins Gesicht, und ihre Füße sanken in den weichen Waldboden ein. Jeder Schritt kostete sie Kraft, ihre Lunge und Beine schmerzten. Sie bahnte sich einen Weg durch die dicht stehenden Bäume, Zweige mit jungen Blättern stoben an ihr vorbei. Verhöhnten sie, raunten ihr zu, dass sie es nicht schaffen würde, dass sie verloren sei.

Sie spürte einen heftigen Schmerz im Gesicht. Was war das? Ein widerspenstiger Ast, gegen den sie mit dem Kopf geprallt war. Ihre Stirn blutete.

Egal. Weiterrennen. Einen Fuß vor den anderen.

Den Schmerz ignorieren. Laufen.

Leben.

Dann hörte sie das Bellen.

Donnerstag, 5. Mai 2016,
Christi Himmelfahrt

Sonnenaufgang	05:48 Uhr
Sonnenuntergang	20:33 Uhr
Minimaltemperatur	1,4 °C
Maximaltemperatur	15,8 °C
Erdbodenzustand (6UTC)	trocken
Niederschlag	0 l/m²
Sonnenscheindauer	10,9 h
Waldbrandgefahrenstufe	2 (gering)
Namenstage	Irene, Jutta, Sigrid

Eins

Auf der Staatsstraße mitten im Forst leuchteten Julia die Lichter der Warnblinkanlage entgegen und fraßen ein bedrohliches Loch in die tiefe Dunkelheit. Der nächtliche Nebel schien jedes bisschen Helligkeit nach wenigen Metern zu verschlucken. Ihre Augen brannten von der Anstrengung, die Straße zu erkennen, und sie konnte ein Gähnen nicht unterdrücken. Sie hasste es, nachts aus dem Bett geklingelt zu werden, aber das gehörte auch zu ihrem Job als Försterin.

Vor dem Opel, der mitten auf der Fahrbahn stand, bremste sie ab, wendete und parkte den Landrover hinter dem Wagen am Straßenrand. Sie drückte auf den Schalter für die Warnblinkanlage, und auch der alte Landy sendete ein pulsierendes Licht in die kühle Nacht.

Kaum war sie aus dem Auto gestiegen, kam ein älterer Mann auf sie zu. Obermeier, der Anrufer. Im rhythmischen Schein der Warnleuchten tanzten die winzigen Wassertröpfchen des Nebels durch die Luft. In der Dunkelheit konnte Julia Obermeiers bärtiges Gesicht nur schemenhaft erkennen, nur sein weißes Hemd über dem rundlichen Bauch leuchtete unter der dunklen Jacke hervor.

»Da sind Sie ja endlich. Ich warte schon eine Ewigkeit.« Er nuschelte ein wenig beim Sprechen, als wäre er nicht ganz nüchtern, und Julia vermutete, dass das auch der

Grund war, warum er sie angerufen hatte und nicht die Polizei.

»Grüß Sie, Herr Obermeier.« Julia sah auf ihr Handydisplay. 02:36 Uhr. »Es ist nicht einmal fünfzehn Minuten her, dass Sie mich angerufen und aus dem Bett geholt haben. Schneller ging es nicht. Was ist denn passiert?«

»Nix ist passiert. Ich bin mir ganz sicher, dass nichts passiert ist. Ich hab das Reh nicht überfahren. Das lag schon da.«

Ja klar. Julia unterdrückte ein Stöhnen. »So was passiert manchmal. Bei Dunkelheit sieht man oft nicht, wenn ein Reh auf die Straße läuft. Das ist ganz normal.«

»Das Reh ist nicht auf die Straße gelaufen, das lag schon da. Ich bin mir sicher. Und dann war da noch ein Schatten.«

Ein Schatten? Wie viel hatte der gute Mann getrunken? »Wo ist das Tier denn?«

»Da drüben liegt es, direkt vor meinem Auto.« Obermeier deutete zu seinem Wagen. »Ich konnte gerade noch bremsen, als ich gesehen hab, dass da was liegt. Ein Verkehrshindernis ist das!« Obermeier wandte sich um und ging vor sein Auto.

Julia folgte ihm. Vor der Kühlerhaube des Opels lag der hellbraune Körper eines Rehs und wurde rhythmisch von den Warnleuchten erhellt. Gerade noch bremsen. Ja genau. Die Vorderräder berührten den Rücken des Tiers. Es lag ganz still. Die Bauchdecke hob und senkte sich nicht. Es war tot. Eine Schande.

Sie kramte ihr Handy aus der Tasche und machte ein paar Fotos von dem Reh. Dann zog sie ein Paar Einmalhandschuhe aus der Jackentasche, streifte sie sich über die Hände und zerrte das Tier an den Läufen an den Straßenrand. Als sie sich aufrichtete, bemerkte sie, dass Obermeier sie beobachtete. Schwankte er? In seinem Zustand würde er ihr keine Hilfe sein. »Herr Obermeier, wie wäre es, wenn Sie sich schon mal in meinen Wagen setzen? Ich sehe mir das hier alles genau an, mache noch ein paar Fotos, und dann stellen wir Ihren Wagen ab, und ich bringe Sie nach Hause.«

Obermeier zögerte und kratzte sich am Kopf. »Wieso denn nach Hause bringen? Ich kann selbst fahren!«

»Ich denke, Sie sollten heute Nacht nicht mehr selbst Auto fahren, Herr Obermeier«, sagte sie sanft.

Obermeier richtete sich auf. Trotzdem reichte er Julia nur bis zur Nasenspitze. »Ich kann fahren!«, wiederholte er entrüstet.

Julia überlegte. Es hatte keinen Sinn, mit ihm zu streiten. Aber fahren lassen konnte sie ihn auch nicht. »Hören Sie, Herr Obermeier. Entweder Sie lassen sich von mir nach Hause fahren, oder ich rufe die Polizei. Auf mich macht es den Eindruck, als hätten Sie ein oder zwei Bier zu viel getrunken«, sagte sie bestimmt.

Obermeier machte den Mund auf, um erneut zu protestieren, schwieg aber, als Julia sich abwandte.

Sie beugte sich wieder zu dem Reh hinunter. »Ich muss mir noch mal ansehen, wo Sie das Reh angefahren haben.«

Obermeier blieb hinter ihr stehen. Sein Schatten bedeckte das Reh und reichte bis in die erste Baumreihe. Dahinter verschluckte der Nebel alles in einem diffusen Grau, das im Licht der Autoscheinwerfer eine Wand bildete.

»Aber Frau Sommer, das hat wirklich schon da gelegen, ich hab es nicht umgefahren. Glauben Sie mir das! Da war was anderes, was Unheimliches. Ich hab was weghuschen sehen, ganz sicher.«

»An Ihrem Auto ist nichts kaputt?« Sie sah ihn nicht an, sondern aktivierte die Taschenlampe an ihrem Handy.

Obermeier schüttelte den Kopf.

Julia zögerte. Dann stand sie auf und wandte sich dem Opel zu. Mit dem Handy leuchtete sie über die Motorhaube und Stoßstange. Tatsächlich war kein Schaden zu entdecken. »Dann schauen Sie halt morgen bei Tageslicht noch einmal nach und rufen mich an, falls Sie doch eine Beschädigung an Ihrem Auto finden.«

Er sah sie fragend an.

»Wegen der Versicherung, damit Sie den Schaden melden können. Dazu brauchen Sie eine Bestätigung von mir.«

Ihre Erklärung schien ihn nicht zu beruhigen. Er murmelte wieder, dass das Reh schon da gelegen hätte.

Julia beugte sich erneut zu dem Tier und leuchtete mit dem Handy über seinen Körper. An der Stelle auf der Straße, wo das Tier zuerst gelegen hatte, hatte sie dunkle Flecken gesehen. Blut. Das konnte wiederum sehr wohl von einem Unfall stammen. In der Dunkelheit war das nicht leicht zu erkennen. Sie machte ein Foto. Der Blitz ließ die Nebelschwaden gespenstisch aufleuchten. Sie packte das Tier wieder an den Läufen und drehte es herum. Wieder beleuchtete sie es, machte noch ein Foto, zögerte. Am Hals des Tieres bemerkte sie eine große Wunde. Nein, um genau zu sein, waren es mehrere kleine Wunden, die sich entlang der Kehle bis zum Kopf des Rehs aneinanderreihten. Konnten diese Verletzungen von einem Unfall stammen? Für einen Autounfall waren sie eher ungewöhnlich. Vielmehr sahen sie wie Bissspuren aus. Sie beugte sich tiefer hinunter und betrachtete die Wunden eingehender. Obermeier konnte recht haben, auch wenn sie das ungern zugab. Sie spürte, wie er hinter ihr stand und jede ihrer Bewegungen verfolgte.

Das hier war kein normaler Wildunfall. Sie musste sich das Reh später im Hellen genauer ansehen. Trotz ihrer warmen Jacke fröstelte sie.

Julia richtete sich auf, sah sich aufmerksam um und lauschte in die Dunkelheit. Der Nebel schien noch dichter zu werden und aus den Büschen auf die Straße zu kriechen. Es war geradezu unnatürlich still, als hielte der Wald den Atem an und beobachtete sie aus tausend stummen Augen. Kein Rascheln im Unterholz, kein Wind, der durch die Blätter strich. Die Straße lag still und grau da, der Himmel war schwarz, und der dichte Nebel ließ keinen Strahl Mondlicht durch. Julia befiel der unwiderstehliche Drang, ebenfalls jedes Geräusch zu vermeiden. Sich unsichtbar zu machen für die lauernde Gefahr, die ihr Körper mit rauschendem Adrenalin in ihrer Blutbahn anzeigte. Obermeier stand genauso still wie sie, fast wie zur Salzsäule erstarrt.

Sie kämpfte mit ihrer Erstarrung, dann endlich setzte die Vernunft ein. Was in aller Welt sollte ihr nachts auf der Staatsstraße im Wald passieren? Die größte Gefahr war doch wohl, von einem Auto überfahren zu werden, wenn sie nicht bald machten, dass sie hier wegkamen. Julia atmete tief durch, schüttelte die kribbelnden Arme und drehte sich um. Sie würde jetzt Obermeier nach Hause bringen. Es gab keinen Grund, sich die Nacht um die Ohren zu schlagen.

Ein Rascheln im Gebüsch neben ihr riss Julia aus ihren

Gedanken. Sie fuhr zusammen und merkte, wie sich die Härchen in ihrem Nacken aufstellten. Hastig wich sie einige Schritte zurück, den Blick starr in die Richtung, aus der das Geräusch gekommen war. *Was war das? Ein Tier?* Sie strauchelte und wäre beinahe über das Reh gestolpert. Mit einem kleinen Aufschrei fing sie sich gerade noch ab, doch als sie aufsah, war alles wieder still. Nur das Pochen des Blutes in ihren Ohren sagte ihr, dass sie nicht geträumt hatte. Sosehr sie auch ihre Augen anstrengte, sie konnte außer dem Nebel und den Umrissen der Bäume und Büsche nichts erkennen.

Eilig zerrte Julia das Reh zum Landrover, hievte es in den Kofferraum und bat Obermeier um seinen Autoschlüssel. Mit einer strengen Handbewegung bedeutete sie ihm, in den Landy zu steigen, und parkte seinen Opel auf dem Grasstreifen neben der Forststraße. Dann stieg sie eilig in ihren eigenen Wagen und startete den Motor.

Zwei

Die Kirchturmuhr schlug acht, als Julia mit ihrer Großmutter in der kleinen Küche des Forsthauses beim Frühstück saß.

Das Haus gehörte zu ihrer Arbeitsstelle im Grafenrieder Forst. Schon als ihr Vater hier der Förster gewesen war, hatte ihre Familie hier gewohnt. Doch als sie erst vier Jahre alt gewesen war, waren ihre Eltern bei einem Autounfall gestorben, und sie war zu ihrer Großmutter nach Mühldorf gezogen. Julias Vorgänger hatte es im Gegensatz zu ihr vorgezogen, in einer großen modernen Wohnung im Nachbarort zu wohnen, und das hübsche Häuschen mit den grün lackierten Fensterläden hatte lange Zeit leer gestanden. Seit Julia mit ihrem sechsjährigen Sohn Florian und ihrer Großmutter Martha vor gut einem Jahr eingezogen war, hatte sie damit begonnen, das Forsthaus zu renovieren, doch die Fenster warteten immer noch auf einen neuen Anstrich, und auch der Boiler sorgte nicht immer für warmes Wasser im Badezimmer.

Die Küche war Julias und Omas Refugium. Der Boden war mit hellen Dielen ausgelegt, die sie regelmäßig schrubbten, und die Küchenschränke aus hellem Holz waren einfach, aber praktikabel wie die übrige Ausstattung. Den größten Raum nahm eine gemütliche Eckbank mit einem großen Holztisch und ein paar Stühlen ein. Die

Sitzgruppe gehörte zum Haus und war schon da gewesen, als Julia noch klein gewesen war. Sie hatte die Möbelstücke gleich wiedererkannt, als sie ihren zukünftigen Arbeitsplatz besichtigt hatte.

Draußen vertrieben Sonnenstrahlen den Nebel und fielen fröhlich und warm zum Küchenfenster herein, als wollten sie die Schwärze der Nacht aus Julias Gedanken fortjagen. Doch das seltsame Erlebnis auf der Straße im Wald hatte sich in ihrem Kopf eingebrannt und bereitete Julia stechende Kopfschmerzen. Dass die Heizung im Bad heute Morgen mal wieder streikte und sie nur kalt hatte duschen können, trug erst recht zu ihrer schlechten Laune bei. Sie goss erst Martha und dann sich selbst Kaffee ein und nahm sich eine Scheibe Brot aus dem Körbchen. Koffein und etwas zu essen, das war jetzt genau das richtige Heilmittel. Wenn es ihr nach dem Frühstück nicht besser ging, konnte sie immer noch eine Kopfschmerztablette nehmen.

Über dem Kühlschrank tickte laut die Küchenuhr, doch Julia war zu müde, um gegen die Stille Konversation zu machen. Außerdem war Oma in der Früh auch meist froh, ihre Ruhe zu haben. Besonders wenn sie wie heute den Morgen ohne den quirligen Florian genießen konnten, der den Feiertag bei seinem Vater, Julias Exmann Markus, verbrachte.

Noch in der Nacht hatte Julia das Reh aus dem Auto in die Wildkammer im Keller geschleppt, zu mehr war sie nicht mehr fähig gewesen. Nun wartete das tote Tier in dem weiß gekachelten Raum darauf, näher von ihr untersucht zu werden, und das wollte sie so schnell wie möglich tun. Denn sie kannte Obermeier. Er würde aus der

Begegnung in der Nacht eine Märchenstory spinnen, garniert mit einer gehörigen Portion Jägerlatein. Für ein bisschen Aufmerksamkeit seiner Jagdkumpane gab er stets alles. Am besten wäre es wohl, wenn sich die Sache als Wildunfall herausstellte und sie das Reh in den Abschussplan eintragen konnte. Auch wenn Obermeier behauptete, er habe das Tier nicht angefahren. Doch bevor er die Leute mit Schauergeschichten erschreckte, musste sie herausfinden, was wirklich geschehen war. Gleich nach dem Frühstück, wenn Martha in die Kirche gegangen und sie allein im Haus war, würde sie das Reh untersuchen.

Julia nahm einen großen Schluck Kaffee und verbrühte sich daran die Zunge. Mit einem leisen Fluch und einem viel zu lauten Klirren stellte sie die Tasse zurück auf den Unterteller. Sie fing einen strafenden Blick von Martha auf und nahm sich vor, sich ab sofort besser zu benehmen. Lächelnd murmelte sie eine Entschuldigung und bestrich ihr Brot mit selbst gemachter Johannisbeermarmelade.

Das Klingeln des Telefons im Büro nebenan beendete die Stille abrupt.

Julia warf erneut einen Blick auf die Uhr und stand auf. Kurz nach acht. Florian war bestimmt schon wach. Markus hatte darauf bestanden, dass Flo den Vatertag bei ihm in Freising verbrachte, obwohl am nächsten Tag Schule war. Wahrscheinlich war ihrem Kleinen langweilig, weil Markus an freien Tagen gern ausschlief. Sie eilte ins Büro und suchte das Mobilteil auf dem Schreibtisch. Nach ein paar Sekunden fand sie es zwischen zwei Papierstapeln und drückte die grüne Taste.

»Hallo, mein Schatz!«, rief sie fröhlich.

»Frau Sommer?«, schallte ihr eine unbekannte Stimme entgegen. »Hier spricht Dirk Berger.«

»Äh, Entschuldigung. Ich hatte jemand anderen erwartet. Was kann ich für Sie tun, Herr, äh, Berger?«, stammelte Julia verlegen.

»Ich arbeite für den Ebersberger Anzeiger und habe einige Fragen an Sie. Sie sind doch Försterin im Ebersberger Forst, oder?«

Julia wurde hellhörig, und ihr Kopfschmerz verstärkte sich. Sie kannte den Lokalreporter. Er berichtete immer, wenn es einen Unfall im Forst gegeben hatte. Ein unangenehmer kleiner Mann. Was wollte er von ihr? Diese Zeitungstypen verdrehten einem doch nur zu leicht das Wort im Mund, und ihr fielen die passenden Antworten oft erst ein, wenn Gespräche längst beendet waren.

Dirk Berger gab ihr keine Gelegenheit zu antworten. »Haben Sie den Wolf schon gesehen?«

Welchen Wolf? Für einen Moment war Julia sprachlos. War er nach Obermeier der nächste Jägerlateinerzähler? Mit sicherem Zeitungsleserpublikum? Nicht mit ihr. »Ich wüsste nicht, was Sie das anginge.« Sie rieb sich über die Stirn. Dieser Tag hätte wirklich nicht schlimmer anfangen können. Das lag bestimmt am Föhnwind. Neben Sonnenschein brachte er auch Kopfschmerzen und schlechte Laune. Und offenbar auch Reporter auf komische Ideen.

»Ach, kommen Sie, Sie haben bestimmt die Gerüchte gehört.«

»Welche Gerüchte denn?«, fragte Julia langsam. Meist war sie im Dorf die Letzte, die etwas erfuhr. Wenn Oma nicht wäre, bekäme sie wahrscheinlich gar nichts davon mit, was im Dorf getratscht wurde.

»Es soll ein Wolf gesehen worden sein«, erklärte Berger mit ruhiger Stimme.

»Gibt es dafür Beweise? Fotos?«

»Bisher wohl nicht. Ich bin auf der Suche danach, Frau Sommer. Für wie wahrscheinlich halten Sie es, dass ein Wolf praktisch vor unser aller Haustüren im Wald herumstreift?«

»Herr Berger, ich weiß wirklich nicht, warum Sie gerade mich anrufen. Der Ebersberger Forst ist ein riesiges Waldgebiet mit vier großen Forstrevieren. Hier gibt es Tiere in Hülle und Fülle. Natürlich könnte es sein …« Weiter kam Julia nicht, denn Dirk Berger fiel ihr erneut ins Wort.

»Sie bestätigen also die Sichtung?« Die Stimme des Reporters hatte einen lauernden Unterton angenommen.

»Das habe ich nicht gesagt«, protestierte Julia.

Berger ging nicht auf ihren Einwand ein. »Ich habe hier einen Augenzeugen, der behauptet, er hätte einen Wolf im Wald gesehen.«

»Dann fragen Sie doch Ihren Augenzeugen!« Julia hatte so langsam genug.

»Der ist kein Experte, Frau Sommer«, beharrte der Reporter. »Ich frage Sie mal andersherum: Können Sie ausschließen, dass sich ein Wolf im Forst herumtreibt?«

»Können Sie ausschließen, dass sich in Ihrer Küche Mäuse herumtreiben?«, entgegnete Julia.

»Also nein.«

Julia fühlte, wie ihre Wangen vor Wut rot wurden. Sie öffnete den Mund, um den Zeitungsfritzen zurechtzuweisen. Da klickte es in der Leitung. Berger hatte aufgelegt. Verärgert starrte sie den Telefonhörer an.

Nach dem Anruf holte Julia sich noch eine Tasse Kaffee aus der Küche und ließ sich dann auf ihren Schreibtischstuhl fallen. Einen Moment lang lehnte sie sich zurück und schloss die Augen.

Die Kopfschmerzen waren immer noch da. Rechts oberhalb ihrer Stirn. Sie kreiste die verspannten Schultern, aber die Bewegung brachte keine Erleichterung. Ein Wetterwechsel würde vielleicht helfen oder eine heiße Dusche. Sie nahm einen Schluck Kaffee. Mittlerweile war er nur noch lauwarm, aber immerhin belebte er sie etwas und milderte den Kopfschmerz ein wenig. Vielleicht sollte sie sich eine Thermoskanne Tee aufbrühen und endlich eine Tablette nehmen? Nein. Für eine gemütliche Teestunde war keine Zeit. Es gab heute viel zu tun, und der Kopf schwirrte ihr noch von dem seltsamen Telefonat. Missmutig kritzelte sie als To-do »Heizung reparieren!« auf ein gelbes Post-it und klebte den Zettel an den Monitor. Dann schob sie ein paar Seiten Papier von der Tastatur, suchte nach der Maus und startete den Computer.

Wie immer dauerte es quälend lange, bis der Rechner hochgefahren war. Es würden einige Minuten vergehen, bevor sie die Seite des Landesamts für Umwelt aufrufen konnte. Da würde sie die Informationen finden, die sie suchte. Unschlüssig blickte Julia sich in ihrem Arbeitszimmer um. Es war klein und vollgestopft und eigentlich nicht besonders gemütlich. Rechts des überfüllten Schreibtisches befand sich eine Regalwand mit Julias Fachbüchern und den lästigen Aktenordnern, die auf Fütterung warteten. Links an der Wand hing die große Karte vom Forst, und daneben, hinter der Tür versteckt, stand der schmale Stahlschrank, in dem Julia ihre Waffen aufbewahrte. Sie drehte sich auf ihrem Stuhl zum Regal und fuhr mit dem Finger über die Rücken der dort stehenden Bücher, bis sie das orangefarbene Zoologiebuch »Forstschutz gegen Tiere« fand. Sie blätterte gerade darin, als Martha hereinkam.

Ihre Großmutter trat neben sie und senkte neugierig den Kopf, um einen Blick in das Buch zu erhaschen. »Wer war das denn am Telefon?«

Julia zuckte mit den Schultern. Ihre Bereitschaft zu reden war durch das Telefonat mit Berger nicht gerade größer geworden, aber sie hatte sich doch gerade vorgenommen, Oma nicht unter ihrer mäßigen Laune leiden zu lassen. Sie versuchte, ein freundliches Gesicht zu machen. »Ach, nur so ein nerviger Reporter.«

Martha sagte darauf nichts und sah sie von der Seite an. Sie kannte sie eben zu gut.

Seufzend drehte sich Julia zurück zum Schreibtisch. »Er sagt, es sei ein Wolf gesehen worden. Aber ich glaube das nicht so recht. Wahrscheinlich hat ihm Obermeier, der alte Märchenonkel, einen Bären aufgebunden. Oder vielmehr einen Wolf.« So ungefähr entsprach das schon der Wahrheit, auch wenn sie Omas forschenden Blick in ihrem Rücken spürte.

Martha gab sich zum Glück damit zufrieden und legte Julia eine Hand auf die Schulter. »Nimm eine Tablette gegen die Kopfschmerzen. Du siehst elend aus. Ich mache mich jetzt fertig und gehe zum Gottesdienst.«

Noch einen kleinen Moment spürte Julia auf ihrer Schulter die wohltuende Wärme, die von der Hand der alten Dame ausstrahlte. Dann verließ Martha den Raum, und Julia blätterte weiter in dem Fachbuch.

Darin gab es kein Kapitel über Wölfe, was Julia nicht verwunderte. Schließlich richteten Wölfe ja keinen Schaden im Wald an. Es müsste aber ein Kapitel über Menschen geben, dachte Julia, denn die schadeten dem Wald sehr wohl. Sie stellte das Buch zurück ins Regal und wandte sich dem Computer zu. Doch bevor sie die Website aufrufen konnte, klingelte erneut das Telefon.

»Sommer«, meldete sich Julia weitaus weniger euphorisch als vorhin.

»Landratsamt Ebersberg. Mein Name ist Dr. Straßmeier. Grüß Sie, Frau Sommer. Ich rufe an, weil uns da einige Gerüchte zu Ohren gekommen sind.«

Julia zögerte. Erst der Reporter und jetzt ein Mitarbeiter des Landratsamtes? Was wollte der? »Hallo. Ich … Wie kann ich Ihnen helfen? Um was geht es denn?«, fragte sie dann.

»Wir haben den Anruf eines besorgten Bürgers bekommen. Ein Wolf soll im Ebersberger Forst gesehen worden sein. Genauer gesagt im Grafenrieder Forst«, erklärte Straßmeier.

Der Anrufer war heute Morgen schon der Zweite, der von einem Wolf sprach. Das Bild des toten Rehs, das sie letzte Nacht auf der Staatsstraße vorgefunden hatte, schoss ihr durch den Kopf. Konnte ein Wolf es gerissen haben?

»Hallo, Frau Sommer? Sind Sie noch dran?« Dr. Straßmeiers Stimme klang etwas ungeduldig.

»Jaja, natürlich. Ich bin nur sehr überrascht. Wie sollte denn ein Wolf so plötzlich aus dem Nichts bei uns auftauchen?«

»Hören Sie, Frau Sommer, das ist wichtig. Ich merke, dass ich Sie überfallen habe. Das tut mir leid. Es geht uns hier um die öffentliche Sicherheit. Falls sich ein Wolf in Ihrem Teil des Forsts ansiedelt, wäre es wichtig, dass Sie mich unverzüglich informieren.«

»Also, Herr …« Julia zögerte.

»Straßmeier. Dr. Straßmeier.«

»Herr Dr. Straßmeier, wie Sie sicher wissen, bin ich als Försterin in einem Privatwald angestellt. Ich müsste da natürlich erst Rücksprache mit meinem Chef halten, bevor ich Ihnen irgendwelche Zusagen machen kann.«

Straßmeier schwieg einen Moment. Dann sagte er: »Natürlich. Meinen Unterlagen zufolge ist Herr Thomas Voss der Waldbesitzer. Ich konnte ihn aber unter der Nummer, die uns vorliegt, nicht erreichen. Außerdem ist Herr Voss ja noch recht jung. Ist es nicht so, dass Sie die Fachfrau für Ihren Zuständigkeitsbereich sind und Herr Voss kein Förster ist? Und wissen Sie, als Frau haben Sie doch auch ein besseres Gespür für gesellschaftliche Erfordernisse. Sehen Sie, wir müssen da ein bisschen Informationsmanagement betreiben. Die Anwesenheit eines Wolfes wäre eine Sensation. Und denken Sie an die Bevölkerung. Wäre Ihnen selbst wohl, wenn ein großes Raubtier in unserem schönen Ebersberger Forst umherstreift?«

Sie als Frau? Julia schluckte. »Ich …«, setzte sie an.

Aber der Beamte redete einfach weiter: »Haben Sie Kinder?«

»Ja, einen Sohn.« Julia war von der Frage so überrumpelt, dass sie automatisch antwortete. Sofort ärgerte sie sich darüber.

»Dann wäre Ihnen eine Begegnung Ihres Sohnes mit einem unkontrollierbaren Wildtier bestimmt nicht recht.«

Auch wenn es ihr widerstrebte, musste Julia dem zustimmen. Kinder – wie auch Erwachsene – sollten Abstand zu Wölfen halten. Vor ihrem inneren Auge tauchte das Bild eines Wolfes auf, der Florian auf Augenhöhe gegenüberstand, und erfüllte sie mit Angst. Sie versuchte, sich ihre Gefühle nicht anmerken zu lassen, und sagte laut: »Ich verstehe aber immer noch nicht, worauf Sie eigentlich hinauswollen, Herr Straßmeier.«

»Frau Sommer, mir geht es erst einmal darum, Informationen zu sammeln. Haben Sie in Ihrem Revier einen Wolf gesehen oder Spuren entdeckt, die auf die Anwesenheit eines Wolfes schließen lassen?«

»Nein«, antwortete Julia und überkreuzte vorsichtshalber Zeige- und Mittelfinger ihrer linken Hand. Schließlich wusste sie noch nichts sicher. Erst wenn sie das Reh genauer untersucht hatte, konnte sie vielleicht von Spuren sprechen. Vielleicht auch von Unfallspuren. Dann erst konnte sie sicher sein, dass der Nachtschreck nicht nur ihrem Gehirn entsprungen war. Sie würde sich auf keinen Fall zu Spekulationen hinreißen lassen.

»Gut, mehr wollte ich im Moment nicht wissen.« Straßmeier hatte jetzt einen beschwichtigenden Tonfall angenommen.

»Herr Straßmeier …«

»Dr. Straßmeier.«

»Wenn ich tatsächlich Spuren von einem Wolf finden würde, wie gehe ich dann am besten vor? Hier hat heute Morgen schon ein Reporter vom Lokalblatt angerufen.«

»Um Gottes willen. Sollten Sie etwas entdecken, rufen Sie mich unverzüglich an. Und sprechen Sie mit niemandem darüber. Vor allem nicht mit Reportern.«

»Aber sollte ich nicht mit den Kollegen aus den benachbarten Revieren … So ein Wolf hält sich doch an keine Reviergrenzen.«

»Nein. Wenn Sie etwas Konkretes haben, eine Sichtung, ein Foto, Trittsiegel oder ein gerissenes Beutetier, rufen Sie mich an. Ich alarmiere das Landesamt für Umwelt und schicke Ihnen zwei Kollegen vom Netzwerk vorbei, die dann die Spuren auswerten. Haben Sie meine Nummer notiert?« Straßmeier wirkte nun ganz geschäftsmäßig.

»Was für ein Netzwerk denn?«, fragte Julia abwesend, während sie sich einen Stift und ein Blatt zum Mitschreiben schnappte.

»Das Netzwerk Große Beutegreifer. Das sind ausgebildete Experten. Die können erstens einen Verdacht bestätigen, und zweitens wissen die, wie man mit solchen Informationen vertraulich umgeht.«

Julia kritzelte eifrig mit und notierte sich auch Straßmeiers Nummer, die auf ihrem Display leuchtete. Das Netzwerk Große Beutegreifer war ihr natürlich bekannt. »Aber hat denn die Öffentlichkeit nicht ein Recht darauf zu erfahren, was hier los ist? Los wäre, wenn wirklich ein Wolf auftauchen würde?«

»Gerade in so einem Fall ist es notwendig, die Aufmerksamkeit der Öffentlichkeit feinfühlig zu steuern. Das sollten Sie wirklich Experten überlassen.«

Experten aus dem Landratsamt? Hm. Es gab einen Grund, warum Julia im Privatwald und nicht für eine staatliche Behörde arbeitete. Mehr als einen.

Straßmeier schien ihr Zögern zu spüren. »Wir müssen um jeden Preis verhindern, dass Panik in der Bevölkerung ausbricht. Dazu müssen wir an einem Strang ziehen, auch in Ihrem eigenen Interesse. Arbeiten Sie mit uns zusammen. Zum Schutz der Menschen und zum Schutz des Wolfes. Ich denke, wir verstehen uns.«

Julia seufzte. »Gut.«

Straßmeier diktierte Julia noch seine Mobilfunknummer und beendete das Gespräch. Als sie aufgelegt hatte, löste sie die gekreuzten Finger ihrer linken Hand. Dann wählte sie eine gespeicherte Rufnummer und wartete.

Drei

»Was war denn nun so dringend? Und warum konntest du es mir nicht am Telefon erzählen?« Tom rieb sich das unrasierte Gesicht und gähnte herzhaft. Cora, die alte Jagdhündin, die er von seinem Vater geerbt hatte, tat es ihm gleich.

Die beiden sahen so niedlich aus, dass Julia grinsen musste. Sie bat die beiden herein und führte sie in die Küche.

Nachdem sie Tom angerufen hatte, waren nur zehn Minuten vergangen, bis er im Forsthaus angekommen war. Da waren sicher weder Kaffee noch Frühstück drin gewesen, höchstens ein paar Brocken Futter für Cora. Falls sich in seinem Junggesellenkühlschrank überhaupt etwas Essbares befand. Nach dem Tod seines Vaters im letzten Jahr hatte Tom den Wald geerbt. Er war erst siebenundzwanzig Jahre alt und verdiente sich einen bescheidenen Lebensunterhalt als Schriftsteller und Literaturkritiker. Das Vermögen, das ihm sein Vater vermacht hatte, hatte er nicht angerührt, soweit Julia wusste. Die Verwaltung und Bewirtschaftung des Waldes hatte er ganz in Julias Hände gelegt und bezahlte aus dem Gewinn ihr Gehalt, aber er lernte mit Hingabe alles, was Julia ihm über seinen Wald beibrachte. Bei der Frage, ob das Reh in der Wildkammer durch einen Autounfall oder aus einem anderen Grund verendet war, würde ihr Tom nicht viel weiterhelfen können. Aber er war klug und stellte meist die richtigen Fragen. Außerdem konnte er mit Menschen umgehen, hoffentlich auch mit Reportern und Beamten aus dem Landratsamt.

»Manche Sachen kann man eben nicht am Telefon besprechen. Außerdem bin ich gebeten worden, die Angelegenheit geheim zu halten.«

Tom starrte sie mit großen haselnussbraunen Augen an und kratzte sich am Kopf. »Hast du Kaffee?«

Julia bedeutete ihm, ihr zu folgen, und sie setzten sich an den Küchentisch. Cora machte es sich auf ihrem Stammplatz vor dem Schwedenofen gemütlich, der vor dem kleinen Sofa neben der Eckbank stand.

Während Julia den vom Frühstück übrig gebliebenen Kaffee aus der Kanne in eine Tasse goss, erzählte sie Tom von dem Wildunfall und fasste den Anruf des Reporters und den aus dem Landratsamt kurz zusammen.

»Ich gehe davon aus, dass du von meiner Verpflichtung zur Verschwiegenheit ausgenommen bist. Schließlich können sie ja wohl nicht von mir verlangen, meinen Chef zu hintergehen«, schloss sie.

»Ich glaube, die Herrschaften im Landratsamt haben schon erkannt, wer die wahre Chefin meines Waldes ist.« Tom grinste und zog sein Smartphone aus der Tasche. »Hm. Niemand hat versucht, mich anzurufen. Wahrscheinlich haben sie noch die alte Nummer von meinem Vater.« Er nahm einen Schluck Kaffee, verzog angeekelt das Gesicht und stellte die Tasse auf dem Esstisch ab.

»Ach, Mist, der ist kalt, oder? Tut mir leid. Ich mache dir nachher frischen. Komm, jetzt sehen wir uns erst mal das Reh an.« Julia zwinkerte ihm zu. Sie befahl der Hündin, an ihrem Platz zu bleiben, nahm Toms Hand und zog ihn auf die Füße und in den Flur. Dann schloss sie die Kellertür auf. Diese war immer abgeschlossen, damit Florian nicht unbeaufsichtigt ins Untergeschoss gehen konnte.

Doch kaum waren sie die ersten Stufen der Kellertreppe hinabgestiegen, hörten sie Martha draußen rufen. »Julia, Julia!«

»Mist«, murmelte Julia, »ich dachte, sie ist schon in der Kirche. Ich wollte mir gern mit dir das Reh in Ruhe ansehen, ohne sie.«

»Sie klingt aufgeregt«, gab Tom in besorgtem Ton zurück.

»Julia!«

Jetzt hörte Julia es auch. Die Stimme ihrer Großmutter klang tatsächlich aufgelöst und schwach. Sofort machte sie kehrt und rannte hoch in den Flur. Tom folgte ihr.

Martha stand an der offenen Haustür und hielt sich am Türrahmen fest. Ihre sonst so ordentlich hochtoupierten weißen Haare waren zerzaust, ihr Gesicht aschfahl. Sie keuchte und rang nach Luft, als wäre sie von der Kirche bis nach Hause gerannt. Alarmiert nahm Julia ihre Großmutter an der Hand, führte sie behutsam in die Küche und bugsierte sie auf einen Stuhl.

Martha atmete immer noch heftig, und Julia ließ ihre zarte Hand nicht los. »Um Himmels willen, Oma, was ist denn? Geht es dir nicht gut, soll ich den Arzt rufen?« Die Sorge um die alte Dame schnürte ihr die Kehle zu. Mit stolzen dreiundachtzig Jahren war Martha in einem Alter, in dem man immer damit rechnen musste, dass sie erkrankte oder sogar starb. Julia betete, dass der Tag, an dem dies geschähe, in weiter Ferne lag. Es war doch alles perfekt, wie es war.

Martha hob den Blick und schüttelte den Kopf. Behutsam nahm Julia ihr die Handtasche ab und kramte darin nach den Herztabletten. Martha presste die Hände auf die Brust, die sich immer noch sehr schnell hob und senkte. Mit besorgtem Blick ließ Tom Leitungswasser in ein Glas laufen und reichte es Julias Großmutter. Und auch Cora schien zu spüren, dass etwas nicht stimmte. Sie trottete heran und legte ihren Kopf auf Marthas Oberschenkel.

»Grüß Sie, Frau Klein. Sie schauen ja gar nicht gut aus. Sollen wir nicht doch einen Arzt rufen?« Tom beugte sich zu Martha und tätschelte ihre Schulter.

Martha schüttelte nur den Kopf. Sie hatte Tränen in den Augen.

»Aber jetzt beruhigen Sie sich doch, Frau Klein.« Toms Stimme war ganz sanft.

Martha senkte den Kopf und stöhnte auf.

»Oma, was ist denn? Sag es uns doch«, drängte Julia besorgt.

Ihre Großmutter sah auf und von Julia zu Tom. Dann brachte sie mühsam hervor: »Die Leonie ist verschwunden.«

Frühjahr 1945

Schnell, schnell verstecken.

Die Sirene heulte wieder. Martha raffte den Rock zusammen und rannte über den Hof. Nur schnell das Haus erreichen, sonst würden die Bomberpiloten sie entdecken, die Richtung Bahnhof flogen. Den kleinen Flugplatz des Ortes hatten sie auch schon einmal bombardiert. Aber manchmal verloren sie vor ihrem eigentlichen Ziel eine der Bomben, und deswegen hatte der Bürgermeister die Anweisung gegeben, dass sich im Dorf und auch auf den Einödhöfen niemand im Freien aufhalten durfte, wenn die Sirene heulte.

Abrupt blieb sie stehen. O nein. Die dicke Bertha war wieder aus dem Hühnerstall entwischt und suchte vor dem Küchenfenster gackernd nach ein paar Körnern.

Martha lief auf Bertha zu, aber das Huhn stakste eilig davon. In der Ferne hörte sie das Dröhnen der Flugzeuge. Sie kamen. Sie musste sich beeilen. Schon oft hatte ihre Mutter ihr eingeschärft, dass es nicht reichte, bloß ins Haus zu rennen, sondern dass sie sich dort verstecken sollte, damit ihr nichts passierte. Aber der Bertha durfte auch nichts passieren! Die Vögel waren abgesehen von den beiden mageren Kühen *ihr einziges Vieh und wertvoll, vor allem weil sie nur noch wenige Hühner besaßen.*

Martha zwang sich, stillzustehen und ruhig zu atmen. Dann machte sie einen Satz auf Bertha zu und packte das Huhn mit beiden Händen. Jetzt hatte sie sie! Der Vogel wehrte sich und versuchte wegzuflattern, aber sie packte ihn mit der einen Hand fester, mit der anderen zog sie den Saum ihres Rockes hoch und verbarg das Huhn in dem Stoff. Jetzt schnell ins Haus. Die Mutter durfte sie nicht erwischen. Wenn sie sah, dass ihre Tochter bei Bombenalarm draußen herumlief, würde sie sie mit ein paar Stockhieben bestrafen. Da konnte auch der Vater nichts mehr ausrichten, wenn die Mutter einmal wütend war. Martha streckte eine Hand unter den Rocksaum und drückte dem Huhn den Schnabel zu, damit es still war. Dann schlich sie eilig ins Haus.

Drinnen lauschte sie angestrengt, konnte aber niemanden hören. Ihre Eltern mussten auf dem Feld sein. Hoffentlich fanden sie rechtzeitig einen Unterschlupf. Sie lief durch den Hausflur, drückte die Küchentür auf. Danke, lieber Gott, für das Glück! Niemand war hier.

Martha huschte durch den Raum und kroch unter die Eckbank, ganz hinten in die Ecke. Die dicke Bertha drückte sie fest an sich, so fest, dass sie den Herzschlag des Huhns spürte. Oder war es ihr eigenes Herz, das so schnell gegen ihre Brust hämmerte?

Das Dröhnen wurde lauter. Gleich würden die ersten Flugzeuge über den Hof hinwegrauschen. Sie durfte keine Angst haben, die übertrug sich nur auf das Huhn. Leise, leise, ruhig. Sie fing an, ein Lied zu summen. Da dadada dada daa. Bin i net a schöna Hoh?

Bertha beruhigte sich, und draußen wurde es still.

»Wie ist denn das Huhn da hereingekommen?«

Die ärgerliche Stimme ihrer Mutter ließ Martha aus dem Schlaf schrecken. Sie brauchte einen Moment, bis sie realisierte, dass sie immer noch versteckt unter der Küchenbank lag. Nur Berta hatte sich befreit und lief jetzt aufgeregt gackernd in der Küche herum.

»Jetzt reg dich doch nicht auf. Besser, es ist hier drin, als dass es draußen herumflattert und am Ende vom Fuchs geholt wird.«

Die Stimme ihres Vaters. Ihren Eltern war also nichts passiert. Martha war erleichtert.

»Warum ist es überhaupt schon wieder aus dem Hühnerstall heraus? Du hast doch gesagt, du hast ihn repariert?«

Martha drückte sich noch weiter in die Ecke unter der Holzbank. Ein Streit ihrer Eltern war nicht die beste Gelegenheit, um plötzlich aufzutauchen. Außerdem würde ihre Mutter dann bestimmt wissen wollen, warum sie nicht in der Schule war.

»Ich mach es schon noch«, brummte ihr Vater.

»Mach es lieber gleich. Und dann bring die Eier mit. Ich muss sie heute abgeben.«

»Wie viele musst du diese Woche abgeben?«

»Zwölf.« Die Stimme der Mutter klang bitter.

»Und wie viele haben wir?«

»Zwölf.«

»Und was sollen wir dann essen, wenn du alles hergibst? Diese verfluchten Nazis. Unsereins hungert.«

Wie auf Kommando knurrte Marthas Magen. Sie hielt die Luft an. Nicht entdeckt werden, bitte nicht entdeckt werden!

Doch ihre Mutter war zu sehr in Rage, um auf das Geräusch zu achten. »Lieber hungern, als sterben.«

»Wenn es so weitergeht, kannst du beides haben. Dabei sind die Nazibauern mit ihren fetten Wänsten und die Städter an allem schuld.«

»Sei endlich still! Mit deinen gefährlichen Reden stürzt du uns noch ins Unglück«, schimpfte Mutter.

»Ja, so weit ist es schon, dass man die Wahrheit nicht mehr sagen kann.«

Der bittere Ton des Vaters schmerzte Martha. Aber die Mutter gab nicht nach: »Willst du vielleicht ins Arbeitslager geschickt werden wie der Pfarrer?«

»Sprich nicht vom Pfarrer. Da packt mich gleich noch mehr die Wut auf das Pack. Er hat doch nur gesagt, dass es dem lieben Gott nicht recht ist, dass wir alles, was wir haben, abgeben müssen und ...«

»Und wenn du nicht aufhörst, auch so zu reden«, fiel ihm Mutter ins Wort, »dann nehmen sie uns das Wenige, was wir haben, auch noch weg. Und dich gleich mit. Und dann steh ich da, allein mit deinen zwei Töchtern.«

»Das sähe ihnen ähnlich. Aber ich bin ja schon still. Für die Mädchen und für dich. Nicht, weil es mir recht ist«, gab der Vater nach. Dann packte er die Henne und verließ die Küche.

Weil ihre Mutter im Raum blieb, musste Martha noch länger in ihrem Versteck ausharren. Sie ballte die Hände zu Fäusten und wünschte sich innig, dass die Mutter die Küche bald verließe. Dann würde sie durch die Hintertür hinaushuschen und ihre kleine Schwester Marei auf dem Heimweg von der Schule abfangen. In ihrer Rocktasche fühlte sie den herzförmigen Stein und den Mantelknopf, den sie auf der Straße im Dorf gefunden hatte. Den Knopf wollte sie Marei schenken, damit sie nicht verriet, dass Martha heute nicht in *der Schule gewesen war. Denn Marei liebte Knöpfe. In einer Blechschatulle, die Vater ihr gegeben hatte, bewahrte sie ihre Sammlung auf.*

Den Stein würde sie behalten, für immer. Den hatte er ihr geschenkt, als sie sich heute Morgen getroffen hatten.

Vier

Julia kniete sich vor Martha hin und sah zu ihr hoch. »Was? Unsere Leonie?«

Die sechzehnjährige Schülerin mit dem dunkelblonden Pferdeschwanz passte gelegentlich auf Florian auf, wenn ihr umfangreiches Sportprogramm ihr die Zeit dazu ließ. Sie spielte mehrmals in der Woche Handball, joggte täglich und gab im ortsansässigen Sportverein Zumba- und Leichtathletikkurse für Kinder. Und die Schule war ihr natürlich auch wichtig. Leonies Eltern vielleicht mehr als ihr selbst, aber immerhin durfte sie sich dann und wann das Taschengeld als Babysitterin für Florian aufbessern, zum Beispiel wenn Julia Martha zum Arzt fahren musste.

Draußen heulte die Feuerwehrsirene los, und Julia zuckte zusammen.

»Wie? Verschwunden?«, fragte Tom besorgt nach. Er rückte einen Stuhl heran und setzte sich Martha gegenüber. »Erzählen Sie mal der Reihe nach.«

»Wir saßen in der Kirche, da ist Leonies Vater, der Herr Wenninger, hereingekommen. Er hat kurz mit dem Diakon gesprochen, dann hat er am Mikrofon gesagt, dass Leonie gestern Abend zum Joggen gegangen, aber nicht mehr heimgekommen ist. Leonies Eltern haben schon überall gesucht, ihre Freundinnen angerufen, aber das Mädel ist weg. Und dann hat er gesagt, dass alle zum Maibaum kommen und beim Suchen helfen sollen, wenn die Messe vorbei ist. Aber ich konnte nicht so lange warten und bin sofort nach Hause gerannt. Wir gehen doch hin, oder? Die Polizei ist auch alarmiert …« Martha verstummte und sah mit weit aufgerissenen Augen von Julia zu Tom.

»Natürlich helfen wir bei der Suche«, sagte Julia sofort. »Das Mädchen kann ja nicht weit weg sein. Vielleicht hatte sie Krach mit ihren Eltern und ist ausgerissen. Mehr ist bestimmt nicht passiert.«

Tom nickte mit gerunzelter Stirn, wirkte aber nicht überzeugt.

Martha nippte an ihrem Wasserglas. Sie sah noch immer schrecklich blass aus, und Julia streichelte ihr beruhigend über den Arm. »Aber du, Oma, solltest dich erst einmal erholen. Mir ist nicht wohl dabei, dich allein zu lassen. Nimm deine Medizin. So eine Aufregung ist gar nicht gut für dich.« Sie drückte eine Herztablette aus dem Blister und reichte sie Martha, die sie mit ein wenig Wasser schluckte.

Julia warf einen Blick auf die Küchenuhr. »Wann ist die Messe denn zu Ende?«

Martha folgte ihrem Blick. »Um Viertel nach zehn, glaube ich. Ich achte ja sonst nicht darauf, wenn ich drin sitze. Dann vergeht die Zeit ja schnell.« Sie atmete tief durch. »Jetzt geht es mir schon wieder besser. So ein Schreck. Ich bin halt eine alte Frau, die nicht mehr so schnell laufen kann.«

Mehr noch als die Tatsache, dass langsam wieder Farbe in Omas Gesicht zurückkehrte, beruhigte Julia, dass sie ihren gewohnten Spruch aufsagte. Sie sei eine alte Frau, damit kokettierte sie oft. Solange Martha so redete, wusste Julia, dass es ihr gutging.

»Wir werden Leonie schon finden. Sie kann ja nicht einfach verschwunden sein. Sicher ist sie nur bei einer Freundin oder einem Freund über Nacht geblieben und hat vergessen, Bescheid zu sagen. Schließlich ist heute Feiertag und keine Schule. Einfach weglaufen würde sie bestimmt nicht«, sagte Julia, stand auf und streckte die schmerzenden Beine.

Im Flur zog sie ihre knöchelhohen Wanderschuhe an, die sie immer im Wald trug. Dann ging sie ins Büro und steckte eine Karte ein, auf der Grafenried, der Ebersberger Forst und das Umland verzeichnet waren. Die Karte würde bei der Suche helfen, denn Julia wusste, dass Leonie meist im Wald joggte, aber immer in der Nähe des Waldrands blieb.

Als Julia mit Tom am Dorfplatz ankam, atmete sie tief ein. Durch den Föhnwind war es heute besonders sonnig und frühlingswarm. Der Maibaum auf dem mit Kopfstein gepflasterten Platz in der Ortsmitte wurde von den zwei dort wachsenden Linden überragt. Er war nur halb so hoch, wie er sein sollte, da man im letzten Jahr festgestellt hatte, dass der Stamm im oberen Bereich von einem Pilz befallen worden war, und anstatt den Maibaum zu entfernen, hatte man ihn einfach eingekürzt. Das obere Ende schmückte ein aus Holz geschnitzter Fliegenpilz, der Julia nie zuvor aufgefallen war. Vielleicht lag es daran, dass sich der rot bemalte Pilz nun deutlich vor dem frischen Grün der Linden abhob. Im Sommer ärgerten sich die Autofahrer, die dort parkten, oft über das klebrige Sekret, das die Bäume absonderten und das die Autos wie Sirup überzog. Eingerahmt wurde der Dorfplatz von dem Bankgebäude, dem Pfarrhaus und der Metzgerei, die heute wegen des Feiertags geschlossen waren. In Richtung Norden führte eine Straße ein paar Meter weiter an der Kirche vorbei bis zur Grundschule.

Auf dem Platz war schon fast das halbe Dorf versammelt. Männer in Kurzarmhemden und Frauen, die nur dünne Strickjacken über T-Shirts oder Blusen trugen, standen in Grüppchen unter den Linden und sprachen aufgeregt miteinander. Kinder sprangen zwischen den Erwachsenen herum. Cora war nicht der einzige Hund, auch einige andere Leute hatten ihre Hunde mitgebracht. Anscheinend glaubten die Leute, dass die Vierbeiner ebenfalls bei der Suche helfen konnten. Auf der Hauptstraße, die am Dorfplatz entlangführte, parkten mehrere Feuerwehrautos, und die Feuerwehrleute bildeten einen Pulk um ihren Kommandanten, Korbinian Seiwald, und Leonies Vater, Herrn Wenninger.

Julia überlegte, ob sie sich hinzugesellen sollte, da sie als Försterin auch eine Art offizielle Funktion innehatte. Seit dem letzten Sommer verband sie mit Korbinian Seiwald eigentlich ein recht gutes Verhältnis, auch wenn es anfänglich nicht einfach gewesen war. Außerdem hatte sie ja die Karte des Waldgebietes mitgebracht. Dennoch zögerte sie. Sie wusste einfach nicht, was sie zu Leonies Vater sagen sollte. Tröstende Worte wollten ihr nie zum richtigen Zeitpunkt einfallen. Sie sah Tom an, der ebenfalls etwas ratlos umherblickte.

Sie traten schließlich zu den anderen Wartenden unter einer der Linden neben dem Maibaum. Julia kannte einige der Leute: Bauern, ein paar Jäger, Eltern von anderen Schulkindern. Und nur ein paar Meter entfernt entdeckte sie Kriminalhauptkommissarin Baumgartner, die beruhigend auf Leonies Mutter einredete. Natürlich. Schließlich war es die Aufgabe der Polizei, das Mädchen zu finden. Julia zog Tom ein wenig näher an die beiden heran, um besser hören zu können, was sie besprachen.

»Hat Leonie einen Freund?«, fragte Baumgartner Leonies Mutter. Ihre dunkle Stimme würde Julia überall wiedererkennen.

»Nein … nein, soweit ich weiß, nicht. Ganz sicher nicht. Sie lebt doch ganz für ihren Sport. Sie hat gar keine Zeit für einen Freund.« Frau Wenningers Stimme klang leise und zaghaft.

»Hm. Können Sie mir eine Liste mit den Namen und Telefonnummern ihrer Freundinnen geben?«, bat Baumgartner.

»Ja, natürlich.« Leonies Mutter schluchzte. »Mein Mann hat, glaube ich, eine Liste vorbereitet. Er steht dahinten.« Sie wies in Richtung der Feuerwehrleute.

»Machen Sie sich nicht zu viele Sorgen«, beschwichtigte die Kommissarin. »Die meisten vermissten Jugendlichen werden innerhalb weniger Tage gefunden. Vielleicht hatte Leonie einfach einen Streit mit jemandem, der ihr nahesteht. Mit einer Freundin oder einem Schulkameraden. Wir werden sie finden.« Baumgartner legte Frau Wenninger beruhigend eine Hand auf den Arm.

Leonies Mutter nickte, dann sah sie auf, und ihr Blick traf Julias. Sie sagte leise etwas zu Baumgartner, die nickte, und die beiden kamen auf Julia und Tom zu.

»Grüß Sie, Frau Sommer.« Die Kommissarin reichte Julia die Hand. »Sind Sie auch hier, um bei der Suche zu helfen?«

Julia zog ihre Hand nach einem kurzen, festen Druck wieder zurück. »Ja. Natürlich werden wir helfen.« Sie sah Leonies Mutter an. »Hallo, Frau Wenninger. Ich, äh … Ja, ich … Wir helfen gern.« Wie sie befürchtet hatte, fehlten ihr in diesem Moment die richtigen Worte.

Tom sprang ein und schüttelte Frau Wenninger die Hand. Er hielt sie dabei länger fest als notwendig und legte seine andere Hand auf ihre. »Sie müssen sich solche Sorgen machen.« Seine Stimme klang weich und einfühlsam. »Aber bestimmt hat Leonie nur bei einer Freundin übernachtet und taucht bald wieder auf. Manchmal sind Kinder doch so.«

Julia hielt den Atem an. Wenn ein junger Mann wie Tom so etwas zu ihr gesagt hätte, wäre sie wahrscheinlich aus der Haut gefahren. Er hatte doch gar keine Ahnung, wie Kinder waren. Konnte er auch nicht haben. Aber Leonies Mutter machte nur ein zweifelndes Gesicht. Dann lächelte sie zaghaft und entwand ihre Hand Toms Griff.

Baumgartner räusperte sich. »Nun, dann könnte die Suche doch losgehen. Meine Kollegen sind bereits bei der Arbeit. Ich werde kurz mit der Feuerwehr das Vorgehen absprechen, damit sie unseren Leuten nicht im Weg stehen.«

Frau Wenninger sah Julia mit rot geweinten Augen an. »Sie kennen sich doch am besten im Wald aus. Wollen Sie nicht mitkommen und helfen, das Suchgebiet auszuwählen?« Sie ergriff Julias Ellenbogen.

Instinktiv wollte Julia ihren Arm befreien, tat es dann aber doch nicht. Aus dem Augenwinkel bemerkte sie, dass Dirk Berger, der Reporter, die Leute unter der anderen Linde ansprach. O nein. Den konnte sie jetzt wirklich nicht gebrauchen. Schließlich ging es darum, das Mädchen zu finden, und nicht darum, wilde Spekulationen in die Zeitung zu bringen. Sie nickte, drehte ihm den Rücken zu und ging mit Frau Wenninger und Baumgartner zu den Feuerwehrleuten. Tom folgte ihnen.

Korbinian Seiwald sah fast erfreut aus, Julia zu sehen, denn er lächelte sie kurz an. Bevor sie sich aber richtig begrüßen konnten, führte Frau Wenninger Julia weiter zu ihrem Mann. »Ralf, Ralf, sieh mal. Frau Sommer hat zugesagt, uns zu helfen!« Ihre Stimme klang aufgeregt, und auf ihren Wangen zeigten sich kleine rote Flecken.

Ralf Wenninger nickte Julia grüßend zu. »Schön, dass Sie auch dabei sind«, sagte er und wandte sich wieder Korbinian Seiwald zu. Die Sorge um seine Tochter stand auch ihm ins Gesicht geschrieben.

»Ralf, sie kennt sich aus, sie kennt den Wald am besten. Frau Sommer wird Leonie finden!« Ein hoffnungsvolles Lächeln erschien auf Frau Wenningers müdem Gesicht.

Julia wurde das Herz schwer. Wie sollte sie das denn schaffen? Wie sollte sie die Hoffnung dieser verzweifelten Eltern sein?

Sie öffnete den Mund, um etwas zu sagen, aber Tom kam ihr zuvor. »Wir werden unser Bestes geben, Frau Wenninger.« Dann zog er Julia ein Stück von Leonies Mutter weg und hin zu Korbinian Seiwald.

Während Martha sich der Gruppe angeschlossen hatte, die in Grafenried an jeder einzelnen Haustür klingeln wollte, halfen Julia und Tom bei der Suche nach Leonie im Wald und durchkämmten mit den anderen Freiwilligen das Gebiet, in dem die Schülerin normalerweise joggte.

Mittlerweile waren sie schon etwa eine halbe Stunde auf der Suche. Nachdem sich Baumgartner mit Korbinian Seiwald beraten hatte, waren die Sucheinheiten am Waldrand eingeteilt worden. Seite an Seite mit Tom und Cora an der einen und einer Frau aus Grafenried an ihrer anderen Seite ging Julia durch den Wald. Aber das ungute Gefühl, das Julia bei Frau Wenningers Vertrauensvorschuss verspürt hatte, hielt an und hatte die Kopfschmerzen abgelöst. Tom, der bemerkt hatte, wie blass sie nach den Worten von Leonies Mutter geworden war, warf ihr immer wieder einen aufmunternden Blick zu. Sie nahm sich vor, später in Ruhe mit ihm zu sprechen. Jetzt konnte sie nur hoffen, dass sie Leonie bald finden würden.

Baumgartner hatte Tom und ihr erzählt, dass das Mädchen kein Handy dabeigehabt hatte, nur einen iPod und Kopfhörer. Vielleicht hatte sie sich verletzt oder einen Schwächeanfall bekommen? Julia wollte das nicht glauben. Leonie war sehr sportlich und vollkommen gesund, zumindest als sie sie vor ein paar Tagen das letzte Mal gesehen hatte. Sie war doch erst sechzehn. Julia sah sie vor sich, wie sie mit Florian im Garten Fußball spielte und mit einem Hechtsprung einen Torschuss abwehrte. Was war nur mit ihr geschehen?

Schritt für Schritt bewegten sie sich durch den Wald, stocherten mit Stöcken im trockenen Laub auf dem Boden und spähten hinter umgestürzte Baumstämme. Julia versuchte, das Grün und Braun in sich aufzunehmen, wie sie es immer tat, wenn sie aufgewühlt war, aber durch die vielen Leute konnte sie sich nicht auf die Natur konzentrieren. Sie versuchte, den Wald zu spüren, zu fühlen, wo das Mädchen sich befand, aber da war nichts außer Sorge.

»Julia«, raunte Tom.

Sie sah zu ihm hin, und er machte eine Kopfbewegung nach links in Richtung Dirk Berger, der jetzt auf sie zustapfte. Julia stöhnte innerlich auf. Gleich war er bei ihr, und sie konnte ihm natürlich nicht mehr ausweichen. Sie starrte auf den Boden vor sich, konzentrierte sich auf das, was da vor ihr lag, und versuchte, ihn zu ignorieren. Selbst als Berger neben ihr stand und sie ansprach, hob sie den Blick nicht.

»Frau Sommer, sehr schön, dass Sie mitsuchen. Und sehr schön, dass ich Sie hier treffe.« Er klang ehrlich erfreut.

Damit war er jedoch allein. Julia murmelte etwas, das er hoffentlich nicht verstand. Aber er schien es als freundliche Einladung zu einem längeren Gespräch aufzufassen.

»Ich wollte auf meine Frage von heute Morgen zurückkommen. Sie hat ja nun an Brisanz gewonnen.« Der Reporter zog umständlich einen Notizblock aus der Jackentasche.

Julia sah ihn böse an. Wie konnte er gerade jetzt, da sich alles um die Suche nach Leonie drehte, nach dem Wolf fragen? »Wollen Sie nicht lieber etwas Sinnvolles tun und beim Suchen helfen?«, zischte sie ihn an.

»Die Arbeit im Lokaljournalismus ist nicht nur sehr sinnvoll, sondern auch absolut notwendig«, erwiderte Berger.

»Kommt wohl auf die Perspektive an.« Julia warf ihm erneut einen giftigen Blick zu.

»Könnte es Ihrer Meinung nach sein, dass ein Wolf hier umherstreift?«, fragte Berger ungerührt.

»Nein.« Julia machte ein paar Schritte, um den Anschluss zum Suchtrupp nicht zu verlieren, und der Reporter stolperte hinter ihr her.

»Und was ist mit dem Reh, das heute Nacht tot aufgefunden wurde?« Er sah sie neugierig an, den Stift gezückt, um sofort alles zu notieren, was sie sagte.

»Wildunfall«, entgegnete Julia einsilbig.

»Das stimmt nicht, und das wissen Sie!« Obermeier war hinter ihnen aufgetaucht. *Auch der noch!* Julia konnte sich ein Stöhnen nicht verkneifen, als er weiterredete: »Da war irgendwas ganz merkwürdig mit dem Reh. Ich hab es nicht überfahren, und wagen Sie ja nicht, das zu behaupten!« Seine Stimme überschlug sich fast vor Aufregung.

Julia zwang sich, ruhig zu bleiben und so zu tun, als wäre es ihr egal, dass die beiden ihre Zeit verschwendeten. Trotzdem machte sie ein paar größere Schritte, um den Anschluss zu den anderen nicht zu verlieren. »Um beurteilen zu können, was genau dem Tier zugestoßen ist, müssen Spezialisten es untersuchen.«

»Sind Sie als Försterin keine Spezialistin?«, fragte Berger sogleich.

»Nicht für die Beurteilung eventueller Bissspuren, die von großen Raubtieren stammen könnten.«

»Aber Sie müssen doch irgendwas tun«, beharrte Obermeier.

»Sie sehen doch, dass ich jetzt hier bin und mich an der Suche beteilige. Im Gegensatz zu Ihnen beiden.« Julia konnte nicht anders, als Berger und Obermeier darauf hinzuweisen.

»Frau Sommer, ich tue hier nur meine Arbeit. Und es ist außerordentlich wichtig, dass wir die Öffentlichkeit informiert halten. Das ist Ihnen doch klar?« Der Reporter lächelte sie kalt an.

Julia sah ihn an. Das Versprechen, das sie Straßmeier

gegeben hatte, fiel ihr ein. Nach einigen Sekunden sagte sie: »Es ist ebenso wichtig, dass sich diese Informationen an Fakten und Tatsachen halten. Ich kann Ihnen im Moment nicht weiterhelfen.«

»Dann rufen Sie mich an, wenn Sie sich den Kadaver angesehen haben«, forderte Berger.

Julia zuckte bei dem Wort »Kadaver« unwillkürlich zusammen. Den Ausdruck empfand sie als respektlos gegenüber einem Wildtier.

Berger schien ihren Unmut nicht zu bemerken. Er packte sie am Arm und trat nah an sie heran. »Es ist wichtig. Das könnte eine ganz große Story werden, die die Menschen bayernweit – ach was, bundesweit – interessiert«, raunte er, sodass nur sie es hören konnte.

Energisch entwand Julia ihm ihren Arm. Wie sollte sie den nur wieder loswerden? »Ich melde mich, wenn ich etwas Konkretes weiß«, log sie und kreuzte dabei zwei Finger hinter ihrem Rücken.

Berger sah sie forschend an und nickte, als sie seinem Blick standhielt. »Tun Sie das.« Er wandte sich zum Gehen. »Aber vergessen Sie es nicht!« Dann zog er mit Obermeier im Schlepptau von dannen.

Bis zum späten Nachmittag durchsuchten sie das Waldstück, in dem Julia und Leonies Eltern die Joggingstrecke vermuteten. Die Sonne stand bereits tief und tauchte die Stämme der Fichten in ein warmes, orangefarbenes Licht. Martha hatte mit einigen anderen älteren Damen aus dem Dorf zur Kaffeezeit heiße Getränke und Kuchen für die Suchtrupps gebracht, nachdem die Suche im Dorf keinen Hinweis auf Leonies Verbleib ergeben hatte. Alles hing von der Suche im Wald und in der näheren Umgebung ab, die die Polizei übernommen hatte.

Gegen 18:30 Uhr erklärte Kommissarin Baumgartner die Aktion im Wald für den Tag beendet. Sie sah dabei so aus, wie Julia sich fühlte: müde, hungrig und bedrückt. »Liebe Helferinnen und Helfer, vielen Dank für Ihre Zeit und Ihre Mühe. Für heute stellen wir die öffentliche Suche ein, was allerdings nicht für mich und meine Kollegen gilt. Wir werden weiter mit allen zur Verfügung stehenden Kräften nach Leonie suchen. Heute Abend um 20:30 Uhr findet im Gemeindesaal eine Versammlung statt, in der besprochen wird, wie Sie als Dorfgemeinschaft weiterhelfen können. Der Bürgermeister hat das freundlicherweise organisiert. Wenn Sie Zeit haben, gehen Sie hin. Aber auch, wenn Sie endlich nach Hause gehen möchten, ist das in Ordnung. Sollte Leonie bis morgen früh nicht wieder zu Hause aufgetaucht sein, werden wir eine weitere öffentliche Suche durchführen. Unsere Leute suchen weiterhin unermüdlich die Umgebung und die Nachbarorte ab. Die Kollegen in München sind informiert und fahren die typischen Aufenthaltsorte von Leonies Clique an sowie Schnellrestaurants, Bahnhöfe und Parks auf dem Weg von hier in die Stadt.« Baumgartner strich sich erschöpft eine Strähne ihres pechschwarzen Haares aus dem Gesicht. »Ich möchte Ihnen allen noch einmal herzlich für Ihre Mithilfe danken.« Sie wandte sich ab und zog ein Feuerzeug und ein Päckchen Zigaretten aus der Jackentasche, klopfte eine heraus, zündete sie an und inhalierte tief.

Julia hatte den Eindruck, dass Baumgartners Hände dabei zitterten. Auf ihrer Stirn zeichneten sich Sorgenfalten ab. Wie seltsam, dass die knallharte Kommissarin auf Leonies Verschwinden so heftig reagierte. Wusste sie vielleicht mehr, als sie zugab? Julia überlegte, ob sie zu ihr gehen und sie daran erinnern sollte, dass das Rauchen im Wald zwischen dem 31. März und dem 30. Oktober untersagt war. Oder sollte sie sie lieber fragen, wie es ihr ging? Doch Baumgartner ging schnellen Schrittes zum Waldrand.

Die Freiwilligen der Suchtrupps standen noch eine Weile verloren zwischen den Bäumen. Niemand sagte ein Wort, stumme Verzweiflung hatte die Zuversicht vom Vormittag abgelöst.

Julia sah Tom an, der neben ihr stand. Seine dunklen Augen schimmerten fast schwarz, und seine Kiefermuskeln waren angespannt. Er erwiderte ihren Blick.

»Ich«, er räusperte sich, »ich denke, ich werde jetzt nach Hause gehen. Cora braucht etwas zu fressen und ein bisschen Ruhe.« Er tätschelte der Hündin den Kopf.

Ein stilles, leeres Zuhause. Julia dachte an das Forsthaus und an Florian und Oma. Wie wunderbar, dass sie die beiden hatte und nicht allein war. Allein wie Leonies Eltern. Ihre Augen brannten.

»Sehen wir uns nachher bei der Versammlung?«, fragte Tom leise.

Julia nickte. Dann machte sie sich auf den Weg zum Forsthaus. Nach Hause zu ihrer kleinen Familie.

Fünf

Zu Hause erwarteten Julia ein hektisch blinkender Anrufbeantworter und ein müder Florian. Ihr Sohn saß mit Martha beim Abendbrot und war ziemlich wortkarg, was Julia überraschte. Normalerweise sprudelte er abends geradezu und erzählte von jeder Kleinigkeit, die er tagsüber erlebt hatte. Sie nahm sich ein Glas Wasser und einen Teller und setzte sich zu den beiden an den Küchentisch.

»War es schön bei Papa?«, fragte sie Florian.

»Ja.« Er sah sie nicht einmal richtig an.

Julia warf Martha einen Blick zu. »Hast du …?«

»Nein, natürlich nicht«, antwortete Martha.

Oma hatte Florian also nicht erzählt, dass Leonie verschwunden war. Das hätte ihr auch gar nicht ähnlich gesehen. Abgesehen vielleicht von Julia war Florian Marthas Ein und Alles. Trotz ihres Alters kümmerte sie sich rührend um ihren Urenkel und beschützte ihn so gut, wie es ihr möglich war. Julia konnte sich nicht vorstellen, wie sie jemals ohne Martha zurechtkommen sollte. Ihre Großmutter wurde nicht müde zu verkünden, dass sie schon eine alte Frau sei, was ja auch den Tatsachen entsprach. Und doch schienen Flo und ihre Arbeit im Haushalt sie fit und jung zu halten. Natürlich nahm Julia ihr alle schweren Erledigungen ab, machte den Einkauf und putzte das Haus. Trotzdem hatte sich Oma in dem Jahr, das sie jetzt zusammen in Grafenried wohnten, für sie unentbehrlich gemacht und war regelrecht aufgeblüht.

Florian starrte das Salamibrot an, das, garniert mit einem Cocktailspießchen mit Kirschtomaten und Gurkenwürfeln, vor ihm auf dem Teller lag.

»Hey, Salami-Joe, was ist los? Magst du dein Lieblingsabendbrot heute nicht?« Julia strich ihm liebevoll über den Kopf.

Flo schüttelte nur stumm den Kopf und gähnte.

Julia sah ihn forschend an. »Na gut, dann komm mal mit. Ich bringe dich ins Bett.« Sie stand auf und nahm ihn an der Hand.

Florian hatte sein Abendbrot nicht angerührt, weshalb sie sich einerseits sorgte. Andererseits wusste sie natürlich nicht, was er heute während des »Männerausflugs« mit seinem Vater gegessen hatte. Bestimmt Fast Food, Pommes und Burger oder so. Sie hielt nicht viel von diesem Zeug, aber es war Markus' Art, bei Florian zu punkten. Die wenigen Male würden Flo schon nicht schaden.

Florian schlurfte mit hängendem Kopf die Treppe in das obere Stockwerk hinauf. Auf der letzten Stufe hielt er inne, als müsse er verschnaufen, aber Julia schob ihn sanft weiter ins Bad. Während er sich die Zähne putzte, holte sie seinen Schlafanzug aus dem Kinderzimmer. Mit gewaschenem Gesicht und gekämmten Haaren saß Florian kurz darauf in seinem Bett und machte plötzlich wieder einen wachen, aber auch besorgten Eindruck.

»Mama?«, fragte er zögerlich und sah sie aus seinen großen himmelblauen Augen an.

»Ja, Schatz?«

»Hast du Geschwister?«

Julia runzelte die Stirn. Wenn es um gewichtige Themen ging, stellte Florian nie direkte Fragen, sondern tastete sich langsam an sie heran. Worauf wollte er also hinaus? »Nein, du weißt doch, ich habe keine Schwester und keinen Bruder. Leider, sonst wäre unsere Familie größer, und du hättest einen Onkel oder …«

»Jaja«, unterbrach Florian sie. »Weiß ich. Hast du schon oft gesagt.« Er verfiel wieder in Schweigen und schien angestrengt nachzudenken.

Julia ließ ihm einen Moment Zeit, bevor sie fragte: »Hat Papa mit dir über Geschwister gesprochen?«

Florian hob den Blick und sah sie unsicher an. Dann nickte er. »Papa hat gesagt, dass ich ein großer Bruder werde.«

Julia atmete tief durch. Es war also so weit, sie hätte es sich denken können. Markus hatte seit über einem Jahr eine neue Freundin. Eine junge Freundin. Anke war also schwanger. Julia hatte sie ein paarmal kurz getroffen, wenn Markus und Anke Florian abgeholt hatten. Sie war eine dralle Blondine, die aus jeder Pore Mütterlichkeit ausstrahlte. Das passte natürlich gut zu ihrer Arbeit als Erzieherin, und Julia hatte geahnt, dass es nur eine Frage der Zeit war, bis ihr Wunsch, eigene Kinder zu haben, über Markus' kindisches Bedürfnis nach unbeschwerter Unterhaltung siegen würde. Julia wollte ihren unsteten Exmann um nichts in der Welt zurückhaben, und doch spürte sie einen kleinen Stich im Herzen.

»Worüber machst du dir Sorgen, Flo?« Sie nahm die kleine Hand ihres Sohnes in ihre große.

»Was muss ein großer Bruder machen?«

»Nichts Besonderes. Nett sein zu dem Baby, ihm nicht

wehtun, es nicht erschrecken, und wenn dein Geschwisterchen größer ist, kannst du mit ihm spielen, wenn du magst.«

»Muss ich babysitten so wie Leonie?«

Julia schluckte. Dann schüttelte sie den Kopf und lächelte. Das wäre ja noch schöner. »Nein, das musst du bestimmt nicht.« Als sie sah, dass Florians Miene sich verdüsterte, fügte sie eilig hinzu: »Nur wenn du das willst. Natürlich kannst du, wenn du etwas älter bist, auch mal auf dein Geschwisterchen aufpassen.«

»Ich könnte mit ihm Auto spielen und ihm die Buchstaben beibringen«, schlug Florian begeistert vor.

»Du wirst ein toller großer Bruder sein.« Julia küsste ihren Sohn, der nun beruhigt zu sein schien.

Dann kuschelte Florian sich ins Bett, und sie deckte ihn zu. Sorgsam steckte sie die Decke um ihn herum fest. »Gute Nacht, Augenstern.«

»Gute Nacht, Mama.«

Nachdenklich ging Julia die Treppe hinunter ins Erdgeschoss, dann gleich weiter in den Keller. Was für ein Tag! Und er war noch nicht zu Ende.

In der Wildkammer war es kalt, und sie bekam Gänsehaut an den Unterarmen. Das Reh lag auf dem großen Stahltisch in der Mitte des Raumes, dessen Boden und Wände weiß gefliest waren. Obwohl noch ein wenig Tageslicht durch das vergitterte Kellerfenster hereinfiel, drückte Julia den Schalter, und die Neonröhre an der Decke flackerte grell auf.

Sie nahm sich ein Paar Einweghandschuhe aus einer Box, zog sie an und drehte das Reh so auf die Seite, dass sie die Wunde am Hals gut erkennen konnte. An der Kehle des Tieres fehlte ein Stück Fell, die Unterhaut war an zwei Stellen durchtrennt. Das konnten Spuren von Fangzähnen sein. Sie kannte sich mit Bisswunden nicht besonders gut aus, aber diese Verletzungen hatte mit Sicherheit kein Fuchs angerichtet. Vielleicht doch ein Wolf?

Julia streifte den rechten Handschuh ab und zog ihr Smartphone aus der Gesäßtasche. Mit der Linken hielt sie das Reh in Position und machte dann einige Aufnahmen. Die Fotos wollte sie Straßmeier schicken mit der Bitte, das Reh fachkundig untersuchen zu lassen.

Ihr Handy piepste, und sie zuckte erschrocken zusammen. Eine Nachricht von Tom, der sie an die Bürgerversammlung erinnerte. Sie zog auch den anderen Handschuh aus, warf beide in den Mülleimer und löschte das Licht. Dann stieg sie die Treppe hinauf und schloss sorgsam die Kellertür ab.

Bevor sie sich auf den Weg zum Gemeindesaal machte, hörte sie noch den Anrufbeantworter im Büro ab und sah die Liste der Anrufer durch, die versucht hatten, sie zu erreichen, während sie bei der Suche nach Leonie geholfen hatte. Straßmeier, der Nummer nach zu urteilen. Vier Anrufe. Sie nahm sich fest vor, ihm am nächsten Morgen die Fotos des Rehs zu schicken.

Der Gemeindesaal im ersten Stock des Pfarrheims war brechend voll. Die Versammlung hatte noch nicht begonnen, und das laute Stimmengewirr dröhnte in Julias Ohren, als sie den Raum betrat. Stühle wurden über den abgenutzten Parkettboden gezogen, am anderen Ende des Saales schob jemand zwei Tische mit einem Knall zusammen, als wolle er die wichtigen Leute von der Masse trennen. Hinter diesen Tischen standen Leonies Eltern, deren Gesichter ganz grau vor Sorge wirkten, neben ihnen Bürgermeister Sonnleitner sowie einige Gemeinderatsmitglieder, deren Namen Julia vergessen hatte. Tom konnte sie nirgends entdecken, weshalb sie neben der Tür stehen blieb und sich an die Wand lehnte. Von hier aus konnte sie den gesamten Saal überblicken.

An der linken Seite vor den Fenstern, vor denen gerade die Sonne unterging, entdeckte sie Berger. Auf dem Fensterbrett hinter ihm lagen seine Kamera und mehrere Objektive. Der Reporter kramte in den Taschen seines Jacketts und zog seinen kleinen Notizblock hervor. Natürlich ließ der sich die Versammlung nicht entgehen, dachte Julia missmutig, es gab ja etwas zu berichten. Vielleicht würde er aber auch mit dem heutigen Abend endlich aufhören, nach dem Wolf zu fragen, und sich auf die Suche nach Leonie konzentrieren. Falls sich Leonie bei einer Freundin aufhielt, bekäme sie auf diese Weise mit, dass sie gesucht wurde.

Als der Bürgermeister, der Gemeinderat und das Ehepaar Wenninger sich setzten, erklangen in der Menge der Anwesenden einige »Sch-Sch«-Laute. Ein paar Nachzügler ließen sich auf freien Stühlen nieder, und das allgemeine Gemurmel legte sich.

Bürgermeister Sonnleitner erhob sich. Die grauen Haare hatte er zurückgekämmt, und sein kariertes Hemd spannte über dem rundlichen Bauch, den er dem Publikum entgegenstreckte. »Liebe Mitbürgerinnen und Mitbürger. An manchen Tagen, an solchen Tagen wie heute, gibt es einen traurigen Anlass für eine Versammlung. Leider ist Leonie

Wenninger immer noch nicht nach Hause gekommen, und unsere Suche heute Nachmittag war nicht erfolgreich. Wir sind hier zusammengekommen, um zu besprechen, wie wir Leonies Eltern bei der Suche nach ihrer Tochter weiter unterstützen können. Die Polizei arbeitet mit Hochdruck daran, Leonie zu finden.« Dabei nickte er einem Mann zu, der in der ersten Reihe saß, und Julia erkannte die hochgewachsene Statur von Kriminalkommissar Mario Winkler, Baumgartners Kollegen. »Aber ihr stehen unglücklicherweise im Moment nicht genügend personelle Ressourcen zur Verfügung. Deswegen werden wir als Gemeinde weiterhin bei der Suche helfen.«

Von den anwesenden Dorfbewohnern war zustimmendes Gemurmel und vereinzelter Beifall zu hören.

Julia beobachtete, wie Berger einem Mann im Publikum zunickte, der sich daraufhin erhob, und, als er vom Bürgermeister das Wort erteilt bekam, mit lauter Stimme fragte: »Und was ist, wenn der Wolf die Leonie erwischt hat?«

Einen Moment lang war es im Saal ganz still. Der Mann blieb stehen und starrte stur nach vorne. Bestimmt hatte Berger ihm eingeschärft, ihn nicht anzusehen.

Sonnleitner fasste sich als Erster. »Was für ein Wolf? Hast du einen Wolf gesehen?«

»Ich nicht. Aber ich habe gehört, dass einer in unserem Forst herumstreift.« Der Mann setzte sich schnell wieder und sah zu Boden.

Frau Wenninger brach in Tränen aus und verbarg das Gesicht in den Händen.

Julia funkelte Berger wütend an. Es war offensichtlich, dass er diesen Auftritt geplant hatte und ihm dabei die

Gefühle von Leonies Eltern völlig gleichgültig waren. Wie konnte er es wagen?

Doch ehe sie ihrem Zorn Luft machen konnte, stand ein anderer Mann ein paar Stuhlreihen vor ihr auf. »Ich bin diese Woche durch den Forst gefahren und habe den Wolf gesehen. Erst dachte ich, es wäre ein Hund, aber es war weit und breit kein Mensch zu sehen, zu dem er gehörte.«

»Hast du ein Foto gemacht?« Sonnleitner runzelte besorgt die Stirn. Immerhin schien ihn die Wolfstheorie ebenso wenig wie Julia zu überzeugen.

»Nein. War ja gar nicht so viel Zeit, da war das Vieh schon im Unterholz verschwunden«, murmelte der Mann so leise, dass Julia ihn kaum verstehen konnte.

»Ich habe ein Video aufgenommen.« Ein weiterer Dorfbewohner war inzwischen aufgesprungen und hielt demonstrativ sein Smartphone in die Höhe.

Sonnleitner winkte ihn nach vorne und fummelte eine Lesebrille aus der Hemdtasche. Er setzte sie auf und betrachtete das Bild auf dem Handydisplay mit sorgenvoller Miene. »Da kann man aber nicht viel erkennen.«

Sein Gegenüber zog das Handy weg. »Ich hab's auf YouTube hochgeladen. Auf einem größeren Bildschirm sieht man schon, dass es ein Wolf ist. Haben schon ganz schön viele Leute angeklickt.« Er konnte einen gewissen Stolz in seiner Stimme nicht unterdrücken.

Die stille Betroffenheit der Versammelten wich plötzlich aufgeregtem Durcheinanderreden, und die Leute im Saal diskutierten heftig mit ihren Sitznachbarn.

In diesem Moment schlüpfte Tom zur Tür herein, sah sich kurz um und entdeckte Julia. Er stellte sich zu ihr, und sie sah ihn fassungslos an.

»Was ist denn hier los?«, flüsterte er.

Julia atmete durch und versuchte, möglichst ruhig zu antworten. »Dieser dämliche Berger hat die Leute dazu gebracht, darüber zu spekulieren, ob ein Wolf Leonie was angetan hat«, brachte sie hervor. »Und Frau Wenninger ist jetzt völlig fertig, wenn das überhaupt noch steigerungsfähig gewesen ist.«

»Oh.« Tom sah zwischen Berger, der sich eifrig Notizen machte, und Leonies Eltern hin und her. Herr Wenninger hielt seine Frau, die von heftigen Weinkrämpfen geschüttelt wurde, in den Armen.

Unterdessen war Kirsten Schulz, die Tierärztin von Grafenried, aufgestanden. Sie war eine große Frau mit grauen schulterlangen Locken und – wie Julia – eine Zugezogene. Sie schien etwas sagen zu wollen, aber Sonnleitner beachtete sie nicht, während die Geräuschkulisse im Saal immer lauter wurde.

»Herr Bürgermeister«, rief Kirsten Schulz schließlich, »wir sollten zum ursprünglichen Thema unserer Zusammenkunft zurückkommen! Wenn es einen Wolf im Ebersberger Forst gibt, dann sollten wir froh sein, dass die Natur wieder bei uns Einzug hält. Das ist ein gutes Zeichen. Mit dem Verschwinden von Leonie hat das sicher nichts zu tun. Wölfe sind scheue Tiere, sie nähern sich dem Menschen nicht einfach so. Und ihre Beute sind wir erst recht nicht!« Die Tierärztin musste fast schreien, um gegen den Lärm anzukommen, und ihre Stimme wurde dabei immer schriller.

Einerseits war Julia ihr dankbar, weil sie versuchte, die Diskussion wieder in vernünftige Bahnen zu lenken, aber ihre Stimme tat ihr in den Ohren weh.

»Jetzt ist aber einmal Ruhe hier!« Der Bürgermeister schlug mit der Faust auf den Tisch.

Einen Moment lang wurde es tatsächlich still im Saal. Dann stand ein Gemeinderatsmitglied neben Sonnleitner auf.

»Entschuldige, Sepp, aber ich glaube nicht, dass ein Wolf harmlos ist. Gestern Nachmittag ist meine Schwägerin mit dem Kinderwagen und dem Hund hinten am Waldfriedhof spazieren gegangen. Sie macht immer eine große Runde. Und plötzlich hat sie bemerkt, dass ein Wolf sie verfolgt. Er ist hinter ihr hergelaufen und immer näher gekommen.«

Sonnleitner nahm die Lesebrille ab und sah den Mann an. »Ist sie sicher, dass es ein Wolf war? Ein Schäferhund schaut doch recht ähnlich aus.«

»Sie ist sich ganz sicher. Sie hat ihn ja sehr genau sehen können.« Der Mann warf den Wenningers einen Blick zu und nickte, um seinen Worten Nachdruck zu verleihen.

Auf Sonnleitners Gesicht erschien ein Ausdruck der Entschlossenheit. »Dann müssen wir etwas tun. Wir müssen den Wolf erwischen.«

Julia konnte nicht mehr an sich halten. Sie trat einen Schritt vor und rief: »Das ist doch Quatsch und hilft Leonie kein bisschen! Wir sollten lieber sie suchen, bei ihren Freunden nachfragen und herausfinden, ob sie Schwierigkeiten in der Schule hatte.«

Blitzlicht erhellte den Saal und blendete sie. Berger hatte sie fotografiert. Julia warf ihm einen wütenden Blick zu, aber er lächelte nur, als er die Kamera sinken ließ und die Aufnahme auf dem Display prüfte.

»Wir werden ja weiter nach Leonie suchen.« Die Stimme des Bürgermeisters war im Stimmengewirr kaum hörbar. »Aber …«

»Ein Wolf tut doch nichts! Das ist doch alles Unsinn!« Julia konnte nicht verstehen, wie die Leute wirklich glauben konnten, dass ein Wolf einen Menschen angreifen oder sogar verschleppen würde. So etwas geschah nur in Märchen oder schlechten Horrorfilmen.

Sonnleitner schien genug zu haben. Er schlug nochmals mit der Hand auf den Tisch, um sich Gehör zu verschaffen. »Wir beenden die Versammlung jetzt. Das hat so keinen Sinn. Außerordentliche Gemeinderatssitzung morgen früh um acht Uhr. Die Sitzung ist nicht öffentlich. Die Jägerschaft wird sich ebenfalls besprechen. Und um 13 Uhr treffen sich am Maibaum alle, die weiter bei der Suche nach dem Mädchen mithelfen wollen. Die Sitzung ist beendet«, rief er und stand auf.

Julia wollte noch etwas einwenden, aber Tom zog sie zurück. Er legte ihr einen Arm um die Schultern und brummte: »Lass es gut sein. Die werden jetzt nicht auf dich hören.«

Zusammen reihten sie sich in den Strom der Leute ein, die zur Tür hinaus- und hinunter auf den Dorfplatz strömten. Vor dem Gebäude blieben einige in Grüppchen stehen, um sich über das Gehörte auszutauschen. Julia stellte sich mit Tom etwas abseits hin, sie wollte noch mit ihm sprechen.

Aufgebracht packte sie ihn am Arm. »Wie können sie einfach davon ausgehen, dass der Wolf etwas mit Leonie zu tun hat? Das ist doch totaler Mist.« So viel Dummheit wollte ihr einfach nicht in den Kopf gehen.

»Natürlich ist es Mist. Aber die einfache Erklärung ist

immer die beste. Ein Mädchen ist weg, ein Wolf ist da, also muss er etwas damit zu tun haben.« Tom legte den Kopf schief und sah sie an.

»Fängst du jetzt auch noch mit diesem Quatsch an?«, fragte sie aggressiver, als sie beabsichtigte.

»Nein. Ich versuche nur, dir zu erklären, wie die Leute denken.«

Julia atmete tief durch. Wahrscheinlich hatte er recht. Aber es war einfach so dumm, sich nicht ganz und gar auf die Suche nach Leonie zu konzentrieren. Julia sah sie vor sich, wie sie letzte Woche lachend aus dem Kinderzimmer gekommen war, nachdem sie Florian bei den Hausaufgaben geholfen hatte. *Ihr durfte einfach nichts passiert sein!* Es wurde still um sie herum, und sie bemerkte, dass Leonies Eltern das Pfarrhaus verlassen hatten. Frau Wenninger kämpfte immer noch mit den Tränen.

Als Herr Wenninger Julia entdeckte, schritt er auf sie zu. Sein Gesicht war rot, und er atmete heftig. »Sie! Heute Nachmittag haben Sie noch so getan, als liege Ihnen etwas daran, dass unsere Tochter gerettet wird. Heute Abend scheint Ihnen irgendein wildes Tier wichtiger zu sein. Ich sage Ihnen eins: Wenn dieses Raubtier meiner Tochter etwas getan hat, dann gnade Ihnen Gott!«

Herbst 1947

Sie würde der Mutter zeigen, dass sie nähen konnte. Die Gelegenheit war günstig, weil ihre Eltern mit Marei zu einer Hochzeit gefahren waren und den ganzen Sonntag fort sein würden. Um sie nicht begleiten zu müssen, hatte Martha eine Erkältung vorgeschützt.

Die Armeedecke lag ausgebreitet auf dem Boden der Stube. Es war kalt, weil der Raum so gut wie nie benutzt und deswegen auch nicht beheizt wurde. Trotzdem kam Martha ins Schwitzen, als sie mit Mutters großer Schere den schweren Stoff für den Mantel zuschnitt. Er würde die Mutter im nahenden Winter wärmen.

Martha heftete die beiden Rückenteile erst mit Stecknadeln zusammen und fixierte sie mit einer Heftnaht aus weißem Bindfaden. Da der Armeestoff so dick war, musste sie einige Kraft aufwenden, um die Nadel hindurchzustechen. Aber die Anstrengung machte ihr nichts aus, denn sie freute sich schon sehr auf das Ergebnis. Sie stellte sich vor, wie die Mutter sich glückstrahlend in den Mantel kuscheln würde. Fesch würde sie aussehen, und keiner aus dem Dorf würde es mehr wagen, sie wegen ihrer abgerissenen Kleidung zu verhöhnen.

Fertig. Rasch lief Martha in die Küche und holte einen Schemel, den sie vor der Nähmaschine platzierte. Sie fädelte einen grauen Faden genauso sorgsam in die Maschine ein, wie sie es schon oft bei ihrer Mutter gesehen hatte. Dann nahm sie den Stoff, richtete ihn gewissenhaft aus und trat ehrfürchtig auf das große Pedal. Die Nadel bewegte sich. Schnell nahm sie den Fuß vom Pedal, richtete den Stoff ein weiteres Mal exakt unter der Nadel aus und trat wieder auf den Fußhebel. Die Nadel fraß sich in den Stoff, tauchte ein, tauchte auf und zauberte eine saubere Naht. Ein glücklicher Schauer überlief Martha.

Die Nähmaschine war Mutters Heiligtum. Sie hatte sie als Aussteuer von ihren Eltern bekommen. Auf ihr nähte sie Kleidung für Martha und ihre Schwester, und Martha wusste, dass sie für ihre Mutter auch die eiserne Reserve war und sie die Maschine verkauft hätte, wäre es in der Not des Krieges erforderlich gewesen. Oft hatte sie davon gesprochen, immer dann, wenn sie nicht gewusst hatten, was sie am nächsten Tag essen sollten. Martha war jedes Mal das Herz gesunken, und sie hatte sich umso eifriger um die Hühner und die Kühe gekümmert, hatte jeden Tropfen Milch einzeln aus den Eutern gestreichelt, nur damit ihre Mutter die Nähmaschine nicht verkaufen musste.

Auch ihr war die Nähmaschine heilig. Sie war Marthas Ausweg aus der ihr vorbestimmten Zukunft. Sie liebte den Hof, sie liebte ihre Schwester und ihre Eltern. Aber nie, nie, nie würde sie als Bauersfrau glücklich werden. Sie wollte mehr. Sie wollte schöne Kleider nähen und tragen. Manchmal, wenn sie Vaters Schwester Elsa im Dorf besuchten, durfte sie die Nase in deren Modemagazine stecken. Elsa war Damenschneiderin. Wie herrlich das Wort in Marthas Ohren klang!

Sie durfte sich den ganzen Tag mit den wunderbarsten Dingen umgeben, Stoffen, Garnen und Knöpfen. Das musste der Himmel sein.

Ping!

Mit dem spitzen Geräusch endete Marthas Tagtraum abrupt. Sie stoppte das Pedal und damit den Lauf der Maschine und starrte fassungslos auf die Nadel.

Sie war abgebrochen.

Gepeinigt von Gewissensbissen verrichtete Martha alle möglichen anfallenden Arbeiten. Sie versorgte das Vieh, räumte die Küche auf, fegte den Hof und heftete schließlich noch die restlichen Teile des Mantels zusammen, die Ärmel, die Vorderteile und den Kragen. Danach räumte sie die Stube auf und putzte. Es blitzte und blinkte überall, doch die abgebrochene Nadel konnte das nicht wiederherstellen. Es war die einzige Nadel, die die Familie besaß. Eine neue zu kaufen war schier unmöglich. Erstens gab es kaum welche, und zweitens war es bestimmt unsäglich teuer, wenn man denn eine erstehen konnte. Ausgerechnet jetzt, vor dem Winter, war ihr die Nadel zerbrochen, in einer Zeit, die Mutter doch so gern damit verbrachte, an der Nähmaschine Kleidung auszubessern oder neue zu nähen.

Tränen liefen über Marthas Gesicht, und sie weinte immer noch, als ihre Familie abends nach Hause kam.

Freitag, 6. Mai 2016

Sonnenaufgang	05:47 Uhr
Sonnenuntergang	20:35 Uhr
Minimaltemperatur	5,3 °C
Maximaltemperatur	21,6 °C
Erdbodenzustand (6UTC)	trocken
Niederschlag	0 l/m²
Sonnenscheindauer	14,1 h
Waldbrandgefahrenstufe	3 (mittel)
Namenstage	Antonia, Gundula

Sechs

Am nächsten Morgen sah Julia ihn mit eigenen Augen.

Sie war in der Morgendämmerung auf dem Weg zu einem jungen Buchenbestand, der dringend eine Durchforstung benötigte. Die Vögel zwitscherten, und sie atmete glücklich die herbe Waldluft ein. Hier herrschte Frieden, hier war alles, wie es sein sollte.

Julia zückte gerade die Spraydose, mit der sie die Buchen markierte, die entnommen werden sollten, als eine Bewegung ihre Aufmerksamkeit erregte. Wie angewurzelt blieb sie stehen. Ein Kribbeln durchfuhr sie.

Etwa zwanzig Meter entfernt, dort, wo ein Sonnenstrahl durch eine Lücke im Bestand fiel, stand der Wolf.

Das Tier hatte braungraues Fell und kam ihr erstaunlich groß vor, von der länglichen Schnauze bis zur Schwanzspitze war es bestimmt über einen Meter lang. *Was für ein schönes, stolzes Geschöpf!* Fast bedauerte sie, dass sie den Wolf sah und nun Gewissheit hatte. Ein streunender Hund wäre eine einfachere Erklärung gewesen, die die aufgebrachte Stimmung in der Gemeinde wieder beruhigt hätte.

Der Wolf war ebenfalls stehen geblieben.

Die Gedanken rasten durch Julias Kopf. Sollte sie ihren Standort verändern, sodass der Wind ihre Witterung nicht zu ihm trug? Sollte sie schreien und mit den Armen rudern, um groß zu wirken und ihn zu vertreiben? Oder einfach stillstehen wie er?

Der Wolf drehte den Kopf und hob die Schnauze in die Luft. Das Fell unterhalb seines Kopfes und an seiner Kehle war weiß, schneeweiß, und sah flauschig aus.

Vorsichtig tastete Julia in ihrer Tasche nach dem Handy. Wie in Zeitlupe und mit der geringsten Bewegung, zu der sie in ihrer Aufregung fähig war, zog sie es heraus und aktivierte die Kamera. Ohne den Wolf aus den Augen zu lassen, das Telefon in Hüfthöhe, machte sie mehrere Fotos. Das Telefon gab leise Klickgeräusche von sich.

Der Wolf drehte und senkte den Kopf, dann fiel sein Blick auf sie.

Julia fluchte innerlich, weil er die Kamera gehört haben musste und jetzt zwangsläufig ihre Witterung aufgenommen hatte.

Einen Moment lang standen der Wolf und sie nur im Wald und sahen sich an. Dann fuhr ein Windstoß rauschend durch die Buchenblätter – und der Wolf lief davon. So plötzlich, wie er aufgetaucht war, war er wieder verschwunden.

Julia stieß hörbar den Atem aus. Erst jetzt merkte sie, dass sie die Luft angehalten hatte und das Adrenalin in ihren Ohren rauschte. Sie sah sich die Fotos auf ihrem Handy an. Die meisten waren unscharf, aber auf ein paar konnte man den Wolf sehr gut erkennen. Es gab keinen Zweifel – es war ein Wolf. Die langgezogene Schnauze, der Körperbau. Eine Verwechslung mit einem Hund war ausgeschlossen. Außerdem wäre ein streunender Hund so tief im Wald schon eine große Überraschung gewesen. Nachdenklich steckte sie das Telefon wieder in die Tasche. Sie musste endlich diesen Straßmeier anrufen oder im Landesamt für Umwelt, damit die Wolfssichtung offiziell bestätigt werden konnte. Die Fotos würden dabei helfen. Der Buchenbestand dagegen konnte warten.

Julia sah sich um und versuchte, sich zu orientieren. Sie war tief im Wald. Auf welchem Weg ging es am schnellsten zu ihrem Wagen? Sie beschloss, eine Abkürzung zu nehmen, und stapfte an den dicken Buchen vorbei in Richtung des nächstgelegenen Forstwegs.

Wo mochte der Wolf jetzt sein? Aufmerksam spähte sie bei jedem Schritt links und rechts in den Wald.

Als Julia auf den gekiesten Forstweg trat, sah sie sich um. Wie ein amerikanischer Highway zog sich die Forststraße scheinbar endlos durch den Wald. Sie wandte sich nach rechts und wäre beinahe auf einen Gegenstand am Boden getreten.

Vor ihr lag ein kleiner grüner iPod mit Kopfhörern. Ihr lief es kalt über den Rücken. Hatte Leonie nicht so einen?

Julia kramte das Handy wieder aus der Tasche, ohne den Blick von dem Player abzuwenden. Sie war sich sehr sicher, dass sie so einen schon bei Leonie gesehen hatte. Einen der beiden Kopfhörer hatte die Sechzehnjährige Florian gegeben und mit ihm zusammen Musik gehört. Florian war begeistert gewesen und hatte ihr einen seiner kleinen Glücksaufkleber mit einem Marienkäfer geschenkt. Hatte Leonie den nicht auf den iPod geklebt?

Julia zögerte. Den iPod konnte natürlich auch ein Spaziergänger oder ein anderer Jogger verloren haben. In dem Fall wäre es besser, sie nähme ihn einfach mit und gäbe ihn im Fundbüro des Dorfes ab. Aber sicher konnte sie nicht sein, also machte sie ein Foto von dem Gegenstand. Dann beugte sie sich hinunter, um das Gerät genauer zu betrachten, berührte es allerdings nicht. Einen Hinweis auf den Besitzer fand sie damit natürlich nicht. Der iPod sah unbeschädigt aus, und sie kannte sich auch zu wenig mit diesen Geräten aus, um sagen zu können, ob dieser hier noch neu war. Die im Morgenlicht spiegelnde Glasoberfläche war unversehrt, sie konnte keine Kratzer entdecken. Der Besitzer würde sich bestimmt freuen, den iPod zurückzuerhalten. Sie könnte ihn einfach in die Tasche stecken und mitnehmen, aber irgendein vages Gefühl hinderte sie daran. Sie machte noch eine Nahaufnahme. Dann richtete sie sich auf und überprüfte, ob sie Empfang hatte. Ein einzelner kleiner Balken zeigte ihr an, dass zumindest die vage Chance auf ein Telefonat bestand. Sie rief das Adressbuch auf und tippte auf die Nummer von Kriminalhauptkommissarin Baumgartner, die sie seit dem letzten Sommer eingespeichert hatte.

Es tutete. Dann hörte sie ein krachendes Geräusch in der Leitung.

»Frau Baumgartner?«, rief Julia ins Handy.

»Ja?« Krchhch.

»Hallo, hier ist Julia Sommer. Ich …« Plötzlich kam es ihr albern vor, die Polizistin am frühen Morgen wegen einer möglichen Belanglosigkeit zu stören.

»Frau Sommer? Was ist denn?«

Wieder rauschte es in der Leitung. Julia bewegte sich nicht, um den Empfang nicht zu verlieren. »Ich weiß nicht, vielleicht ist es nichts. Aber weil Leonie doch verschwunden ist.«

»Ja?«

»Ich … Also ich bin im Wald. Und ich habe einen iPod gefunden. Ich glaube, genau so einen besitzt Leonie.«

Baumgartner würde mindestens eine halbe Stunde brauchen, bis sie bei Julia war. Sie hatte sie darum gebeten, bei der Fundstelle auf sie zu warten.

Julia versuchte, ihr ein Foto zu schicken, aber dafür war der Empfang zu schwach. Unschlüssig sah sie sich um. Der Wald erwachte gerade erst richtig. Die Vögel zwitscherten, und die Sonne stand noch nicht über den Wipfeln der Bäume.

Julia überlegte, ob sie sich neben den iPod auf den Kiesweg setzen sollte, entschied sich dann aber doch, stehen zu bleiben, weil der feuchte Sand zwischen dem Kies nicht gerade zum Sitzen einlud. Was sollte sie mit ihrer Zeit anfangen, bis Baumgartner eintraf?

Einen Moment später zog sie das Telefon aus der Hosentasche und sah sich die Fotos von dem Wolf noch einmal an. Nach anfänglichem Zögern löschte sie die unscharfen Aufnahmen. Die übrigen würden als Beweis schon reichen, anhand ihrer konnte ein Experte das Tier womöglich identifizieren. Sie war ja schließlich nicht mal zehn Meter von dem Tier entfernt gewesen.

Das Motorengeräusch eines sich nähernden Fahrzeugs ließ sie aufsehen, und sie spähte die Straße entlang. Nach einigen Momenten erkannte sie, dass es nicht der BMW der Polizistin war. Nein, es war ein alter hellblauer Suzuki Vitara, der einen heruntergekommenen grauen Bauwagen hinter sich herzog. Am Steuer saß Max Aigner, der Brennholz-Max.

Nach einem kurzen Blick auf den iPod ging sie ihm entgegen. Wenn er hier entlangfahren wollte, bestand die Gefahr, dass er über das kleine Gerät rollte und es zerstörte. Also winkte sie ihm zu und ging weiter. An der Wegkreuzung trafen sie sich.

Aigner, ein Mann um die fünfzig, kurbelte das Fenster herunter. Auf dem Beifahrersitz saß sein Schäferhund und fletschte bedrohlich die Zähne. Er sieht wirklich ganz anders aus als der Wolf, dachte Julia, und ihm doch irgendwie ähnlich.

»Morgen, Frau Sommer, was machst du denn schon so früh im Wald?«, fragte Max Aigner gut gelaunt. Wie immer duzte er sie, was Julia ein bisschen unangenehm war.

»Guten Morgen, Herr Aigner«, grüßte sie ihn. »Arbeiten. Und Sie sind auch schon fleißig?«

Er machte eine wegwerfende Handbewegung. »Ja, wie man es nimmt.«

»Ich habe da eine gute Brennholzstelle. Wäre eine Jungdurchforstung, gäbe aber gutes Buchenholz.« Julia deutete mit der Hand vage hinter sich in den Wald.

Max Aigner lebte mit seinem alten Vater zusammen in einem halb verfallenen Bauernhaus am Ortsrand von Grafenried. Um sich etwas Geld zu verdienen, verkaufte er Brennholz und transportierte es in seinem Anhänger. Vielleicht schlief er auch darin, wenn er von seinem cholerischen Vater genug hatte, vermutete Julia. Aber Aigner war sich für harte Arbeit nicht zu schade und übernahm seit Jahren kleinere Durchforstungen, bei denen das geschlagene Holz höchstens Brennholzwert hatte, wenn nicht sogar weniger. Julia arbeitete gern mit ihm zusammen. Er stellte weder Fragen noch Bedingungen und war

Sieben

Nachdem Julia sich von Baumgartner und Winkler verabschiedet hatte, beeilte sie sich, zu ihrem Wagen zu kommen, und fuhr ins Büro im Forsthaus.

Sie begrüßte Oma, die sich um Flo gekümmert und ihn in die Schule geschickt hatte. Martha saß in der Küche und las bei einer Tasse Tee die Zeitung. Julia nahm sich ebenfalls eine Tasse und ging ins Büro. Dort übertrug sie die Fotos vom Handy auf den Computer und rief Straßmeier an.

»Landratsamt Ebersberg, Büro Dr. Straßmeier«, meldete sich eine gelangweilte weibliche Stimme.

»Julia Sommer. Guten Morgen. Könnte ich bitte mit Herrn Dr. Straßmeier sprechen?«

»Worum geht es denn?«

Julia wusste nicht, ob Straßmeier seine Sekretärin von der möglichen Anwesenheit eines Wolfes in Julias Revier informiert hatte. Und außerdem hatte er sie ja extra darum gebeten, nicht mit Unbeteiligten über den Wolf zu sprechen. Das schloss auch neugierige Vorzimmerdamen ein. »Das möchte ich mit Dr. Straßmeier persönlich besprechen«, entgegnete sie.

»Dr. Straßmeier ist nicht im Haus. Außerdem bräuchten Sie einen Telefontermin. Soll ich …«

»Nein, danke. Ich probiere es einfach auf dem Handy.«

Julia legte auf. Zwischen den vielen Zetteln auf ihrem Schreibtisch fischte sie den heraus, auf dem sie Straßmeiers Nummern notiert hatte, und tippte die Mobilnummer ins Telefon.

Anscheinend erwartete er ihren Anruf, denn er ging sofort dran. »Frau Sommer, endlich rufen Sie mich zurück! Haben Sie schon die Zeitung gelesen?«

In diesem Moment kam Martha herein und hielt ihr die Tageszeitung hin. Pflichtschuldig warf Julia einen Blick auf die Titelseite. »Nein. Ehrlich gesagt bin ich heute dazu noch nicht gekommen …«

»Es steht zwar vorerst nur im Lokalteil«, unterbrach Straßmeier sie, »aber irgendein Reporter hat versucht, aus den eventuellen Wolfssichtungen eine Riesenschlagzeile zu machen. Das durfte absolut nicht passieren!«

»Ich gebe Ihnen recht, aber …«, setzte Julia an, doch Straßmeier fiel ihr erneut ins Wort.

»Hören Sie doch auf, Frau Sommer!«, rief er empört. »Der Verfasser dieses schmierigen Artikels bezieht sich ja sogar auf Sie. Und garniert ist das Ganze mit einem Foto von Ihnen.«

»Was?«, entfuhr es Julia.

»Er schreibt, Sie hätten die Sichtung eines Wolfes im Ebersberger Forst bestätigt«, erläuterte Straßmeier.

»Aber das stimmt doch gar nicht!«, widersprach Julia vehement. »Außerdem kann ich das doch gar nicht. Der fabuliert. Ich habe mich absolut an unsere Absprache gehalten.«

»Darauf kommt es nun leider nicht mehr an.« Straßmeiers Ton wurde ruhiger. »Wir müssen jetzt damit leben, dass das Gerücht die Öffentlichkeit erreicht hat, und unser Bestes tun, um eine Eskalation zu vermeiden«, erklärte er.

»Ich hab den Wolf gesehen.«

»Was?« Straßmeiers Stimme überschlug sich fast.

Julia konnte nicht umhin, an den rotgesichtigen Schaffner aus *Der Münchner im Himmel* des bayerischen Schriftstellers Ludwig Thoma zu denken, und verkniff sich ein Lächeln. »Ich habe heute Morgen einen Wolf gesehen«, erklärte sie so ruhig wie möglich.

»Warum haben Sie das nicht gleich gesagt? Sind Sie sicher?«, hakte Straßmeier nach.

»Ich bin keine Expertin, aber ich glaube nicht, dass es ein Hund war. Ich habe ein paar Fotos von dem Tier gemacht, und außerdem habe ich ein totes Reh gefunden. Es könnte von dem Wolf gerissen worden sein«, berichtete sie.

»Also dann stimmt es?« Straßmeiers Stimme wurde zunehmend nervöser. »Was in dem Artikel steht?«

»Ich habe ihn doch noch nicht gelesen«, wies Julia ihn erneut hin.

»Da ist die Rede von einem Reh, das nachts tot und mit Bissspuren aufgefunden wurde.«

»Ja, das ist richtig. Allerdings habe ich das nicht bestätigt, schon gar nicht der Presse gegenüber«, erklärte Julia.

»Gut. Okay …« Straßmeier zögerte kurz. »Dann lesen Sie jetzt die verdammte Zeitung, und sprechen Sie um Himmels willen nicht mehr mit diesem Pressefritzen. Und schicken Sie mir die Fotos bitte per E-Mail. Die Kollegen vom Netzwerk Große Beutegreifer werden sich so schnell wie möglich mit Ihnen in Verbindung setzen.« Er diktierte ihr seine E-Mail-Adresse, dann legte er auf.

Während Julia damit beschäftigt war, die Fotos an die E-Mail für Straßmeier anzuhängen, klingelte das Telefon. Eine unbekannte Nummer. Sie meldete sich.

Eine aufgeregte Frauenstimme gellte ihr ins Ohr. »Frau Sommer? Sabine Müller-Ziegler hier.«

Sabine Müller-Ziegler war die Leiterin des Waldkindergartens. Die Erzieherinnen hatten in der Nähe des Ebersberger Aussichtsturms einen blauen Bauwagen aufgestellt, wo sie an zwei Tagen in der Woche die Kinder betreuten, wenn das Wetter es zuließ. Der Turm wie auch der Bauwagen befanden sich auf der Ebersberger Seite im Süden des Forsts und lagen damit noch in Toms Waldgebiet. Von der Plattform am oberen Ende des siebenunddreißig Meter hohen Gebäudes hatte man eine hervorragende Sicht über das Voralpenland bis weit in die Berge hinein, und umringt wurde der Aussichtsturm von einem idyllischen Fleckchen Wald mit mächtigen Buchen, wo sich die Kinder austoben konnten.

»Hallo, Frau Müller-Ziegler. Wie geht es Ihnen?«, fragte Julia freundlich. Sie mochte die kleine, zugegebenermaßen manchmal hektische Frau, die immer mädchenhafte Zöpfe trug.

»Was? Also wirklich, wie können Sie das fragen? Es geht mir ganz und gar nicht gut! Ständig rufen hier Eltern an!« Die Kindergartenleiterin war vollkommen außer sich.

»Warum denn das? Und warum rufen Sie mich an?«, wollte Julia wissen.

»Wie soll ich denn bitte für die Sicherheit der Kinder garantieren, wenn ein Wolf im Wald herumschleicht?«, platzte Frau Müller-Ziegler heraus.

Oh, die Geschichte war also schon so weit vorgedrungen.

Julia seufzte. »Wer hat Ihnen denn gesagt, dass ein Wolf im Wald herumstreift?«

»Lesen Sie keine Zeitung? Seit die Ausgabe heute Morgen ausgeliefert wurde, steht mein Telefon nicht mehr still. Ich glaube, ich habe bald mit sämtlichen Eltern der Kinder gesprochen. Ich versuche, sie zu beruhigen, aber sie rufen immer wieder an. Ich muss Sie sogar vom Mobiltelefon einer Bekannten anrufen, mein eigenes Telefon klingelt andauernd«, sagte die Kindergartenleiterin aufgeregt.

Julia holte tief Luft. »Und was ist nun genau das Problem?«

»Die Eltern haben Angst, ihre Kinder im Wald spielen zu lassen, wenn da ein Raubtier herumstreift! Und ich kann das nachvollziehen. Mir ist auch nicht wohl dabei. Überhaupt nicht wohl. Das ist doch gefährlich für uns!« In Frau Müller-Zieglers Stimme schwang Panik mit.

Julia schluckte. »Frau Müller-Ziegler …«, begann sie, wurde aber gleich wieder unterbrochen.

»Frau Sommer, bitte wimmeln Sie mich jetzt nicht ab. Sie haben doch selbst einen Sohn. Seit dieses Mädchen verschwunden ist, spielen alle verrückt, und nun ist da auch noch ein Wolf! Ich weiß überhaupt nicht, was ich jetzt machen soll. Wir können den Kindergarten doch nicht einfach schließen.«

Als Mutter konnte Julia die Angst der Kindergartenleiterin sehr gut nachvollziehen. Vielleicht konnte sie ihr ja helfen. »Wissen Sie was, Frau Müller-Ziegler? Ich spreche mit Herrn Voss und rufe Sie gleich zurück. Auf dieser Nummer, ja?«

Die Leiterin des Kindergartens war zwar nicht vollkommen beruhigt, aber einverstanden.

Julia stützte den Kopf in die Hände und rieb sich über die Stirn. Der pochende Schmerz über ihrer Schläfe war wieder da. Dass die bloße Anwesenheit eines größeren Wildtieres in ihrem Wald so viele menschliche Probleme nach sich zog, bereitete ihr Kopfzerbrechen. Fast jeder schien in Panik zu verfallen und den gesunden Menschenverstand zu verlieren. Sie atmete tief durch und griff nach der Zeitung. Während sie den Artikel überflog, fühlte sie, wie sich ihr Puls beschleunigte. Verärgert rief sie Tom an.

»Wir haben ein Problem«, sagte sie anstelle einer Begrüßung.

»Guten Morgen auch. Noch eins?« Tom gähnte hörbar.

Julia warf einen Blick auf die Uhr. Kurz vor zehn. So früh war es ja nun auch wieder nicht. Florian war schon ein paar Stunden in der Schule und würde sogar bald wieder nach Hause gehen. »Guten Morgen von mir aus. Hast du die Zeitung gelesen? Es ist ein Artikel über den Wolf drin. Einer, der Panik verbreitet. Und auch noch mit einem Bild von mir«, erklärte sie, »Frau Müller-Ziegler hat eben deswegen angerufen. Die Eltern aus dem Waldkindergarten haben Angst, dass das arme Tier im Wald ihren Sprösslingen etwas antun könnte.«

»Hm«, grunzte Tom. »Warum gehen sie mit dem Bauwagen nicht einfach raus aus dem Wald?«

»Wie? Raus aus dem Wald? Wo sollen sie denn hin?« Julia rieb sich die Stirn.

Tom gähnte wieder. »Na, irgendwo anders hin, damit die Eltern beruhigt sind.«

Julia dachte nach. »Das müsste dann aber schon im Dorf sein, irgendein Ort, an dem sich Menschen aufhalten. In

Ebersberg oder besser noch in Grafenried. Fällt dir so ein Ort ein?«

»Ach, keine Ahnung. In irgendeinem Garten wird schon Platz sein«, entgegnete Tom.

»Du hast doch einen großen Garten.« Julia musste grinsen. Sie erwärmte sich für die Idee. Der Garten der Villa war einfach perfekt. »Genau, hinten bei dir im Obstgarten gibt es doch die Wiese.«

Tom stöhnte auf. »Und dann halten mich kreischende Kinder vom Arbeiten ab, oder was?«

»Quatsch, die Wiese ist doch weit genug weg vom Haus. Außerdem geht es doch nur um zwei Tage in der Woche. Und wenn sich die Lage beruhigt hat, schicken wir sie wieder in den Wald.«

Tom stöhnte erneut, diesmal lauter. »Na gut, von mir aus. Organisierst du das? Wann muss ich dann mit den Blagen rechnen?«

»Frühestens Montag. Danke dir«, antwortete Julia.

Nachdem sie aufgelegt hatte, dachte sie über Toms Reaktion nach. Die Aussicht auf Kindergelächter in seinem Garten stimmte ihn nicht gerade froh. Andererseits kümmerte er sich immer rührend um Florian, was sie bisher als Indiz genommen hatte, dass Tom Kinder mochte. Flo war ja noch nicht viel älter als ein Kindergartenkind und Tom schließlich kein Teenager mehr.

Julia schüttelte die Gedanken ab und rief Frau Müller-Ziegler zurück. Sie berichtete ihr von dem Plan und stieß damit auf vorsichtige Begeisterung.

»Das klingt gut und würde die Eltern sicher beruhigen. Ich muss aber erst mit allen sprechen. Wann könnten wir denn umziehen? Und wie bekommen wir den Bauwagen in den Garten der Villa?«, fragte die Kindergartenleiterin.

Julia überlegte kurz. »Würde es am Wochenende gehen?«

»Natürlich, das wäre ganz ausgezeichnet«, freute sich Sabine Müller-Ziegler, »dann müsste ich den Termin am Montag nicht absagen.«

»Super. Dann bereiten Sie am besten alles für den Transport vor und sichern die Ladung des Bauwagens. Den Umzug bekommen wir schon hin«, sagte Julia zuversichtlicher, als sie sich fühlte.

Acht

Julias Herz machte einen kleinen Hüpfer, als sie kurz nach halb zwölf Florian und seine Schulfreundin Sophia den Kiesweg vor dem Forsthaus heraufrennen sah. Sie hatte ihn heute Morgen noch nicht gesehen und freute sich darauf, ihn endlich in die Arme schließen zu können. Bis ihr der Ausdruck auf den Gesichtern der Kinder auffiel. In Florians Miene spiegelte sich Angst, Sophia weinte.

Julia sprang so schnell vom Bürostuhl auf, dass er umkippte, und rannte zur Haustür. »Hey, ihr Mäuse, was ist denn passiert?« Sie beugte sich zu Florian und zog ihn fest an sich. Ihre freie Hand legte sie auf Sophias Schulter, um sie zu beruhigen.

Zwischen zwei Schluchzern brachte Sophia hervor: »Da war ein Mann. Der wollte uns Bonbons geben. Aber mein Papa sagt immer, wenn mir ein Mann ein Bonbon geben will, dann soll ich ganz schnell weglaufen. Das haben wir gemacht.«

Julia wurde kalt. Ein Mann, der kleine Kinder ansprach? Hier im Dorf? »Florian, wie sah der Mann aus?«

Florian wand sich aus ihrer Umarmung. »Ich weiß nicht. Er war groß und alt und so. Ich glaube, er hatte eine braune Jacke an.«

»Nein«, rief Sophia dazwischen, »nein, doch keine Jacke, einen Pullover hat er angehabt, einen grauen.«

Julia sah die beiden zweifelnd an und strich Florian eine Träne aus dem Gesicht. Sie atmete schwer ein.

In diesem Augenblick trat Martha zu ihnen. Sie hatte anscheinend alles mit angehört und fragte: »Wie groß war er denn? So wie ich oder wie Mama oder viel größer?«

Florians Gesicht nahm einen hilflosen Ausdruck an. »Größer als du, Oma. Vielleicht auch größer als Mama. Oder, Sophia?«

Sophia betrachtete Julia eingehend. »Größer. Fast wie Papa«, erklärte sie dann.

Julia seufzte. Korbinian Seiwald, Sophias Vater, war nicht besonders groß, höchstens ein paar Zentimeter länger als sie selbst.

Martha und sie fragten die Kinder nach weiteren Details – ein dicker Mann, aber nicht sehr dick, kurze Haare, aber nicht sehr kurz –, dann gaben sie auf. Julia bat Flo, mit Oma in die Küche zu gehen und das Mittagessen vorzubereiten, während sie Sophia nach Hause brachte. Sicher war sicher.

Erst als Hanna Seiwald, Sophias Mutter, die Haustür öffnete und Sophia in Empfang nahm, war sie beruhigt.

Hanna sah Julia ziemlich überrascht an. »Julia, was machst du denn hier?«

»Hast du einen Moment Zeit?« Julia berichtete ihr von dem Erlebnis der Kinder. »Ich weiß nicht, wie du das siehst, aber ich werde das der Polizei melden.«

Auf Hannas Stirn zeichnete sich eine tiefe Falte ab, und sie nickte. »Ja, bitte tu das. Ich werde Sophia gleich noch einmal befragen und dann auch mit der Polizei telefonieren. Ausgerechnet jetzt.«

Die beiden Mütter sahen sich einen Moment wortlos

an. Dann verabschiedete sich Julia mit einem Nicken und machte sich auf den Rückweg. Nach ein paar Schritten wählte sie Baumgartners Nummer und berichtete von dem Vorfall.

»Das ist eine ernste Sache, vor allem jetzt …« Baumgartner schien zu überlegen. »Ich würde gerne mit Ihrem Sohn sprechen. Am liebsten heute Abend noch. Normalerweise würde ich Sie bitten, in den nächsten Tagen zur Aussage nach Erding in die KPI zu kommen, aber das erscheint mir in Anbetracht der Lage doch zu dringend. Könnte ich heute noch bei Ihnen vorbeikommen?«

Julia stimmte zu.

Sie saßen gerade beim Mittagessen – es gab Spaghetti –, als es an der Haustür klopfte.

Julia stand auf und öffnete. Es war Tom. Seine Haare waren feucht, und er duftete nach Duschgel. Kurz überlegte sie, ob sie ihm noch einen guten Morgen wünschen sollte.

»Hast du Hunger?«, fragte sie stattdessen und bat ihn herein und in die Küche.

»Ein bisschen«, gab Tom zu. »Aber deshalb bin ich nicht hier.«

Er begrüßte Martha, schlug mit Flo einen High five und setzte sich zu ihnen an den Tisch. Julia holte einen Teller und Besteck für ihn und reichte ihm Spaghetti.

»Was führt dich denn her?«, fragte sie.

»Ach, Arbeitsgedöns. Das können wir nachher besprechen«, sagte Tom mit vollem Mund.

Julia sah ihn aufmerksam an. Anscheinend wollte er vor Martha und Flo nicht über den Grund seines Besuchs sprechen. Na gut, dann eben später. Schließlich wollte sie ihm auch noch von dem Unbekannten erzählen, der die Kinder so erschreckt hatte. Mittlerweile sah Flo schon wieder ganz gut aus. Vielleicht hatte ihn Sophias Reaktion am meisten beunruhigt. Und zum Glück war ja auch nichts passiert abgesehen davon, dass ihnen jemand Bonbons angeboten hatte. Sie schob sich eine letzte Gabel voll Nudeln in den Mund und wartete dann ungeduldig darauf, dass auch die anderen drei ihre Mahlzeit beendeten.

Nach dem Essen schickte Julia Flo in den Garten. »Spiel ein bissschen draußen, bevor du die Hausaufgaben machst.«

Einen Moment sah Flo sie unsicher an, dann nickte er und rannte nach draußen. Kurz darauf hörten sie, wie er den Fußball gegen die Hausmauer kickte.

»Soll ich zu ihm rausgehen?«, fragte Martha.

Julia zögerte. Am liebsten hätte sie Florian gar nicht aus den Augen gelassen. Aber was sollte ihm im Garten schon passieren? Es war wichtig, dass er sich zu Hause sicher fühlte. Sie schüttelte den Kopf. »Nein, das brauchst du nicht. Leg dich ruhig zu deinem Mittagsschlaf hin. Das heißt, wenn du bei dem Krach schlafen kannst.«

»Keine Sorge, ich bin Kummer gewohnt«, antwortete Martha lächelnd und verließ die Küche.

»Also. Was ist los?«, kam Julia sofort zur Sache.

»Sag mir, was mit dem Wolf oder Nichtwolf oder was auch immer los ist«, bat Tom.

»Warum?«

Tom sah sie an und zögerte. »Weil du mit diesem Mist nicht alleine zurechtkommst«, sagte er schließlich.

Julia atmete tief durch und wollte widersprechen, aber Tom kam ihr zuvor.

»Das ist mein verdammter Wald, ob ich ihn wollte oder nicht. Wenn ich keine Ahnung habe, was darin vor sich geht, komme nicht nur ich inkompetent rüber, sondern auch du. Schließlich bin ich dein Chef.«

Julia sah ihn überrascht an. Solch harsche Worte war sie von ihm nicht gewohnt. »Was willst du wissen?«

»Ist da ein Wolf oder nicht?«, fragte Tom knapp.

»Ja, da streift einer durch den Wald. Ich habe ihn heute Morgen gesehen.« Julia griff nach ihrem Handy und zeigte Tom die Fotos, die sie aufgenommen hatte.

»Wow«, war seine erste Reaktion.

»Ich war bei einem Buchenbestand, der etwas abseits des Forstwegs liegt. Da hab ich ihn gesehen. Tom, das war der Wahnsinn, er war höchstens zehn Meter entfernt. So ein stolzes Tier!« Julias Augen leuchteten.

»Ja, das sieht man. Meinst du, der ist noch jung?« Er nahm ihr das Smartphone aus der Hand und betrachtete das Foto genauer.

»Keine Ahnung.« Julia zog die Schultern hoch. »So gut kenne ich mich nun auch wieder nicht mit Wölfen aus. Aber sind es nicht meist junge Wölfe, die als Einzelgänger durch die Gegend streifen?«

Nun zuckte Tom mit den Schultern. Julias Handy klingelte. Sie nahm es ihm aus der Hand und meldete sich.

Es war Straßmeier. »Frau Sommer, grüß Sie. Hören Sie, ich werde Ihnen zwei Mitglieder vom Netzwerk Große Beutegreifer vorbeischicken.«

»Was? Wann?« Julia sah sich nach etwas zum Schreiben um. Auf der Anrichte fand sie Marthas Einkaufsliste und einen kleinen Bleistift.

»Herr Riedhofer ist vom deutschen Naturschutzbund

und Frau Gassner vom Jagdverband«, erklärte Straßmeier. »Die beiden werden mit Ihrer Hilfe die Lage beurteilen. Dazu müssen sie das gerissene Reh genau untersuchen und sich auf die Suche nach weiteren Spuren machen, die die Wolfssichtung bestätigen können. Eventuell werden sie Fotofallen installieren oder auf vorhandene zugreifen. Kann ich mit Ihrer Unterstützung rechnen?«

Julia notierte die Namen und wunderte sich ein wenig, dass Dr. Straßmeier auf einmal wieder so freundlich war. Aber das war ihr bedeutend lieber als der forsche Ton, den er in den vorangehenden Gesprächen an den Tag gelegt hatte. Sie stimmte zu.

»Halten Sie mich auf dem Laufenden, wenn die beiden bei Ihnen waren.« Er machte eine Pause und schien nachzudenken. »Und Frau Sommer … Im Vertrauen: Wir müssen darüber nachdenken, den Wolf, wenn nötig, zu vergrämen. Frau Gassner und Herr Riedhofer haben die nötige Erfahrung und Gummigeschosse im Gepäck. Und für den äußersten Notfall auch scharfe Munition.«

Herbst 1947

Die Mutter wollte sie vom Hof jagen, so aufgebracht war sie. Sie wütete und raste, und wenn der Vater nicht dabei gewesen wäre, hätte sie sicherlich etwas nach Martha geworfen.

»Undankbare Dirn! Will was Besseres sein als eine ehrbare Bäuerin. Und bringt doch nur Unglück über uns!«, schrie die Mutter.

Martha kauerte auf einem Stuhl und hielt sich die Ohren zu. Sie wünschte sich, sie hätte den Einfall, der Mutter einen Mantel schneidern zu wollen, nie gehabt. Doch die wütenden Worte ihrer Mutter drangen durch ihre Finger und gingen ihr durch Mark und Bein. Sosehr sie es sich auch wünschte, das war kein Traum. Es war Wirklichkeit.

Plötzlich war Mutter mit erhobener Hand über ihr. »Nie mehr sehen will ich dich!«

Marei stand mit offenem Mund daneben und sog die Szene in sich auf. Als Martha an ihr vorbei zu ihrem Zimmer huschte, zischte ihre Schwester ihr ein Schimpfwort zu.

Noch am Abend befahl Vater Martha, ihre Sachen zu packen. Nachdem sie das Nötigste in einem kleinen Koffer verstaut hatte, nahm er ihr Gepäck und ging mit ihr ins Dorf.

Zuerst wusste sie nicht, was mit ihr passieren würde. Doch als Vater an die Haustür ihrer Tante Elsa klopfte, keimte in ihrem Herzen Hoffnung.

Und tatsächlich wurde aus dem Tag, der mit dem größten Unglück begonnen hatte, noch ein guter Tag. Elsa nahm sie bei sich auf. Martha durfte sich mit Elsas Tochter Eva eine Kammer teilen, was ihr den schweren Abschied von zu Hause erträglicher machte. Denn der Vater hatte ihr auf dem Weg immer wieder eingebläut, dass sie sich von nun an nicht mehr auf dem Hof blicken lassen sollte.

Das höchste Glück aber wartete am nächsten Morgen beim Frühstück auf sie. Bevor ihr Vater in der Nacht gegangen war, hatte er einen Lehrvertrag für sie unterschrieben. Sie, das Bauernmädchen Martha Klein, war jetzt offiziell ein Lehrmädchen im Damenschneiderhandwerk.

Nur nach Hause durfte sie nie mehr zurück.

Neun

Als Julia mit Martha und Flo gegen 13:00 Uhr am Maibaum eintraf, waren auf dem Platz weniger Menschen als am Vortag versammelt. Auch Tom konnte heute nicht bei der Suche nach Leonie helfen. Der Abgabetermin für einen Artikel drängte, aber er hatte versprochen nachzukommen, sobald er mit der Arbeit fertig war. Außerdem war seine alte Hündin Cora nicht fit genug für einen weiteren langen Ausflug.

Die Feuerwehrleute hatten eine Biertischgarnitur aufgestellt, wo sich die verbliebenen Freiwilligen für die Suchmannschaften eintragen konnten. Daneben befand sich ein weiterer Tisch, an dem Kaffee und Kuchen ausgegeben wurden. Der Tisch bog sich fast unter der Last der zahlreichen Leckereien. Julia schüttelte innerlich den Kopf darüber. Woher kam nur dieser Brauch, in Notsituationen immer Kuchen zu backen?

Während Martha sogleich zu ihrer Schicht am Kuchentisch eilte, kramte Julia zwei Eineuromünzen aus der Hosentasche, um für Florian und sich Kuchen zu erstehen. Als sie bezahlen wollte, wurde sie gebeten, das Geld in eine Spardose zu werfen. »Für Leonie« stand auf einem daran befestigten Post-it.

»Mama?«, fragte Flo, der sein Kuchenstück in Rekordzeit verschlungen hatte und sich gerade den letzten Bissen in den Mund schob. »Darf ich zum Spielen auf den Schulhof gehen?«

Der Hof der Grundschule war keine dreißig Meter entfernt und vom Dorfplatz aus nicht einsehbar. Julia hörte, dass dort schon andere Kinder tobten und lachten. Flo würde dort also nicht allein sein, und Julia gab sich einen Ruck. »Okay. Aber falls du woanders hingehen willst, melde dich vorher hier bei Oma oder mir. Ich muss nachher wieder arbeiten.«

Sie widerstand dem Drang, ihrem kleinen Großen einen Kuss zu geben, und Flo sauste davon.

Julia gesellte sich zu Korbinian Seiwald, der gerade einen Fünfertrupp Freiwilliger losschickte. »Hallo, Korbinian. Was machst du denn hier? Musst du gar nicht arbeiten?«

»Ich habe die Agentur heute geschlossen. Das hier ist wichtig. Du weißt doch, ich habe auch zwei Töchter. Natalie, die Große, ist in Leonies Alter.« Er stöhnte und zog die Stirn in Falten, als hätte er Schmerzen.

Julia konnte nachfühlen, wie es Korbinian ging. Auch sie hatte ein unbestimmtes Gefühl von Gefahr, wenn sie an Florian dachte, und fragte sich gleichzeitig, ob Sophia zu Hause schon mehr von dem unbekannten Mann erzählt hatte. Trotzdem versuchte sie, Zuversicht in ihre Stimme zu legen, auch wenn ihr nicht danach war. »Leonie taucht bestimmt bald wieder auf.«

Korbinian sah sie an. »Hoffen wir es.«

»Wie geht es Sophia denn nach dem Schreck von heute Mittag?«, erkundigte sich Julia.

»Es geht schon wieder. Sie ist noch ein bisschen verstört. Hanna hat beschlossen, dass sie heute drinnen bleibt und nicht zum Spielen nach draußen darf.« Auf Korbinians Gesicht lag Sorge.

Julia dachte an Florian. Es wäre anstrengend geworden, ihn einen ganzen Tag im Haus zu behalten, dafür tobte, rannte und spielte er einfach zu gern. Sie beugte sich über die Listen vor ihnen auf dem Tisch. Lieber wollte sie etwas tun, als über diese schreckliche Geschichte zu sprechen. »Welches Gebiet wollt ihr heute absuchen?«

Korbinian zeigte ihr die Einteilung auf einer Karte, als das Geräusch eines neben ihnen am Straßenrand parkenden Autos sie beide aufsehen ließ.

Der Wagen hatte ein österreichisches Kennzeichen und schon bessere Zeiten gesehen. Der Kotflügel war verbeult, und an den Türen hatte sich Rost ins Metall gefressen. Mit einem leisen Quietschen öffnete sich die Fahrertür, und ein Mann, etwas älter als Julia, stieg aus. Er war ungefähr einen Kopf größer als sie und etwas größer als Korbinian, hatte ein längliches Gesicht und strahlend blaue Augen.

Der Mann trat auf sie zu. »Guten Tag. Können Sie uns vielleicht helfen? Wir suchen den Forsthausweg.«

Julia richtete sich auf und lächelte. »Wollen Sie jemanden besuchen? Ich kann Sie hinbringen, wir wohnen da. Ist nicht weit weg.«

»Ach, wissen Sie, mein Vater hat da ein Haus geerbt. Da er aber nicht mehr der Jüngste ist«, er deutete hinter sich auf den Mann, der auf dem Beifahrersitz saß, »habe ich ihn begleitet.« Stolz schwang in seiner Stimme mit.

»Im Forsthausweg?«, schaltete sich Korbinian ein. »Das kann dann eigentlich nur das Haus von Michi Kirmeier sein. Der war sein Lebtag bei der Feuerwehr, daher kannte ich ihn.«

»Ach das?« Julia kannte die wenigen Häuser in ihrer Straße. Michi Kirmeier hatte in dem Haus lange allein gelebt, und da er aufgrund seines Alters nicht mehr in der Lage gewesen war, es zu pflegen, war es ziemlich heruntergekommen. Mehr sogar, als es das Forsthaus gewesen war, als Julia mit Flo und Martha im vergangenen Jahr eingezogen war. Dabei musste das Haus der Kirmeiers einmal sehr schön gewesen sein. Die abblätternde Farbe an den Fensterläden war von einem fröhlichen hellen Grün, und zwischen den Fenstern konnte man noch die Reste von Malereien erkennen.

Der Mann schien ihre Gedanken zu lesen. »Stimmt etwas nicht mit dem Haus?«

»Nein, nein, alles in Ordnung. Ich kenne es gar nicht so gut«, versuchte Julia, ihn zu beruhigen.

Inzwischen war der Vater des Mannes umständlich aus dem Auto gestiegen und zu ihnen getreten. Er mochte um die achtzig sein und hatte ein von Falten durchzogenes, gütiges Gesicht.

Julia grüßte ihn freundlich. »Möchten Sie vielleicht ein Stück Kuchen und eine Tasse Kaffee nach der langen Fahrt?« Sie deutete auf den Tisch neben ihnen, an dem Martha eifrig zugange war.

Der Mann verzog das Gesicht zu einem Lächeln. »Sehr gerne. Nach so einer anstrengenden Fahrt täte ein Kaffee gut. Haben Sie auch koffeinfreien?«

»Äh. Keine Ahnung. Fragen wir doch meine Großmutter. Sie verkauft den Kaffee. Ich bin übrigens Julia Sommer.« Sie streckte den beiden Männern die Hand entgegen.

»Johannes«, sagte der Jüngere und schüttelte ihre Hand.

»Paul Kirmeier.« Der alte Mann streckte ihr ebenfalls die Hand hin.

Lächelnd schüttelte Julia sie. Aus dem Augenwinkel bemerkte sie, dass Martha hinter dem Kuchentisch hervortrat.

Die alte Dame schritt zu ihnen, holte aus und gab Paul Kirmeier eine schallende Ohrfeige.

Nach der Ohrfeige hatte sich Martha ohne ein Wort abgewandt und nicht nur Julia vollkommen perplex zurückgelassen.

»Entschuldigen Sie bitte. Das ist überhaupt nicht Marthas Art. Ich weiß gar nicht, was in sie gefahren ist ...« Julia fehlten die Worte. Beschämt reichte sie Johannes und Paul Kirmeier Kaffee. »Der geht auf mich.«

»Das war Martha? Martha Klein?«, fragte Paul. Ein versonnenes Lächeln erschien auf seinem Gesicht, was in Julia noch größere Verwirrung auslöste. Er sah ihrer Großmutter hinterher, die in einer für sie recht beachtlichen Geschwindigkeit nach Hause marschierte, ohne sich umzusehen.

»Sie kennen meine Oma?«, entgegnete Julia verdutzt.

»Ach, sie ist Ihre Großmutter? Ja, ich kannte sie einmal ...« Paul Kirmeier versank in Schweigen, nippte an seinem Kaffee und schien seinen Erinnerungen nachzuhängen.

Julia bat die beiden Fremden zu warten und holte Flo vom Schulhof ab. Ihr Sohn war zwar nicht besonders begeistert, nach so kurzer Zeit seine Freunde schon wieder verlassen zu müssen, doch Julia blieb hart. Gerade heute hatte sie nicht das Gefühl, dass es sicher war, einen Sechsjährigen allein nach Hause gehen zu lassen. Außerdem hatten die Neuankömmlinge ihre Neugier geweckt. Warum waren sie vorher nie in Grafenried gewesen? Und vor allem: Was hatte es mit Omas Reaktion auf sich?

Gemeinsam mit Florian und Paul Kirmeier ging sie zu Fuß zum Forsthausweg, Johannes tuckerte mit dem Wagen langsam hinterher. Am zweiten Haus im Forsthausweg blieb Julia stehen und bedeutete Johannes Kirmeier, den Wagen zu parken.

Paul betrachtete das Haus und war wieder tief in Gedanken versunken. Sein Sohn stieg aus dem Auto und atmete tief durch. Dann musterte auch er das Häuschen, vor dem sie sich eingefunden hatten. Auf seinem Gesicht zeichneten sich Unglauben und Schrecken ab.

Ein bisschen tat er Julia leid, er schien mehr erwartet zu haben. Das geerbte Haus war wirklich nicht mehr in gutem Zustand. Abgesehen davon, dass die Außenfassade und die Fenster dringend einen neuen Anstrich benötigten, hing das Dach an einer Stelle leicht durch, als hätte ein Riese seinen Daumenabdruck hinterlassen. Das Haus sah nicht einsturzgefährdet aus, aber ob das Dach noch dicht war und das Obergeschoss trocken hielt, war eine andere Frage. Eine Menge Arbeit und beachtliche Kosten erwarteten die Kirmeiers, wenn sie hier einziehen wollten.

Sie wandte sich an Paul. »Sind Sie sicher, dass Sie hierbleiben wollen? Wir haben auch einen guten Gasthof im Ort.«

Er lächelte sie träumerisch an. »Nein, hier bin ich genau richtig. Nach der langen Zeit, die ich weg war.«

»Tja, dann alles Gute. Wenn Sie etwas brauchen, kommen Sie doch einfach vorbei. Wir wohnen im Forsthaus am Ende der Straße«, bot Julia zum Abschied an.

Pauls Lächeln wurde breiter. »Ich bin mir nicht ganz sicher, ob Ihre Großmutter mich sehen will. Aber richten Sie Martha schöne Grüße von mir aus. Ich würde mich freuen, mit ihr einmal über die alten Zeiten zu plaudern.« Dann wandte er sich ab und öffnete das quietschende Gartentor.

Johannes stöhnte bei dem Geräusch auf, nickte Julia zu und folgte dem alten Mann in das verfallene Haus.

Als Julia und Flo ein paar Minuten später am Forsthaus ankamen, saß Martha mit versteinertem Gesicht auf der Bank vor dem Haus und war ganz in Gedanken versunken. Sie brachte Flo in sein Zimmer und trug ihm auf, seine Hausaufgaben zu machen. Als er am Schreibtisch saß und sich über sein Matheheft beugte, ging sie wieder nach unten, holte aus der Küche zwei Gläser Wasser und setzte sich zu ihrer Oma.

Auf Marthas Gesicht zeichneten sich Wut und Enttäuschung ab, und sie war so blass, dass Julia erschrak. Sie drückte Martha eines der Gläser in die Hand und erhob sich wieder. »Soll ich dir deine Herztabletten holen, Oma?«

Martha sah sie an, tiefe Verzweiflung in den Augen. »Nein, Kind. Die Tabletten helfen herzlich wenig. Diese Wunde ist so alt, dass ich dachte, sie hätte sich für immer geschlossen.«

Sie verstummte, und Julia setzte sich wieder. Beide schwiegen sie eine Weile, lauschten dem Gesang der Spatzen im Kirschbaum und genossen die Stille. Der Tag war noch schöner als der gestrige, und die Frühlingssonne erwärmte die Luft. Es hätte ein wunderbarer Tag sein können, doch in Julias Kopf rasten die Gedanken. Aber sie kannte Martha gut genug, um ihr Zeit zu geben, und nippte an ihrem Wasser.

Schließlich sagte Martha: »Ich hätte nicht gedacht, dass ich Paul jemals wiedersehen würde. Nach allem, was gewesen ist.« Sie versank wieder in Schweigen und starrte auf den Boden vor sich.

»Du kanntest Paul Kirmeier früher einmal«, stellte Julia fest, um Martha zum Sprechen zu ermuntern.

»Ich kenne ihn, seit ich ein Kind war. Wir waren zusammen in der Schule, haben das Ende des Krieges gemeinsam überstanden, waren zusammen im Trachtenverein, haben getanzt und uns des Lebens gefreut. Er war der beste Freund, den ich je hatte, und die Liebe meines Lebens.«

»Was ist passiert?«, fragte Julia sanft.

»Er ist einfach verschwunden.«

Zehn

Das Klingeln des Telefons zeriss die Stille, die nach Marthas Worten entstanden war. Julia überlegte kurz, ob sie es einfach klingeln lassen sollte, so tief war die Verwirrung, in die sie Omas Worte gestürzt hatten. Doch dann dachte sie an all die anderen Dinge, die im Moment wichtig waren, und eilte nach drinnen in ihr Büro.

»Ja?«

»Hallo«, sagte eine dunkle Männerstimme, »spreche ich mit Julia Sommer?«

»Ja, ich bin Julia Sommer«, bestätigte Julia.

»Mein Name ist Riedhofer, Bernhard Riedhofer vom Netzwerk Große Beutegreifer. Ich sollte Sie anrufen.«

»Ach«, Julia versuchte, sich zu sammeln, »Sie sind der Wolfsexperte.«

Riedhofer lachte röhrend. »Ja, genau. Wenn Sie es so nennen wollen.«

»Herr Riedhofer, ich bin mir sicher, heute Morgen den Wolf mit eigenen Augen gesehen zu haben.«

»Gratuliere, da hatten Sie aber Glück.« In seiner Stimme schwang noch immer ein Lachen mit.

Julia zögerte. »Danke ... Aber wieso Glück?«

»Wölfe sind scheue Tiere, sie meiden den Menschen. Wir stehen auch nicht auf ihrer Speisekarte, wenn Sie verstehen, was ich meine«, erklärte Riedhofer lachend. »Die

Menschen tendieren dazu, schnell nervös zu werden, wenn sich ein großes Raubtier in ihrer Nähe aufhält. Dabei besteht dazu im Normalfall überhaupt kein Anlass.«

»Dann sind die Leute hier sicher? Ich meine, niemand braucht Angst zu haben?« Julia merkte, wie ihre Mundwinkel Anstalten machten, sich zu einem Lächeln zu verziehen, weil sich Riedhofers gute Laune auf sie übertrug.

»Zu neunzig Prozent ist das so«, bestätigte er.

Julia wurde schlagartig ernst. »Wie, neunzig Prozent? Hören Sie, hier ist ein Mädchen verschwunden, und die Menschen machen sich Sorgen. Da kann ich ihnen doch nicht mit neunzig Prozent kommen. Ich brauche Sicherheit. Die zerreißen mich in der Luft, und zwar mit Recht.«

»Wenn Ihr Wolf ein Einzelgänger aus einem Rudel aus dem Norden ist oder aus den Alpen stammt, dann ist die Chance recht groß, dass er einfach auf der Durchreise ist und auf der Suche nach einer Wölfin, mit der er ein neues Rudel gründen kann. Er wird einfach weiterziehen, wenn er in der Gegend keine Wölfin findet.«

»Und wenn er kein typischer Einzelgänger ist?«, hakte Julia nach.

»Im Nationalpark Bayerischer Wald sind vor einigen Jahren ein paar Wölfe aus einem Gehege ausgebrochen. Die waren so sehr an die Gesellschaft des Menschen gewöhnt, dass wir ihnen leider keine Chance geben konnten. Wenn Ihr Wolf sich an Menschen gewöhnt, dann könnte es sein, dass das sein Todesurteil ist«, sagte Riedhofer ernst.

»Es könnte sein, dass er einer Frau mit Kinderwagen und Hund beim Spazierengehen gefolgt ist.«

Riedhofer zögerte. Ein wenig zu lange, um Julia zu

beruhigen. »Wenn das so ist, dann kommen wir besser schnell zu Ihnen. Am besten heute noch. Ich muss mir selbst ein Bild von der Lage machen und dann gemeinsam mit meiner Kollegin entscheiden, was wir am besten unternehmen. Wir können zum Beispiel versuchen, den Wolf mit Gummigeschossen zu vergrämen und wieder scheu zu machen.«

Sie verabredeten, dass Riedhofer und seine Kollegin Frau Gassner so schnell wie möglich zu ihr nach Grafenried fahren würden.

»Juhhuuu!«

Der laute Gruß wurde von hektischem Klopfen an die Fensterscheibe begleitet. Julia schreckte hoch, aber da war die Gestalt schon wieder verschwunden. Gleich darauf klopfte es wild an die Haustür. Martha musste während des Telefonats ins Haus gegangen sein.

Julia ging in den Flur und öffnete die Eingangstür.

Kirsten Schulz, die Tierärztin, wedelte ihr mit einer Hand aufgeregt entgegen, in der anderen hielt sie eine Klemmmappe. »Ach, Frau Sommer, das ist ja prima, dass ich Sie zu Hause antreffe. Sie sind ja sicherlich schwer beschäftigt zurzeit.«

Julia überlegte, ob sie die Tierärztin hereinbitten musste. Eigentlich wollte sie das Gespräch mit Martha fortführen, aber Oma hatte die Flucht ergriffen. Sie wollte wohl ein bisschen allein sein. Kirsten Schulz nahm ihr die Beantwortung der Frage ab und drängte sich an ihr vorbei ins Haus. Seufzend folgte Julia ihr in die Wohnküche.

»Schön haben Sie es hier. So gemütlich.« Die Tierärztin ließ den Blick neugierig durch die kleine Küche schweifen. Dann machte sie eine Bewegung, als wolle sie umkehren und auch den Rest des Hauses inspizieren, aber Julia stellte sich ihr in den Weg.

»Möchten Sie vielleicht einen Tee?« Sie ging zum Spülbecken und füllte den Wasserkocher.

Kirsten Schulz winkte ab. »Ach nein, vielen Dank. Eigentlich habe ich es ganz fürchterlich eilig. Ist es nicht total aufregend, dass ein Wolf bei uns aufgetaucht ist? Also, ich sage Ihnen, diese majestätischen Tiere! Wissen Sie, ich habe erst vor Kurzem bei so einem schamanischen Workshop mitgemacht.«

Julia kramte geschäftig in den Schränken, damit Kirsten Schulz nicht sah, dass sie die Augen verdrehte.

»Das war total interessant«, plapperte die ungerührt weiter. »Man wird eins mit der Natur und auch mit der eigenen Vergangenheit. Und wissen Sie, was mich am meisten überrascht hat? Wir haben auch die Totemtiere der Teilnehmer herausgefunden, und meines ist, wie könnte es anders sein, der Wolf!«

Irgendwie hatte Julia so etwas befürchtet. Sie mochte Kirsten Schulz eigentlich ganz gern und hatte sie als kompetente Tierärztin kennengelernt, als Toms Hündin Cora erkrankt war. Und nun gingen Tom und sie regelmäßig mit Cora zu ihr in die Praxis, wo die Hündin eine Art Anti-Aging-Therapie erhielt. Julia fand das bei einem so alten Hund albern, aber Tom hatte in der kurzen Zeit, nachdem er sie geerbt hatte, sein Herz an die Hündin gehängt und hätte wohl alles für sie getan.

Im Gegensatz zu ihr selbst schien Kirsten Schulz der Typ Mensch zu sein, der sich mit Begeisterung auf Neues stürzte, selbst wenn es der größte Quatsch war.

»Das ist ja sehr interessant«, entgegnete Julia schwach. Etwas Besseres fiel ihr zu schamanischen Erfahrungen nicht ein.

»Und wie! Und es erklärt auch gleich, warum ich mich so für die Rückkehr dieses stolzen Wildtieres in unsere Natur begeistern kann. Ich weiß natürlich, dass das nicht allen Menschen hier so geht. Aber das sollte sich wirklich ändern. Und deswegen habe ich mir etwas ausgedacht.«

Die Tierärztin machte eine bedeutungsvolle Pause, in der Julia hoffte, dass diese Idee nichts mit ihr zu tun hatte. Natürlich würde sie alles tun, um den Wolf zu schützen, aber sie würde bestimmt nicht ihr Totemtier bestimmen und um Mitternacht um ein Lagerfeuer tanzen und auch nicht bei diesbezüglichen Plänen helfen, wenn es sich irgendwie vermeiden ließ. Seufzend ergab sie sich in ihr Schicksal. »Und was haben Sie sich ausgedacht?«

»Passen Sie auf, es ist großartig, was man heutzutage alles machen kann. Ich habe die Initiative ›Pro-Wolf im Landkreis Ebersberg‹ gegründet. Hier auf meiner Liste«, Kirsten Schulz schwenkte die Klemmmappe hin und her, »können Sie sich als Unterstützerin eintragen.«

Julia zögerte. Wer wusste schon, was genau sie mit einer Unterschrift unterstützen würde.

Die Tierärztin sah sie aufmerksam an. Dann nickte sie verständnisvoll und legte Julia eine Hand auf den Arm. »Natürlich, ich verstehe. Sie haben auch so schon mehr als genug um die Ohren. Aber das macht überhaupt nichts. Überlegen Sie es sich einfach. Sie können mich jederzeit dazu anrufen. Tag und Nacht!« Sie lachte. »Aber wissen Sie was? Ich habe auch eine Onlinepetition gestartet. Tragen Sie sich doch einfach da ein.«

»Ich überlege es mir«, versprach Julia. »Und ich wünsche Ihnen viel Glück bei Ihrer Kampagne.«

»Danke, das können wir brauchen. Oder vielmehr: Der Wolf kann es brauchen.«

Julia streckte ihr die Hand hin. »Danke, dass Sie vorbeigekommen sind.«

Kirsten Schulz ergriff ihre Hand und legte ihre andere über Julias. »Jetzt kennen wir uns schon so lange. Sollen wir nicht du zueinander sagen?«

Erneut zögerte Julia. Eine Ablehnung kam wohl nicht infrage, wenn sie die Tierärztin nicht vor den Kopf stoßen wollte. »Gern, ich bin Julia.«

»Kirsten. Ich freu mich. Aber jetzt muss ich los. Danke noch mal!«, rief sie aufgeregt und marschierte zur Haustür.

Julia atmete auf, als sie die Tür hinter Kirsten geschlossen hatte. Jetzt würde sie sich von nichts und niemandem mehr davon abbringen lassen, mit Oma zu sprechen.

Winter 1948

Eine neue Heimat, eine neue Arbeit. Das zweite wog in so mancher nächtlichen Stunde, in der Martha bittere Tränen weinte, den Verlust ihres alten Zuhauses auf.

Die Arbeit war hart. Martha musste feststellen, dass die reichen Kundinnen, die sich die Dienste einer Schneiderin leisten konnten, für ein Lehrmädchen nicht viel mehr übrig hatten als für das mittellose Bauernmädchen, das sie vorher gewesen war. Doch sie nahm die geringschätzigen Bemerkungen der Kaufmannsfrauen und Großbäuerinnen gleichmütig hin. Sie war fleißig und lernte und bewies ihrer Tante Elsa, wie einfallsreich sie war. In der Schneiderei fertigten sie hauptsächlich Kleider, Röcke und Mäntel an, aber am liebsten nähte Martha Hochzeitskleider. Natürlich waren ihre Mittel sehr eingeschränkt, aber hin und wieder brachte jemand Fallschirmseide vorbei, und dann erschufen Elsa und sie Kunstwerke, die einer Prinzessin würdig gewesen wären.

Abends, wenn ihre Cousine Eva und sie in ihren Betten in der Kammer lagen, die sie teilten, tuschelten sie oft lange miteinander. In dem kleinen Raum konnte man sich fast nicht mehr bewegen, so vollgestellt war er, aber Martha machte die Enge nichts aus. Eva war ein Jahr jünger als sie. Ihr Vater war noch immer nicht aus dem Krieg zurückgekehrt, und so lebte sie allein mit ihrer Mutter und Martha. Es war ein einfaches Leben, aber nicht so stark von Entbehrungen geprägt wie auf dem Hof der Eltern. Und Eva liebte es genauso wie Martha tanzen zu gehen.

Eines Abends traute sich Martha zu fragen: »Sag einmal, Eva. Meinst du, deine Mutter würde erlauben, dass wir im Trachtenverein mitmachen? Dann …« Sie konnte den Satz gar nicht beenden.

Eva war sofort begeistert von der Idee. »Gleich morgen frag ich sie. Bestimmt erlaubt sie es. Und dann schneidern wir uns die schönsten Dirndl, die das Dorf je gesehen hat.«

»Und dann könnten wir tanzen, jede Woche.« Martha fühlte, wie ihr warm ums Herz wurde vor Vorfreude. »Beim Wirt im Saal. Jede Woche!«

»Das wird … Ach Martha! Das wird wie im Himmel, tanzen, immer nur tanzen.«

Und das taten sie.

Sie tanzten im Trachtenverein mit den anderen Mädchen und Burschen aus dem Dorf. Und wie Martha gehofft hatte, seit sie das erste Mal zu den Tanzstunden gegangen waren, tauchte auch er auf. Sie hatte ihn lange, fast ein Jahr, nicht mehr gesehen, aber das Gefühl war wie immer. Sie hatte schon so gefühlt, als sie noch Kinder gewesen waren und in der Schule oder miteinander in den Mai getanzt hatten. Nur ging sie jetzt nicht mehr weg, diese Sehnsucht. Diese Sehnsucht danach, immer und immer wieder in seinen Armen zu schweben.

Aber es durfte nicht sein.

Er war der Sohn des Bürgermeisters, eines reichen Bauern, und sie nur ein armes Lehrmädel ohne Mitgift und ohne Ansehen. Sein Bruder zog jedes Mal die Augenbrauen hoch, wenn sie mehr als zweimal an einem Abend miteinander tanzten.

Nur Eva wusste von Marthas Gefühlen. Und nur mit ihr konnte Martha abends, wenn sie im Bett lagen, über ihn sprechen.

»Du magst ihn gern, gell?«, flüsterte Eva.

»Na ja, ein bisserl schon«, gab Martha zu.

Eva kicherte. »Er ist ja auch ein Fescher. Wenn ich auch sagen muss, der Schorsch, der tät mir noch besser gefallen.«

»Der Schorsch? Ach geh, Eva. Für den Bürgermeister sind wir schon nix wert. Lehrmadln. Aber der Vater vom Schorsch ist der reichste Bauer im Dorf. Das wird nix mit dir und ihm.« Martha starrte in die Dunkelheit über ihrem Bett. Sie sah Bauer Aigner vor sich in seinen schicken Anzügen, die er sich in der Stadt machen ließ. Von Elsa ließ er natürlich nichts schneidern.

»Warten wir es ab.«

Es war zu dunkel im Raum, um etwas zu erkennen, aber Martha wusste, dass Eva bei ihren Worten entschlossen lächelte.

Elf

Martha wollte nicht reden. Sie saß in ihrem Zimmer auf dem Bett und starrte die gegenüberliegende Wand an. Als Julia sie ansprach, schüttelte sie nur den Kopf. Nach einer Weile gab Julia auf und ließ Martha in Ruhe. Wenn ihre Großmutter eine Auszeit brauchte, dann würde sie sie ihr schweren Herzens auch zugestehen. Egal, wie neugierig sie war zu erfahren, was damals geschehen war und warum Martha selbst nach so vielen Jahrzehnten noch eine solche Wut auf Paul Kirmeier hatte.

Das Telefon klingelte wieder.

Es war Sophia, die sich von Florian die Hausaufgaben durchgeben ließ. Sie tauschten ein paar Sätze aus, dann wandte sich Flo an Julia. »Mama, darf ich zu Sophia?«

»Zu Sophia? Hm. Gib mir mal ihre Mama.«

Florian reichte ihr das Telefon.

Hanna Seiwald hatte sich anscheinend vom Bitten und Betteln ihrer Tochter erweichen lassen. Mit einem kleinen Seufzer sagte sie: »Florian kann gerne zu uns kommen. Aber Sophia hat mir versprochen, dass die beiden nicht rausgehen.«

Julia warf Flo einen Blick zu. Er stand mit bittend gefalteten Händen vor ihr und machte ein lammfrommes Gesicht. Sie musste lachen und stimmte zu. Die Seiwalds hatten den großen Keller ihres Hauses zum Spielzimmer umfunktioniert, dort war auch genug Platz zum Toben. Auch wenn Florian und Sophia nicht nach draußen durften, würden sie einen schönen Nachmittag verbringen. Also brachte sie ihren Sohn zu Sophia.

Auf dem Rückweg rief sie Tom an. »Hi, ich will noch mal in den Wald, nach Leonie suchen. Kommst du mit?« Sie ging etwas langsamer.

»Willst du alleine gehen? Ich dachte, die Suchmannschaften sind schon den ganzen Tag unterwegs? Und die Polizei sucht auch alles ab?« Tom klang, als hätte sie ihn bei etwas Wichtigem gestört.

»Offensichtlich machen die das nicht richtig, sonst wäre das Mädchen doch längst gefunden worden«, beharrte sie.

»Glaubst du, du kannst das besser als die Profis?«

Julia konnte Toms hochgezogene Augenbraue förmlich vor sich sehen. »Keine Ahnung, aber rumzusitzen macht doch erst recht keinen Sinn. Außerdem könnten wir nach dem Wolf Ausschau halten. Bald kommt dieser Wolfsexperte. Da wäre es gut, wenn ich einen Anhaltspunkt hätte, wo wir nach dem Wolf suchen müssen.«

Tom gab sich geschlagen. »Na gut. Ich komme mit. Lass mich nur eben diesen Absatz fertig schreiben.«

»Ich bin in zehn Minuten da und hole dich ab.« Julia beschleunigte ihren Schritt wieder.

Die Maisonne blinzelte sanft durch das Blätterdach, und ein lauer Föhnwind strich um Julias Arme. Der Wald tat, was er immer tun sollte: Er gab Julia das Gefühl, zu Hause zu sein. Wie konnte es sein, dass jemand an einem so friedlichen Ort einfach verschwand? Böse war doch niemals die Natur, böse waren immer nur die Menschen, die anderen Leid zufügten. Und sie hätte schwören können, dass es auch in diesem Fall so war. Niemals würde sie glauben, dass ein Wolf einen Menschen anfiel und verschleppte. Sie sah Tom an. »Lass uns überlegen, was mit Leonie passiert sein könnte. Glaubst du, sie ist abgehauen?«

Tom schlurfte einige Meter raschelnd durch die Buchenblätter am Waldboden, bevor er antwortete: »Warum nicht? Was spricht denn dagegen, dass sie einfach abgehauen ist? Mädchen in dem Alter tun das doch manchmal.«

»Sie ist einfach nicht der Typ dazu. Sie ist ziemlich anständig und aus gutem Elternhaus.«

»Das haben Außenstehende bei mir auch oft gedacht«, sagte Tom trocken und ohne aufzusehen.

Julia warf ihm einen Blick zu. »Ich glaube, das war etwas anderes. Leonie ist total versessen auf ihren Sport. Wenn sie bei uns zum Babysitten war, war sie immer höchst verantwortungsvoll. Sie ist zielstrebig und weiß, was sie will. Sie würde nicht einfach ihre Eltern im Ungewissen lassen und die Schule schmeißen.«

»Ja, das habe ich auch alles schon gehört. Trotzdem kann man nie hinter die Fassade eines sogenannten guten Elternhauses schauen«, erwiderte Tom.

Julia war sich nicht sicher, ob Tom über Leonie oder über seine eigene Vergangenheit sprach. »Du hast natürlich recht. Aber trotzdem überzeugt mich das nicht. Es muss schon etwas Schwerwiegendes sein, das Leonie dazu gebracht haben könnte, einfach zu verschwinden, ohne jemandem Bescheid zu sagen. Nicht ihren Eltern und auch keiner Freundin …«

»Hat sie einen Freund?« Jetzt hob Tom endlich den Blick.

Julia bemerkte den Schmerz in seinen Augen. Sie stockte, dann antwortete sie auf seine Frage. »Ihre Eltern sagen Nein. Aber da wäre ich mir nicht so sicher. Leonie ist ziemlich hübsch, und mein Gott, sie ist sechzehn.«

»Das alleine ist noch kein Grund.« Ein schiefes Grinsen legte sich auf Toms Gesicht.

»Ich glaube trotzdem, dass da jemand ist.« Julia kickte einen abgebrochenen Ast aus dem Weg.

»Dann müsste man herausfinden, wer das ist.«

Sie liefen eine Weile schweigend nebeneinander durch den Wald, bis sie auf eine Forststraße trafen und Motorengeräusch vernahmen. Ein paar Meter weiter entfernte sich gerade Max Aigner mit seinem Suzuki.

Julia sah ihm kurz nach, dann ließ sie Tom stehen und rannte hinter dem Fahrzeug her. Sie winkte und rief: »Aigner, hey!«

Max Aigner bremste, und der Wagen kam zum Stehen.

Julia rannte zu ihm. »Hallo, Aigner, gut, dass ich Sie treffe.« Sie legte die Hand auf das offene Fenster der Fahrertür. Der Hund, der wieder auf dem Beifahrersitz saß, knurrte. Hastig zog sie die Hand zurück.

Aigner hob seinen Hut, drehte ihn in der Hand und nickte ihr zu. »Was hättest du denn gebraucht?«

Julia wollte antworten, dann fiel ihr auf, dass heute etwas anders als sonst war. »Wo ist denn Ihr Anhänger?«

»Der steht weiter hinten im Wald. Hättest du den gebraucht?«, fragte Max Aigner.

»Nein, nein, reine Neugier. Meine Frage ist eine ganz andere: Wir wollen den Bauwagen vom Waldkindergarten ins Dorf, genauer gesagt in den Garten der Villa Voss, bringen. Dann müssen die Eltern nicht so viel Angst um ihre

Kinder haben, wegen dem Wolf. Können Sie uns dabei helfen? Mein Auto hat keine Anhängerkupplung«, erklärte Julia.

Mittlerweile war auch Tom am Auto angekommen. »Was soll er machen?«, fragte er.

Julia wandte sich an ihn. »Ich hab doch versprochen, dass der Bauwagen vom Waldkindergarten in deinen Garten gezogen wird, bis sich das mit dem Wolf erledigt hat. Und bis Leonie wieder aufgetaucht ist. Ich kann mit meinem Auto aber keinen Anhänger ziehen.«

»Das kann ich schon machen«, bot Aigner an. »Der Sebastian kann mir dann helfen.«

»Welcher Sebastian?«, fragte Julia.

»Der macht im Kindergarten so ein Praktikum. Und wegen der Leonie kannst ihn auch fragen, wenn ihr dic immer noch sucht«, antwortete er.

»Wegen der Leonie? Kennt er sie?« Julia wurde hellhörig.

»Jedenfalls ist sie immer mit ihm herumstrawanzt«, brummte Aigner.

»Das haben Sie gesehen?«, hakte sie nach.

»Freilich. Wenn der Sebastian fertig war mit der Arbeit im Kindergarten, hat ihn das Mädel immer abgeholt.« Er nickte zur Bekräftigung seiner Worte.

»Sie sind ein Schatz, Aigner. Ich frag diesen Sebastian gleich morgen. Er wird ja wohl bei der Suche nach seiner Freundin helfen. Und wegen des Termins zum Umparken des Bauwagens melde ich mich noch mal bei Ihnen.«

»Passt schon.« Aigner setzte seinen Hut wieder auf und zuckelte gemütlich über den Forstweg davon.

In dem Moment klingelte Julias Handy.

Zwölf

Julia kam gerade noch rechtzeitig zu Hause an, um den Besuch, der sich telefonisch angekündigt hatte, zu empfangen. Eigentlich nicht ganz, denn vor der Tür erwarteten sie schon die beiden Mitarbeiter des Netzwerks Große Beutegreifer: Frau Gassner, eine stämmige Frau mit kinnlangen blonden Haaren, die unter einem Jagdhut hervorblitzten, und neben ihr der große schlanke Herr Riedhofer, der sein spärliches Kopfhaar kurz geschoren trug.

Sie parkte den Landy und sprang aus dem Auto. »Hallo, entschuldigen Sie bitte die Verspätung. Ich bin gekommen, so schnell ich konnte.«

Die Frau trat einen Schritt vor und streckte Julia die Hand entgegen. »Na, das Reh wird uns ja nicht mehr davonlaufen. Irina Gassner, ich bin Jägerin und wie Herr Riedhofer Mitglied im Netzwerk Große Beutegreifer. Freut mich.«

Ihr Händedruck war ziemlich fest. Julia hätte sich gern die Hand ausgeschüttelt, ließ sich aber nichts anmerken und reichte stattdessen Bernhard Riedhofer die Hand zur Begrüßung.

»Schön, dass Sie es geschafft haben, so schnell herzukommen. Ich war mir nämlich nicht sicher, was ich mit dem Reh machen sollte.« Julia schloss die Haustür auf und bat die beiden ins Haus.

»Ehrlich gesagt, haben Sie eh schon den ersten Fehler gemacht …«, rügte Frau Gassner.

»Irina!«, fiel Riedhofer seiner Kollegin ins Wort.

Julia erstarrte. »Wieso? Welchen Fehler?«

Bernhard Riedhofer warf seiner Kollegin einen mahnenden Blick zu und wandte sich dann an Julia. »Normalerweise hätte das Tier nicht bewegt werden dürfen. Wir müssen uns alles vor Ort anschauen, um die Situation einschätzen zu können.«

Julia sah ihn nachdenklich an. »Ja, das verstehe ich. Aber das Reh lag nachts mitten auf der Staatsstraße. Ich hätte es nicht da liegen lassen können. Das hätte Unfälle provoziert.«

Gassner legte die Stirn in Falten. Sie schien nachzudenken, aber gleichzeitig wieder besänftigt zu sein. »Das ist natürlich ein Argument. Wann, sagten Sie, haben Sie das Tier gefunden?«

»In der Nacht auf Donnerstag. Gegen halb drei Uhr morgens.«

»Und warum sind wir dann erst jetzt hier?«, mäkelte Gassner.

Riedhofer legte seiner Kollegin eine Hand auf die Schulter. »Jetzt reg dich doch nicht schon wieder die ganze Zeit auf, Irina. Das ist schlecht für deinen Blutdruck, und das weißt du.« Er lächelte Julia an. »Frau Gassner wäre am liebsten immer sofort zur Stelle, wenn der Verdacht auftaucht, dass sich ein großer Beutegreifer in der Umgebung aufhält.«

»Kümmern Sie sich auch noch um andere Tiere als Wölfe?« Julia war neugierig und betrachtete die beiden mit echtem Interesse. Sie stellte sich ihre Arbeit spannend vor, es musste aufregend sein, so viel über heimische Raubtiere zu erfahren und ihnen immer wieder auf der Spur zu sein.

»Luchs, Wolf, Bär.« Gassner antwortete knapp, aber in einigermaßen versöhnlichem Ton.

Julia zeigte den beiden die Garderobe, damit sie ihre Jacken ablegen konnten, und nahm den Kellerschlüssel vom Haken. »Und was macht man als Mitglied in diesem Netzwerk?«

»Monitoring.« Gassner zog das Wort in die Länge und betonte jede einzelne Silbe.

Julia wurde das Gefühl nicht los, dass die Frau sie nicht mochte. Und das nur, weil sie das Reh von der Straße entfernt hatte?

Riedhofer seufzte. »Wir werden informiert, wenn ein großer Beutegreifer irgendwo in Bayern auftaucht.«

»Sie beide?« Julias Augen wurden groß.

Riedhofer lachte. »Nein, nein. Es gibt in Bayern über hundertsechzig Mitglieder im Netzwerk. Wir sind alle geschult worden, Spuren, zum Beispiel Trittspuren oder Bissspuren an gerissenen Tieren, zu erkennen und natürlich die Tiere zu bestimmen und deren Verhalten einzuschätzen. Dazu gehört auch die Beratung verschiedener Stellen oder wenn ein Mensch, wie Sie zum Beispiel, mit Wölfen in Berührung gekommen ist. Und Papierkram ist auch dabei.« Er zwinkerte ihr zu.

Julia schloss die Kellertür auf, knipste das Licht an und führte die Besucher die Treppe hinunter in die Wildkammer.

»Und wie werden Sie in unserem Fall vorgehen?«, fragte sie.

Wieder antwortete Riedhofer. »Zunächst einmal werden wir uns dieses Tier hier ansehen und eine Probe von der Wunde nehmen, vielleicht ist ja noch Speichel zu finden. Die Probe schicken wir ans Senckenberg Institut in Frankfurt zur genetischen Untersuchung. Aber auch das Bissmuster kann schon Aufschluss über den Angreifer geben. Außerdem werden wir Jäger, Förster und Naturschützer in der Umgebung bitten, die Augen offen zu halten und uns Spuren, also Trittsiegel, Kot oder Ähnliches, zu melden.«

Julia nickte fasziniert.

Das Reh lag vor ihnen auf dem Metalltisch. Sofort gingen die beiden Gäste ans Werk. Gassner stellte ihre Tasche hinter der Tür ab, nahm einige Probenröhrchen, Tupferstäbchen und ein Skalpell heraus sowie Einmalhandschuhe, die sie sich über die Hände streifte. Riedhofer hatte in der Zwischenzeit eine Kamera ausgepackt und schraubte ein großes Objektiv daran.

»Kann ich helfen?«, fragte Julia hoffnungsvoll, aber Gassner schüttelte stumm den Kopf. Ihre Gesichtszüge hatten sich entspannt, sie schien in ihrem Element zu sein.

Julia zog sich in die Ecke der Kammer zurück und beobachtete die beiden Experten bei der Arbeit. Zunächst machte Riedhofer aus unterschiedlichen Perspektiven Fotos von dem Reh, dann von der Wunde. Er trat einen Schritt zurück und ließ seine Kollegin an den Tisch, die mit den weißen Tupfern mehrere Abstriche von den Wunden nahm und die Röhrchen dann sorgfältig verschloss, bevor sie mit einem Edding einige Daten auf der Glasaußenseite notierte. Julia vermutete, dass es sich um Ort und Datum handelte. Danach öffnete Gassner mit dem

Skalpell den Bauchraum des Tieres und legte die Eingeweide in eine bereitstehende Schüssel.

Julia verzog die Nase. Zwar war ihr das Ausweiden nicht fremd, aber nach einem Tag roch ein totes Reh eben nicht mehr besonders gut, selbst wenn es kühl gelagert worden war.

Gassner schnitt um die Verletzungen an der Kehle des Tieres großzügig die Haut ein. Dann entfernte sie das Fell. So konnte man die Verletzungen im Fleisch des Rehs gut erkennen. Sie trat einen Schritt zur Seite und ließ Riedhofer Fotos schießen. Schließlich packte der Experte die Kamera weg und beugte sich zusammen mit seiner Kollegin über das Reh. Gassner deutete mit einem Stift auf einige Stellen, und die beiden flüsterten miteinander.

Dann schüttelte Riedhofer den Kopf, richtete sich auf und sah Julia an. »Vielleicht liegt es daran, dass das Tier schon einige Zeit gelegen hat …«

»Oder daran, dass es bewegt worden ist«, fiel Gassner ihm ins Wort.

»Oder daran. Jedenfalls können wir von den Rissspuren her nicht sicher sein, dass es sich um einen Wolf handelt. Es könnte auch ein Hund gewesen sein. Ein Wolfshund oder ein Schäferhund. Wäre das möglich? Gibt es einen streunenden Hund in der Umgebung?«

Julia war verwirrt und schüttelte den Kopf. »Ich weiß nicht, vielleicht. Aber Sie können nicht ausschließen, dass es ein Wolf war?«

Riedhofer schüttelte den Kopf. »Nein. Aber ich bin zuversichtlich, dass die genetische Untersuchung Klarheit bringen wird. Wir schicken die Proben ans Senckenberg Institut. In ein paar Tagen wissen wir mehr.«

Dreizehn

Es wurde langsam dunkel, als Julia sich an den Schreibtisch setzte und die Termine für den nächsten Tag durchging. Die beiden Wolfsexperten hatten sich vor ein paar Minuten verabschiedet und versprochen, sich zu melden, sobald konkrete Beweise vorlägen. Mit Riedhofer hatte Julia sich zudem für einen der kommenden Tage verabredet, um ihm den Fundort des Rehs zu zeigen.

Sie blätterte gerade in ihrem Terminkalender, als das Telefon klingelte. Noch in Gedanken hob sie ab. »Sommer.«

»Hi, Julia. Hast du am Display nicht gesehen, dass ich es bin?«

Julia erkannte die Stimme am anderen Ende der Leitung sofort. »Markus, hallo. Nein, ich hab nicht draufgeschaut. Ich arbeite noch.« Sie rieb sich den schmerzenden Nacken.

»Am Freitagabend? Wie armselig dein Leben doch ist.«

Julia atmete tief ein und stieß schwungvoll die Luft aus. Wie höhnisch das klang. Typisch. »Was willst du, Markus? Ist dir am Freitagabend langweilig, und hast du dir gedacht: Beleidige ich doch mal meine Ex? Oder rufst du an, um mir zu sagen, wann du Florian morgen abholst?« Alle Freundlichkeit war aus ihrer Stimme gewichen.

»Genau deswegen rufe ich an. Anke geht es nicht besonders. Ihr ist dauernd schlecht, und Kreislaufprobleme hat sie auch. Sie möchte am Wochenende ihre Ruhe haben.«

»Wie bitte? Deine Freundin ist unpässlich, und du willst deswegen deinen Sohn nicht bei dir haben?« Julia zog die Augenbrauen hoch und merkte, dass sie jetzt richtig sauer wurde.

»Äh. Ja. Wenn du es unbedingt so formulieren willst.«

Was für eine schwache Antwort! Julia kochte vor Wut. »Entschuldige, aber ich glaube, du hast sie nicht mehr alle! Wir hatten mal ausgemacht, dass Florian immer vorgeht.«

»Ja, das haben wir, und so soll es auch bleiben. Aber das ist ja wohl eine Sondersituation«, erwiderte Markus.

»Hey, Markus, echt jetzt. Wenn ich das richtig verstanden habe, wird diese Sondersituation die nächsten Monate andauern. Und danach habt ihr dann ein Baby zu Hause. Ist das dann auch eine Sondersituation?«, fauchte Julia.

»Ja, nein, aber … Versteh das doch. Es geht dieses Wochenende einfach nicht.«

»Wird Florian ab jetzt Nummer drei sein? Nach Anke und dem Baby? Willst du ihn wirklich so vor den Kopf stoßen? Er ist dein Sohn und nicht irgendein Spielzeug, das du einfach in die Ecke pfeffern kannst, wenn du keinen Spaß mehr daran hast!«

Julia war laut geworden, lauter als sie beabsichtigt hatte. In der folgenden Stille nahm sie das leise Geräusch an der Bürotür umso deutlicher wahr. Sie fuhr herum und sah Florian wegrennen. Scheiße!

Wortlos legte sie auf, knallte das Telefon auf den Tisch und rannte Florian hinterher die Treppe nach oben. »Flo! Florian, warte!«

Er hörte nicht auf sie, schlüpfte in sein Zimmer und warf die Tür zu.

Julia kam schnaufend davor zum Stehen. Sie verfluchte ihre Unbeherrschtheit, aber Markus brachte stets ihre schlechten Seiten zum Vorschein. Sie bemühte sich, immer wieder geduldig zu sein, ruhig zu bleiben, aber es gelang ihr einfach nicht. Es war, als versuchte sie, den Krater eines brodelnden Vulkans mit ein paar alten Dachlatten abzudecken.

Sie atmete tief durch. Dann noch einmal. Markus war an allem schuld. Wenn er sich wie ein Vater verhielte und nicht immer nur an sich und seinen Vorteil dächte, dann wäre sie niemals so wütend geworden und hätte sich niemals dazu hinreißen lassen, ihn so laut anzubrüllen, dass Florian es hören konnte. Sie fühlte, wie sich ihr Herzschlag erneut beschleunigte. Halt. Das war nicht gut. Sie musste sich beruhigen und die Sache mit Florian wieder ausbügeln. Sie lockerte die verspannten Schultern. Dann drückte sie die Klinke hinunter und betrat Florians Zimmer.

Er lag bäuchlings auf dem Bett, den Kopf im Kopfkissen verborgen. Seine Schultern bebten.

Julia setzte sich auf die Bettkante und berührte behutsam seinen Rücken, doch er schüttelte sich unwillig.

»Flo«, flüsterte sie sanft.

Er schüttelte den Kopf.

»Flo, es tut mir leid, mein Liebling.«

Ihre Entschuldigung schien ihn zu beruhigen, denn ihr Sohn lag nun ganz still da.

»Das war nicht richtig, und Papa meint es auch nicht so. Anke geht es nicht so gut, sie ist ein bisschen krank, und er meinte, es wäre besser, wenn du dieses Wochenende zu Hause bei mir bleibst.«

Florian drehte sich langsam zu ihr um.

Vorsichtig strich sie über sein rot geweintes Gesicht. »Papa hat dich lieb, ganz doll. Genau so wie ich. Es war dumm, dass ich ihn so angeschrien habe. Er hat sich nur Sorgen um Anke gemacht.« Zumindest hoffte sie das.

»Tut es weh, was Anke hat?«, fragte Florian.

Julias Herz machte einen Satz. Natürlich dachte ihr wunderbarer Sohn immer zuerst an die anderen. Jetzt sorgte er sich sogar um die Frau, die ihm seinen Vater streitig machte, die dafür sorgte, dass sich alles veränderte, was bisher gut funktioniert hatte. »Nein, das tut nicht besonders weh. Ihr ist nur schlecht und wahrscheinlich auch schwindlig.« Sie hoffte, dass ihr Tonfall beruhigend klang.

Flo legte den Kopf schief. »Geht das wieder weg?«

»Ja, das geht wieder weg. Spätestens in ein paar Wochen sollte es ihr wieder gut gehen, vielleicht sogar schon in ein paar Tagen.« Julia strich ihm über den Arm.

»Ich hatte mich schon so darauf gefreut, zu Papa zu fahren. Er hat gesagt, er baut vielleicht das Planschbecken auf, wenn das Wetter gut ist«, sagte Flo enttäuscht.

Julia nickte nachdenklich. »Das macht er dann bestimmt das nächste Mal. Oder …« Sie überlegte kurz und überschlug im Kopf die Ausgaben, die diesen Monat noch anstanden. »Vielleicht können wir auch ein eigenes Planschbecken kaufen und hier aufstellen, was meinst du?«

Bevor Florian antworten konnte, hörten sie die Türklingel und kurz darauf Martha rufen: »Julia, Florian, kommt ihr mal?«

Julia reichte Flo die Hand, zog ihn vom Bett hoch, und gemeinsam gingen sie nach unten.

»Ihr habt Besuch«, sagte Martha nur und stieg an Julia und Flo vorbei die Treppe nach oben.

Julia sah ihr kopfschüttelnd nach. Oma verhielt sich absolut untypisch und sehr seltsam. Solange sie denken konnte, war ihre Großmutter immer für sie da gewesen. Nun sah es so aus, als hätte Martha selbst Hilfe nötig. Julia konnte nur hoffen, dass sie ihr Schweigen bald brach.

In der Küche erwartete sie Kriminalhauptkommissarin Baumgartner. »Hallo, Florian. Guten Abend, Frau Sommer. Ich hatte ja angekündigt, dass ich heute noch einmal kurz mit Ihrem Sohn sprechen wollte. Ginge das jetzt noch?«

Julia sah Flo an, der leicht ihre Hand drückte und ein neugieriges Gesicht machte. »Frau Baumgartner wollte gerne mit dir über diesen Mann sprechen, der Sophia und dich heute Mittag angesprochen hat. Was meinst du? Kannst du ihr noch mal erzählen, was du mir gesagt hast?«, fragte sie ihren Sohn sanft.

Florian nickte und drückte ihre Hand noch fester.

»Frau Sommer, ich muss Sie aber noch einmal darauf hinweisen, dass das eine rein informatorische Befragung ist. Es geht mir allein darum festzustellen, ob der Vorfall irgendetwas mit Leonies Verschwinden zu tun haben könnte. Darauf liegt im Moment mein ganzes Augenmerk. Wenn Sie Anzeige gegen diesen Mann erstatten wollen, würde ich unser Gespräch als erste Einschätzung an die Kollegen weiterleiten«, erklärte Baumgartner.

Julia nickte langsam. Anzeige erstatten. Sollte sie das? Irgendwie schon, denn der Kerl konnte ja gefährlich sein. Aber würde das etwas bringen?

Baumgartner schien ihr Nicken als Zustimmung zu nehmen. Sie deutete zum Küchentisch. »Sollen wir uns setzen?«

Florian kletterte auf die Eckbank, die Kommissarin und Julia nahmen auf den Stühlen Platz, und Flo rückte näher zu Julia. Sie nahm seine Hand und strich mit dem Daumen darüber. »Du musst keine Angst haben. Frau Baumgartner stellt dir nur ein paar Fragen, und ich bleibe die ganze Zeit bei dir.«

Baumgartner bedachte sie mit einem verkniffenen Blick. »Eigentlich hätte ich gerne mit Florian alleine gesprochen. Es wäre wichtig, dass Ihr Sohn ganz befreit sprechen kann. Aber wenn Sie es wünschen, können Sie natürlich gerne bleiben.«

Das wäre ja noch schöner. Wenn irgendwer mit Florian sprechen wollte, dann würde Julia ausnahmslos dabei sein. Doch sie sagte nichts und lächelte die Kommissarin an.

Baumgartner wandte sich an Florian. »Hallo noch einmal, Florian. Du kannst gern Maryam zu mir sagen, das ist mein Vorname.« Sie legte ihr iPhone auf den Tisch und aktivierte die Aufnahmefunktion. »Ich möchte unser Gespräch gerne aufzeichnen, damit ich mich danach daran erinnern kann, was du gesagt hast und dich nicht noch einmal fragen muss, wenn es sich vermeiden lässt.«

Florian warf einen skeptischen Blick auf das Handy, aber Julia spürte, dass er davon fasziniert war, dass seine Stimme aufgenommen wurde.

»Deine Mama hat mir erzählt, dass heute ein Mann deine Freundin Sophia und dich angesprochen hat. Hast du davon außer deiner Mama noch jemandem erzählt?«, fuhr Baumgartner fort.

Florian schüttelte den Kopf, und auf Baumgartners

Gesicht legte sich ein seltenes Lächeln. Ihre Stimme war weich und dunkel und vertrauenerweckend. »Weißt du noch genau, wann ihr den Mann getroffen habt?«

Florian sah sie vertrauensvoll an. »Nach der Schule, als wir nach Hause gegangen sind.«

»Er hat freitags bis 11.20 Uhr Unterricht«, warf Julia ein, und Baumgartner zog das Smartphone näher zu sich und notierte etwas.

»Und wo wart ihr da genau?«, fragte sie dann.

Flo warf Julia einen Blick zu, und sie nickte ihm aufmunternd zu.

»Das war ... hm ... Wir sind schon über die Ampel an der großen Straße gegangen und dann in die kleine Straße, die eine Abkürzung ist. An der Feuerwehr waren wir schon vorbei.«

Julia horchte auf. Diese angebliche Abkürzung war ein längerer Weg für Flo, der wohl so lange wie möglich mit Sophia hatte zusammen gehen wollen. Das war nicht verboten, aber Julia sah es lieber, wenn er den direkten Weg nach Hause nahm.

Baumgartner musste ihre Reaktion bemerkt haben, denn sie sah Florian beruhigend an. »Du darfst alles sagen. Es ist sogar sehr wichtig, dass du das tust. Wir wollen diesen Mann ja finden und ihm sagen, dass er keine Kinder mehr ansprechen soll. Und du hilfst uns dabei, stimmt's?«

Florian nickte eifrig.

Julia überlegte. »Das muss in der Tannengasse gewesen sein«, ergänzte sie Florians Schilderung.

Baumgartner notierte auch das. Dann sah sie wieder Florian an. »Und wo kam der Mann her? Habt ihr das gesehen?«

Flo schüttelte den Kopf. »Der stand einfach plötzlich da.«

»Hm, okay. Kann er aus einem der Häuser da gekommen sein?«

Flo zuckte mit den Schultern.

»Gut. Kannst du mir sagen, wie er aussah? Wie groß er war?«

»Groß. Größer als Mama. Ein bisschen.« Nun fühlte sich Florian wieder sicherer, und seine Stimme klang fester.

»Und wie alt, meinst du, war er?« Baumgartner beobachtete ihn aufmerksam.

»Alt. Älter als Sie«, antwortete Florian.

Julia verkniff sich ein Grinsen.

Doch Baumgartner gab sich unbeeindruckt. »Hast du sein Gesicht gesehen? Wie sahen seine Haare aus?«

»Grau. Oder schwarz. Dunkel auf jeden Fall. Und der Bart war auch ganz dunkel.«

Julia spitzte die Ohren. Ein Mann mit Bart? Konnte das eine Spur sein? Dann seufzte sie. Viele Männer im Dorf trugen Bärte. Obermeier, zum Beispiel, oder der Bürgermeister und zig andere auch.

Baumgartner runzelte ebenfalls die Stirn. »Was hatte er an?«

»Eine Jacke oder einen Pulli und eine Hose«, leierte Florian.

»Kannst du dich noch an die Farbe erinnern?«

»Grau oder braun. Nicht hell.« Er nickte, um seine Worte zu verstärken.

»Also ein dunkel gekleideter Mann mit dunklen Haaren. Ist dir sonst irgendetwas an ihm aufgefallen?« Baumgartners Stimme war wieder ganz weich.

Florian dankte es ihr mit angestrengtem Überlegen. Dann schüttelte er bedauernd den Kopf. »Nein.«

»Hm. Na gut. Aber er hat mit euch geredet, oder?«

»Ja, er hat gefragt, ob wir Bonbons haben wollen.«

»Kannst du dich daran erinnern, was genau er gesagt hat?«, hakte die Kommissarin nach.

Florian schüttelte wieder den Kopf. »Er hat uns einfach gefragt, ob wir welche haben wollen und uns die Hand mit den Bonbons hingestreckt.«

»Hat er bayerisch oder hochdeutsch gesprochen?«

Florians Antwort kam wie aus der Pistole geschossen. »Bayerisch.«

»Kannst du dich daran erinnern, wie seine Stimme war? Hoch oder tief?« Baumgartner schien ungeduldig zu werden und rutschte kaum merklich auf dem Stuhl hin und her.

Florian schaute sie zweifelnd an. »Normal. Nicht komisch oder so. Wie ein Mann halt.«

Seufzend beendete die Kriminalhauptkommissarin die Aufnahme und steckte das Mobiltelefon wieder in ihre Tasche. »Vielen Dank, Florian. Du hast das sehr gut gemacht. Danke für deine Zeit. Dann will ich Sie auch nicht länger stören. Wenn dir noch etwas einfällt, Florian, kannst du deine Mama bitten, mich anzurufen.« Sie erhob sich.

»Oh, mir ist noch etwas eingefallen«, sagte Flo plötzlich. »Der Mann hatte so eine komische Narbe an der Hand. Die sah aus wie ein N.«

Frühjahr 1949

»Nein, ich kann nicht dableiben! Wenn die Tante das merkt … Eva, komm!« Martha wollte ihre Cousine an der Hand nehmen und sie wieder nach draußen ziehen.

»Ach geh, Martha. Ich mag aber noch nicht heim. Es ist doch nicht für lang.« Eva schüttelte ihre Hand ab.

Eva, Paul und Martha standen vor dem dunklen Hintereingang des Gasthofs. Schorsch wartete oben in einer Dachkammer auf sie, hatte Paul gesagt.

»Du hast gut reden. Aber wenn die Tante mich aus dem Haus wirft, dann steh ich auf der Straße.« Ihre Worte galten Eva, aber sie schaute Paul an. Es zerriss sie fast. So gern wär sie geblieben.

Paul nahm ihre Hand. »Wir wollen doch nichts Schlimmes machen. Der Schorsch hat den Plattenspieler von seinem Vater ausgeliehen, und er hat die neuen Schallplatten mitgebracht. Wir wollen nur ein bisschen Musik hören. Da kann deine Tante doch gar nichts dagegen haben.«

Sein Blick ging Martha durch und durch und ließ es in ihrem Bauch kribbeln, dass sie ganz zittrig wurde.

»Also ich bleib da. Das lass ich mir nicht entgehen. Der

Vater vom Schorsch hat doch die ganzen neuen Schlager«, verkündete Eva. »Aber wenn du jetzt heimgehst, dann merkt Mutter, dass die Tanzstunde ausgefallen ist, und dann bekomm ich die Strafe. Du musst einfach dableiben, Martha, bitte!« Sie stemmte die Hände in die Hüften und legte den Kopf schief.

Ganz leicht strich Paul mit seinem Daumen über Marthas Hand. Die Berührung war wie ein Versprechen. Dann drückte er ihre Hand fester, und Martha ließ sich bereitwillig von ihm nach drinnen ziehen.

»Tausendmal möcht ich dich küssen.« Paul sang das Lied von Johannes Heesters leise in ihr Ohr.

Eva lief gleich zu Schorsch, als sie die Dachkammer betraten. Der Raum befand sich hinten im Gebäude hinter dem an diesem Tag leeren Tanzsaal. Niemand würde sie hören, denn die Gaststube war unten im Erdgeschoss. Trotzdem stellte Schorsch die Musik nicht sehr laut. Hätte er auch gar nicht mehr können, weil Eva die Arme um seinen Hals geschlungen hatte und ihn nicht mehr losließ.

Martha war das ein bisschen unangenehm. Sie wusste, dass ihre Tante nicht gutheißen würde, dass Eva mit Schorsch anbändelte.

Schorsch schien ihren vorwurfsvollen Blick zu bemerken. Im Takt der Musik tanzte er mit Eva zum Schalter an der Wand und knipste das Licht aus.

Nun standen sie im Dunkeln. Zum Fenster fiel der Mondschein herein, und Martha sah Pauls Augen funkeln, als er sie an sich zog. Er presste sie so fest an sich, dass sie seine Brust durch das Hemd spüren konnte und seinen Oberschenkel, der sich zwischen ihre Beine drängte.

Samstag, 7. Mai 2016

Sonnenaufgang	05:24 Uhr
Sonnenuntergang	20:44 Uhr
Minimaltemperatur	5,1 °C
Maximaltemperatur	22 °C
Erdbodenzustand (6UTC)	trocken
Niederschlag	0 l/m²
Sonnenscheindauer	14,2 h
Waldbrandgefahrenstufe	3 (mittel)
Namenstage	Boris, Silke, Gisela

Vierzehn

Julias Augen brannten. Sie stand im gleißenden Sonnenlicht am Maibaum auf dem Dorfplatz und traute ihren Ohren nicht. Niedergeschlagen lehnte sie sich einen Moment an eine der Linden und blickte zu Korbinian Seiwald, der mit Tränen in den Augen zusammengesunken auf der Bierbank saß, an der er noch am Tag zuvor die Freiwilligen für die Suchmannschaften eingeteilt hatte. Dann drängelte sie sich durch die Menschen, die um ihn herumstanden, zu ihm.

»Sag, dass es nicht wahr ist!«, sprach sie ihn an.

»Doch, es stimmt. Ich habe es selbst gerade von der Polizei erfahren. Heute früh ist im Wald die Leiche eines Mädchens entdeckt worden.« Korbinian brachte die Worte kaum heraus und starrte mit leerem Blick an ihr vorbei.

Julia senkte bedrückt den Kopf. Das konnte, das durfte nicht wahr sein. Und doch war die schlimmste Befürchtung Realität geworden.

Plötzlich stand Obermeier neben ihr. Aus welchem Loch war der denn jetzt gekommen, und warum konnte er nicht genau dorthin wieder verschwinden?

Er baute sich vor Julia auf und funkelte sie an. »Genau. Und wissen Sie was? Es ist die Leonie, und ihre Leiche ist angefressen worden. Von einem wilden Tier. Einem Wolf!«

Nicht einmal in dieser erschütternden Situation konnte

der Mann sich beherrschen. Ein Gefühl tiefer Trauer überkam Julia, aber auch Wut keimte in ihr auf, und sie musste Obermeier einfach widersprechen. »Woher wollen Sie das wissen? Und wenn, die Spuren könnten auch von einem Wildschwein stammen, die sind auch nicht gerade harmlos.«

»Ach geh, Wildschwein. Jahr und Tag ist niemand von einer Wildsau angefressen worden.«

»Von einem Wolf aber auch nicht!«, entgegnete Julia scharf.

Obermeier zog die Augenbrauen hoch. »Aber komisch ist es schon. Erst kommt der Wolf, und dann ist eins von unseren Mädchen tot.«

Eins von unseren Mädchen? Obermeier hatte Leonie wahrscheinlich gar nicht gekannt. Jedenfalls bestimmt nicht so wie sie. Wie kam er nur dazu, so über sie zu sprechen? Julia wollte ihn zurechtweisen, aber Korbinian legte ihr beschwichtigend die Hand auf den Arm, und Obermeier wandte sich mit einem überheblichen Grinsen ab.

Nach und nach verließen die Neugierigen den Dorfplatz. Nur Julia und Korbinian blieben zurück.

»Ich denke, wir wissen spätestens morgen, was mit dem Mädchen passiert ist. Sie haben die Leiche in die Rechtsmedizin nach München gebracht. Sobald ich etwas von Wenninger höre, ruf ich dich an«, bot Korbinian tonlos an.

Julia wischte sich die Tränen aus den Augen und nickte. »Kann ich … Kann man für die Wenningers irgendetwas tun?«

»Bei ihnen sind jetzt die Leute von der Krisenintervention. Da wären wir wohl überflüssig.«

»Also ist es sicher, dass es Leonie ist?«

Seiwald nickte.

»O Gott!« Julia seufzte schwer. Was musste Leonies Familie durchmachen? Sie blieb noch eine Weile schweigend bei Korbinian, der keine Anstalten machte, sich zu bewegen. Dann sah sie auf die Uhr ihres Handys, seufzte erneut und beschloss, nach Hause zu gehen.

»Warte!«, hielt Korbinian sie zurück.

Julia sah ihn an.

»Vorhin hab ich gehört, dass sich ein paar Männer zum Frühschoppen beim Gastwirt verabredet haben. Sie wollen etwas gegen den Wolf unternehmen. Ich denke, du solltest das wissen.« Er sah ihr tief in die Augen und senkte dann den Blick.

»Danke«, sagte Julia zum Abschied.

Dann würde sie jetzt den Herrschaften bei ihrer Versammlung einen Besuch abstatten, bevor sie nach Hause ging.

Julia stieg die drei Stufen zum Eingang des Gasthofes hoch und schob die Tür auf. Aus dem Nebenraum, der sich rechts des Schankraums befand, schallten ihr aufgeregte Stimmen entgegen. Die Tür stand einen Spaltbreit offen, und gerade als Julia hineingehen wollte, wurde sie von einer Bedienung in einem ausladenden Dirndl, die mehrere Weißbiergläser auf einem Tablett balancierte, zur Seite gedrängt.

Julia schlüpfte hinter ihr in den Raum. Er war länglich und für Versammlungen eigentlich ungeeignet, weil er wie die Wirtsstube mit verschiedenen Sitzgruppen bestückt war. Zum Essen hätten hier vielleicht fünfundzwanzig

Personen Platz gefunden, jetzt drängten sich sicher mehr als vierzig Leute in dem Raum. Jemand kippte eines der Fenster, weil die Raumtemperatur durch die vielen Leute bereits deutlich gestiegen war. Die meisten der Anwesenden waren Männer und saßen dicht gedrängt an den Tischen, vor sich das erste Bier des Tages. Julia sah sich um und erkannte ein paar Jagdpächter, einige Familienväter aus dem Dorf sowie Gemeinderatsmitglieder und welche, die es werden wollten. Nur wenige Frauen waren anwesend. Sie setzte sich auf einen freien Stuhl neben der Tür und hoffte, nicht bemerkt zu werden.

Bürgermeister Sonnleitner erhob sich und wartete einige Sekunden, bis der Lärm versiegte. Er bemühte sich sichtlich darum, die Fassung zu bewahren. »Herrschaften, Dank euch, dass ihr gekommen seid. Der Anlass könnte trauriger nicht sein. Unsere Gemeinde ist von einer ernsthaften Gefahr betroffen. Ich brauch es euch nicht zu sagen. Ihr habt es alle gehört, dass das Mädel tot ist. Alle miteinander denken wir an die Eltern. Es hätte auch eine unserer eigenen Töchter treffen können.« Er machte eine kurze Pause, die einige der Versammelten nutzten, um sich in Gedanken an Familie Wenninger zu bekreuzigen. Vielleicht waren sie aber auch froh, dass es eben nicht ihre eigenen Kinder erwischt hatte.

Julia biss sich auf die Unterlippe und blinzelte eine Träne weg. Deutlich hatte sie Leonies Gesicht vor Augen.

Dann setzte Sonnleitner seine Ansprache fort. »Der Kollege Obermeier hier war heute in der Früh auf dem Weg zu seinem Ansitz und hat sie gefunden. Er ist gerade von der Polizei zurückgekommen und wird uns jetzt berichten.«

Unter beifälligem Gemurmel setzte sich Sonnleitner,

und Obermeier neben ihm stand auf. Er wartete einige Sekunden, bis es im Raum wieder still war. Dann legte er los. »Grüß euch beinand. Also, wie der Herr Bürgermeister schon gesagt hat, bin ich heut in der Früh auf dem Weg zum Ansitz gewesen.«

»Wo genau bist du denn langgefahren?«, ertönte eine Zwischenfrage aus dem Publikum.

»Hinten bei der Mühle rein in den Wald und dann in Richtung der Lichtung. Da sitz ich oft an«, antwortete Obermeier.

Julia horchte auf. Das war weit entfernt von dem Teil des Waldes, für den sie zuständig war. Klar, sie hätte sich auch denken können, dass Obermeier im Staatswald jagte und nicht in Toms Waldstück. Weder Tom noch sie legten Wert auf seine Unterstützung. Die Stelle, an der er das Mädchen gefunden hatte, lag kilometerweit weg von dem Ort, an dem sie den iPod entdeckt und wo sie den Wolf gesehen hatte.

»Also, ich fang noch mal an. Ich war auf dem Weg zum Ansitz, da hab ich im Graben neben der Forststraße was liegen sehen. Ich hab also angehalten und bin aus dem Auto gestiegen. Und dann hab ich ihn gesehen. Einen menschlichen Körper im Graben. Ein Mädchen. Es ist auf dem Bauch gelegen und hat sich nicht gerührt. Ich bin näher hingegangen und hab es mir ganz genau angeschaut …« Obermeier machte eine bedeutungsvolle Pause, die Julia nutzte.

»Hat die Polizei Ihnen denn erlaubt, dass Sie solche Einzelheiten ausplaudern?«, fragte sie.

Obermeier blickte sie böse an, doch bevor er antworten konnte, sprang Sonnleitner auf.

»Frau Sommer, ich bin sehr froh, dass Sie den Weg zu uns gefunden haben. Mit Ihrem Fachwissen können Sie uns nachher vielleicht behilflich sein. Aber bitte lassen Sie Herrn Obermeier erst ausreden. Hier geht es um die Sicherheit der Dorfgemeinschaft, und als Bürgermeister muss ich dafür sorgen, dass wir hier friedlich zusammenleben können. Obermeier soll uns sagen, was er gesehen hat. Falls die Polizei damit nicht einverstanden ist, nehme ich das auf meine Kappe.« Er fixierte sie über den Rand seiner Lesebrille hinweg.

Julia hielt seinem Blick stand. So selbstlos und bestimmend hatte sie Sonnleitner bisher nicht kennengelernt. Was bezweckte er damit?

»Also, Obermeier, erzähl weiter.« Sonnleitner blieb stehen und sah Julia warnend an.

Obermeier räusperte sich, strich sich mit der Hand über die Knopfleiste seines Hemdes und sah nacheinander in die Gesichter der Anwesenden. Als er sich ihrer ungeteilten Aufmerksamkeit sicher war, fuhr er fort: »Ich hab gleich gedacht, dass es die Leonie sein muss, die da liegt. Aber ich sag euch eins: Erkannt hab ich sie erst nicht.«

Wieder legte er eine kurze Pause ein. Als er weitersprach, klang seine Stimme ganz dunkel, und er griff sich mit einer Hand theatralisch an den Hals. »An ihrer Kehle waren Bissspuren, ganz ähnlich wie bei dem Reh, das von dem Wolf angefressen worden ist. Ich hab mich hingekniet und sie umgedreht. Und dann hab ich gesehen, dass ihr Bauch ganz aufgerissen war. Eine riesige Wunde. Ihr Blut dunkel und getrocknet. Sie muss schon länger tot gewesen sein. Ich bin mir ganz sicher: Der Wolf hat sie erwischt!«

Im Raum herrschte Stille.

Julias Kopf rauschte. Niemals würde sie glauben, dass ein Wolf so etwas angerichtet haben konnte. Alle Vernunft sprach dagegen. Wölfe fielen nicht Menschen an, schon gar nicht ausgewachsene sechzehnjährige Mädchen und Sportlerinnen mit Menschenverstand wie Leonie. Doch ein Körper mit Bisswunden sprach für sich.

Plötzlich brach lautes Stimmengewirr los.

»Den schieß ich ab!«

»Menschenfresser!«

»Wir müssen das Monster loswerden!«

Julia versuchte zu widersprechen, doch gegen das Gebrüll kam sie nicht an. Stühle wurden gerückt, die Leute standen auf und drängten sich um Obermeier, auf dessen Gesicht ein zufriedenes Lächeln lag. Julia gab es auf, mit einzelnen Anwesenden reden zu wollen. Sie lehnte sich an die Wand und beobachtete Obermeier fassungslos. Endlich bekam er die Aufmerksamkeit, die er sich die ganze Zeit gewünscht hatte. Was er doch für ein Heuchler war. Vielleicht hatte er seinen Auftritt wieder zusammen mit dem Reporter des Ebersberger Anzeigers ausgeheckt. Julia ließ den Blick durch den Raum schweifen, konnte Dirk Berger aber nirgends entdecken. Dann würde Obermeiers Weg sicherlich gleich zu dem Pressefritzen führen.

Plötzlich wurde die Tür des Gastraumes aufgestoßen, und ein Mann trat ein. Er war von einer massigen Statur wie ein Kleiderschrank. Auf seinem Kopf thronte ein moosfarbener Jagdhut, der Oberkörper steckte in einer grünen Fleeceweste und seine Beine in beigefarbenen Cargohosen. An den Füßen trug er Springerstiefel. Der Zuspätkommende postierte sich breitbeinig und röhrte mit tiefer Stimme: »Sonnleitner, da bin ich!«

Julia, die sein Gesicht nicht gesehen und nur seinen Rücken im Blick hatte, fiel nur ein Wort ein: unsympathisch.

Der Bürgermeister bahnte sich einen Weg durch die Anwesenden zu dem Mann. Augenblicklich legte sich das Gemurmel. Alle beobachteten gespannt den Neuankömmling, den Sonnleitner freudig begrüßte.

»Pfaffinger! Danke, dass du so schnell gekommen bist.« Der Bürgermeister war kein kleiner Mann, aber als er Pfaffinger die Hand reichte, zog der ihn in eine ruppige Umarmung, in der Sonnleitner praktisch verschwand.

Neugierig trat Julia einen Schritt vor und besah sich Pfaffinger genauer. Er war etwa vierzig Jahre alt, an den Schläfen durchzogen ein paar graue Strähnen seine schulterlangen dunkelblonden Haare. Er sah gut aus. Beeindruckend gut.

Pfaffinger ließ den Bürgermeister wieder los. »Also Sonnleitner, du sagst, du hattest ein Wolfsproblem?«

Obermeier drängte sich zu ihnen. »Wieso hattest? Wir haben ein akutes Problem! Einen Menschenfresser!« Seine Stimme überschlug sich, und es war ihm anzusehen, wie sehr es ihn enttäuschte, dass die Aufmerksamkeit der Versammelten nicht mehr ihm galt.

Pfaffinger musterte ihn, wie Julia eine sehr kleine Spinne ansehen würde. »Ihr habt kein Wolfsproblem. Jetzt habt ihr mich.«

Fünfzehn

Als Julia entmutigt nach Hause trottete, rief Baumgartner sie an.

»Hallo, Frau Sommer. Ich müsste noch mal kurz mit Ihnen sprechen. Könnte ich heute bei Ihnen vorbeikommen? Ich würde auch einen Kollegen von der operativen Fallanalyse mitnehmen.«

»Oh, wegen der Leiche?«

»Woher wissen Sie denn davon?«

»Herr Obermeier ist außerordentlich gesprächig«, erklärte Julia und meinte, Baumgartner mit den Zähnen knirschen zu hören. »Es gab einen Frühschoppen zum Thema ›Wolf frisst Mädchen‹. Sehr aufschlussreich für alle Anwesenden.«

Baumgartner stöhnte. »Dieser Kerl behindert polizeiliche Ermittlungen. Langsam habe ich die Nase voll von ihm.«

Fast musste Julia über diesen Gefühlsausbruch lächeln. Endlich einmal konnte sie der Kommissarin von Herzen zustimmen.

Baumgartner hatte sich schnell gefangen. »Frau Sommer, wäre es okay, wenn wir in zwanzig Minuten vorbeikommen?«

»Sogar in zehn Minuten, wenn es so dringend ist«, antwortete Julia und beschleunigte ihren Schritt, um schnell zu Hause zu sein.

Baumgartners Kollege von der operativen Fallanalyse war ein kleiner rundlicher älterer Mann mit schwarzen, glatt gegelten Haaren, der Julia mit seinem watschelnden Gang an Hercule Poirot erinnerte. Sie bot den beiden Polizisten Kaffee an, und der Mann, der sich als »Stein, Volker Stein« vorstellte, verzog das Gesicht zu einem erfreuten Lächeln. Sein schwarzer Schnurrbart tänzelte dabei über seinen Lippen. Auf Julias Frage, ob er Milch oder Zucker mochte, lachte er keckernd wie eine Elster. »Nein, nein. Schwarz wie die Nacht.«

Schweigend saßen sie zu dritt auf der Eckbank in der Küche und tranken Kaffee. Nach ein paar Minuten fragte sich Julia, ob Baumgartner und Stein nur wegen des Kaffees vorbeigekommen waren, denn sie schienen alle Zeit der Welt zu haben. Aber das stimmte nicht. Die beiden waren ja wegen Leonie hier. Sie schluckte schwer. Leonie war tot. Nie wieder würde ihr helles Lachen erklingen. Nie wieder würde sie auf Flo aufpassen, strahlend ein paar Euro entgegennehmen und versichern, dass Florian und sie großen Spaß zusammen gehabt hätten. Julia spürte, wie sich ihr die Kehle zuschnürte und ihr das Atmen schwerfiel. Tränen traten ihr in die Augen. Wie unvorstellbar schrecklich es für Leonies Eltern sein musste, ihr Kind verloren zu haben. Sie dachte an Florian, der oben in seinem Zimmer spielte. Es würde ihr das Herz zerreißen, wenn ihm etwas zustieße.

»Danke für den Kaffee, Frau Sommer.«

Steins Stimme katapultierte Julia in die Wirklichkeit zurück. Sie sah Stein erschrocken an, der mitfühlend lächelte. Er musste ihre Gedanken an ihrem Gesicht abgelesen haben.

»Es ist Zeit für Fakten,« fuhr er sanft fort. »Meine Kollegin hat mir verraten, Sie seien so etwas wie die graue Eminenz im Wald.«

Baumgartner verschluckte sich an ihrem Kaffee und hüstelte. »Ich habe Fachfrau gesagt.«

Stein grinste. »Fachfrau. Ja genau. Und Sie haben Leonie Wenninger gekannt«, stellte er fest.

Baumgartner warf Julia einen forschenden Blick zu, den Julia nicht recht einordnen konnte. Diese Information hatte die Kommissarin doch längst.

»Ja, sie hat öfter mal auf meinen Sohn aufgepasst«, bekräftigte Julia.

»Ah, gut. Aber über das Mädchen sprechen wir später. Jetzt würde ich erst einmal gerne etwas über den Wald erfahren.«

»Okay.« Julia stand auf. »Wollen Sie vielleicht mit ins Büro rüberkommen? Dort habe ich eine Karte.«

Vor der Karte, die fast die ganze Wand neben Julias Schreibtisch einnahm, blieb Stein stehen und betrachtete sie mit hinter dem Rücken verschränkten Händen eingehend.

Baumgartner zeigte nacheinander auf zwei Stellen. »Hier ist der Fundort der Leiche. Und hier drüben hat Frau Sommer den iPod gefunden.«

»Hm, interessant. Das ist aber alles gar nicht in Ihrem Revier, Frau Sommer, oder?«, fragte Stein.

Julia zeigte ihm die rote Linie, die die Grenze zwischen Toms Waldstück und dem Staatswald markierte. Dann fuhr sie mit den Fingern über die Grenzen der Staatswaldreviere und zählte die Namen der zuständigen Forstbeamten auf. Stein wollte auch wissen, wer alles im Wald arbeitete. Also druckte Julia ihm eine Liste mit den Namen der Brennholzsammler, der Jäger und der Firma, die sie mit Holzarbeiten beauftragte, aus. Schließlich erkundigte sich Stein nach den Standorten von Waldhütten und nach möglichen Unterschlupfen, und Baumgartner notierte Julias Antworten in ihrem Smartphone und machte ein Foto von der Karte.

An ihrem Schreibtisch beugte sich Julia gerade mit Stein über eine historische Karte des Waldes, als Baumgartner plötzlich verzückt ausrief: »Das ist aber ein nettes Paar!« Sie deutete über den Schreibtisch hinweg zum Fenster.

Julia hob den Kopf und sah Martha den Kiesweg zum Haus entlanggehen. Hand in Hand mit Paul Kirmeier.

Herbst/Winter 1950

Im Herbst kamen weitere Aussiedler im Dorf an, ganz ausgemergelt nach dem langen Marsch. Niemand war begeistert von den Neuankömmlingen, aber die Leute hatten Geld von der Regierung bekommen, und am Ortsrand planierte man den Schlesierweg und zog in Windeseile ein paar Häuser hoch. Die Häuser waren klein, wirkten aber modern und hübscher als die Bauernhäuser im Dorf. Und anscheinend hatte der Häuserbau noch nicht alles Geld verschlungen, denn an einem sonnigen Oktobertag betrat ein dicker Mann die Schneiderei.

»Obermeier«, stellte er sich barsch vor und musterte Martha mit abschätzigem Blick. »Wo ist denn die Chefin?«

»Meine Tante ist bei einer Kundin zum Maßnehmen. Ich bin aber auch Schneiderin. Was kann ich für Sie tun?« Martha reckte das Kinn in die Luft und straffte die Schultern. Es reichte schon, dass die Bäuerinnen aus dem Dorf sie immer noch nicht für voll nahmen. Der Fremde sollte einen guten Eindruck von ihr bekommen, auch wenn sie ihn ganz und gar unangenehm fand. Sie waren schließlich auf jeden Kunden angewiesen, der sie aufsuchte.

Der Mann strich sich über die Glatze, und an dem unleidlichen Ausdruck in seinem runden Gesicht erkannte Martha, dass er überlegte, ob er sich mit ihr als zweiter Wahl zufriedengeben sollte. Schließlich kam er zu einem Ergebnis. »Also gut. Meine Tochter und mein Sohn brauchen neue Wintermäntel.«

Martha atmete erleichtert aus. »Natürlich. Gern. Können die beiden denn zum Maßnehmen vorbeikommen?«

Aus zusammengekniffenen Augen sah Obermeier sie an, und auf seiner Stirn zeigte sich eine tiefe Falte.

»Ich kann natürlich auch zu Ihnen kommen und Maß nehmen. Heute Nachmittag vielleicht?«, schlug Martha schnell vor. Ihre Tante würde es ihr nicht verzeihen, wenn sie einen Auftrag für zwei Mäntel verlor.

Also ging sie am Nachmittag in den Schlesierweg. Das Haus der Obermeiers glänzte geradezu, so neu war es. Martha hatte noch nie ein neues Haus von innen gesehen. Sie kannte lediglich die alten Bauernhäuser. Auf ihr Klopfen öffnete ein ungefähr vierjähriger Junge die Tür. Ihr sank das Herz. Ein Kindermantel. Das war viel weniger Arbeit und brachte auch nicht besonders viel ein. Hoffentlich war die Schwester älter.

»Grüß dich. Ich bin Martha Klein, die Schneiderin. Ich soll bei dir und deiner Schwester Maß nehmen für einen Mantel«, sagte sie zu dem Bub.

Der Kleine nickte ernst und hüpfte ins Haus. Martha folgte ihm durch einen kurzen Windfang und fand sich in einem großen Raum wieder, der gleichzeitig als Wohn- und Esszimmer zu fungieren schien. Die Tür zur Küche stand offen, und eine junge Frau in ihrem Alter trat heraus. Erleichtert sah Martha sie an. Sie war etwas größer als sie selbst und sehr schlank, hatte lustige blonde Locken und blitzende Augen. Martha hielt die Luft an, so schön fand sie sie.

Und sie stellte sich als überaus nett heraus, ganz im Gegensatz zu ihrem unfreundlichen Vater. Ihr Name war Lieselotte, und während Martha bei ihr Maß nahm und die Zahlen auf einem kleinen Zettel notierte, erzählte Lieselotte ihr, wie langweilig sie es fand, immer nur ihren Vater und Bruder um sich zu haben. Vielleicht war es Mitleid, aber etwas brachte Martha dazu, Lieselotte zum Tanzen einzuladen.

Später sollte sie diesen Tag für immer verfluchen.

Sechzehn

»Aber du warst doch total sauer auf Herrn Kirmeier, Oma.«

Nachdem Stein und Baumgartner gegangen waren, saß Julia mit ihrer Großmutter und Paul Kirmeier in der Küche. Sie war immer noch fassungslos.

Martha lächelte verschmitzt. »Stimmt. Ich hätte ihn erwürgen können.«

»Da bin ich mit der Ohrfeige ja noch glimpflich davongekommen«, meinte Kirmeier grinsend und gab Martha einen Handkuss. »Ich weiß nicht, wie oft ich sagen soll, dass mir das alles so leidtut.«

»Was tut Ihnen leid? Ich verstehe überhaupt nichts!«, regte Julia sich auf.

»Ach Julia, meine Liebe. Ich habe dir doch gesagt, dass ich Paul schon seit meiner Kindheit kenne. Schon immer eigentlich.«

»Und wir waren früher unzertrennlich«, warf Paul Kirmeier ein.

»Solange wir noch Kinder waren, ja.«

»Später war es dann schwieriger.« Ein Schatten zog über sein Gesicht.

Julia sah verwirrt von Martha zu Paul Kirmeier. Wo kam denn diese Vertrautheit so plötzlich her? Die beiden ergänzten ja schon die Sätze des jeweils anderen.

»Langsam, Oma. Du bist doch hier in Grafenried aufgewachsen.« Julia versuchte, einen Anfang in dieser verworrenen Geschichte zu finden.

»Genau, ein bisschen außerhalb auf einem Bauernhof. Es war ein sehr kleiner Bauernhof, und wir hatten gerade so genug zu essen.« Martha lächelte nicht bei der Erinnerung.

»Und Sie, Herr Kirmeier? Sind Sie auch hier aufgewachsen?«, fragte Julia.

»Ja, mein Kind. In dem Haus am Anfang des Forsthauswegs, wo Sie meinen Sohn Johannes und mich heute hingebracht haben. Da wurde ich geboren und bin ich aufgewachsen. Ich hätte den Weg auch so gefunden, aber Johannes traut meinem Orientierungsvermögen nicht mehr so ganz über den Weg, seit ich mich daheim einmal verlaufen hab. Das Haus war damals der ganze Stolz meiner Eltern. Ein schmucker Bau, mit Blumenkästen vor den Fenstern, und in jedem zweiten Jahr bekam es einen neuen Anstrich.«

»Reich und arm«, fasste Martha zusammen und sah ihrem Gast ernst in die Augen.

Er nickte. »Ja, reich und arm. Deswegen wollten meine Eltern ja auch nicht, dass ich mit dir armer Kirchenmaus zusammen bin.«

»Ja, zum Turteln und Tanzen war ich recht, aber zu mehr …« Martha seufzte.

»Der Vater hätte mich windelweich geprügelt«, erklärte Kirmeier.

»Meine Mutter mich gleich mit«, bestätigte Martha.

»Und politisch war das ja auch nicht ganz einfach.«

»Es war eine schwere Zeit.«

»Ach, meine liebe Martha, meine Mimi«, Paul Kirmeier zog Marthas Hand an seine Wange. »Jetzt erst weiß ich, dass es danach noch viel schwerer für dich geworden ist.«

»Mimi?« Julia hatte noch nie gehört, dass jemand Martha bei einem Kosenamen nannte. »Ich finde es ja prima, dass ihr euch wiedergefunden habt und so glücklich seid, aber könntet ihr mir endlich erklären, warum Oma erst so sauer auf Sie war und ihr plötzlich wie ein altes Ehepaar hier sitzt, als ob nichts gewesen wäre?«

Paul Kirmeier drehte den Kopf zu Julia, ohne Marthas Hand loszulassen, und räusperte sich. »Ihre Großmutter und ich waren ein Paar, lange bevor ich aus Grafenried weggehen musste.«

Martha zwinkerte ihm verschwörerisch zu. Dann sah sie Julia ernst an. »Dass wir zusammen waren, hast du dir wohl schon gedacht. Aber es gibt dabei etwas, das auch dich betrifft.« Sie schwieg einen Moment lang. »Paul ist dein Großvater.«

Siebzehn

Es war einfach zu viel. Leonies Tod, der Wolf, das Gerede der Leute. Und jetzt war auch noch ihr Großvater aufgetaucht. Julia war auf den Aussichtsturm im Wald geflohen, lehnte mit dem Rücken gegen das Geländer und betrachtete den blauen Himmel über sich. Sie musste in Ruhe nachdenken.

Paul Kirmeier war ihr Großvater und Florians Uropa. In den ganzen Jahren hatte Oma kein Wort über den Mann verloren, der sie schwanger sitzen gelassen hatte. Stattdessen hatte sie ihre Tochter Rebecca, Julias Mutter, allein zu einer Zeit großgezogen, in der es noch viel schwieriger als heute gewesen war, alleinerziehend zu sein. Soweit Julia wusste, hatte sie auch nie einen anderen Mann geliebt, aber sicher war sie sich nicht und nahm sich vor, Oma bei Gelegenheit danach zu fragen. Eigentlich sollte sie froh sein, dass ihre Minifamilie jetzt ein bisschen größer geworden war, aber irgendwie fühlte sich alles doch seltsam an.

»Opa.« Julia sagte das Wort laut vor sich hin. Es klang ungewohnt. »Onkel.« Da Paul ihr Großvater war, war sein Sohn Johannes ja ihr Onkel und damit Florians Großonkel, wobei diese Bezeichnung in ihren Ohren schrecklich alt klang. Und so alt war dieser Johannes auch gar nicht. Nachdem er aus Grafenried weggegangen war, hatte Paul dann doch eine andere Liebe gefunden. Aber er hatte sich mit dem Vaterwerden Zeit gelassen. Mit dem Zum-zweiten-Mal-Vaterwerden. Vorhin in der Küche hatte er gesagt, nicht gewusst zu haben, dass Martha schwanger geworden war und ein Kind bekommen hatte. Julia war wütend auf Oma. Sie hätte ihr ja wenigstens sagen können, dass sie irgendwo auf der Welt Verwandte hatte. All die Jahre hatte sie gedacht, Oma und Florian wären ihre einzige Familie. Und jetzt war Paul einfach zurückgekehrt, nach all den Jahren. Sie seufzte. Sie sollte sich für Oma freuen. Immerhin hatte sie mehr als sechzig Jahre auf ihre einzige Liebe gewartet.

Julia stand auf, lehnte sich an das Betongeländer und schaute über die Baumwipfel und Ebersberg hinweg bis zu den Alpen. Es war ein schöner Tag, die Sicht war klar, und nur wenige Wolken zogen am Himmel vorbei. Die friedliche Frühlingsstimmung passte gar nicht zu den Geschehnissen an diesem Tag, den schrecklichen Nachrichten und dem Wirrwarr der Gedanken, das in Julias Kopf entstanden war. Eine dunkle Gewitterfront, Sturm oder Dauerregen erschienen ihr angebrachter als das wunderbare Wetter. Und doch hatte der Ausblick auf den Wald eine beruhigende, heilsame Wirkung auf sie. Wahrscheinlich würde es nicht mehr lange dauern, bis der nächste Spaziergänger den Turm erklomm und ihre Einsamkeit störte. Aber bis dahin würde sie jede einzelne Minute die Ruhe genießen und das Grün in sich aufsaugen in der Hoffnung, dass es ihr helfen möge, Ordnung in ihrem Kopf zu schaffen.

Ein paar Minuten später riss sie das Geräusch leiser Schritte auf der Betontreppe tatsächlich aus ihren Gedanken. Julia straffte die Schultern, strich die Haare glatt, sah sich aber nicht um. Vielleicht würde der Ankömmling schnell wieder gehen, wenn sie ihn nicht beachtete.

»Wusste ich doch, dass ich dich hier finde.«

Toms Stimme kam Julia seltsam vertraut und tröstlich vor. Sie drehte sich um. »Wieso? Hast du mich gesucht?«

Tom legte den Kopf schief. »Was ist los?«

»Sieht man mir jetzt schon an der Nasenspitze an, wenn was ist?« Julia rang sich ein Lächeln ab.

»Etwas ist nicht in Ordnung.«

»Nichts ist in Ordnung. Leonie ist tot«, entgegnete Julia.

Tom machte einen Schritt auf sie zu und legte ihr unbeholfen den Arm um die Schultern. »Ich weiß, ich habe es vorhin gehört.«

Julia spürte, wie ihr eine Träne über die Wange kullerte. »Wir können nichts mehr tun, als an Leonie zu denken und ... ja, ihren Eltern zu sagen, wie leid es uns tut.«

Eine Weile standen sie Arm in Arm da und schauten auf den Forst hinunter.

»Und eine andere, fast unglaubliche Neuigkeit gibt es: Paul Kirmeier ist mein Großvater«, sagte Julia dann leise.

Tom ließ sie los und starrte sie mit großen Augen an. »Du machst Witze, oder? Ich dachte, deine Großmutter kann ihn nicht leiden.«

»Das kann sie plötzlich doch, und wie.«

Tom berührte ihren Arm. »Und wie fühlst du dich dabei?«

»Ich freu mich natürlich, dass sie so glücklich zu sein scheint. Aber es ist so seltsam, wenn man plötzlich mehr Familie hat, als man dachte.«

»Das glaube ich aufs Wort.«

Julia strich sich eine Haarsträhne hinters Ohr. »Warum hast du mich eigentlich gesucht? Und wieso hier?«

»Na, ich dachte mir, dass ich dich hier finde. Ich komme auch manchmal zum Nachdenken her. Nachdem ich das mit Leonie gehört hatte, wollte ich wissen, ob du mit diesem Aigner schon ausgemacht hast, wann er morgen den Bauwagen vom Kindergarten zur Villa bringt. Diese Kindergartentante hat mich schon zigmal angerufen.« Er grinste schief und hielt entschuldigend sein Mobiltelefon hoch.

»Ach ja, das steht ja auch noch an.« Julia seufzte. »Nein, wir hatten nur ausgemacht, dass wir das morgen in Angriff nehmen.« Sie kramte ihr Handy aus der Tasche und rief Aigners Nummer auf. »Mist, er geht nicht dran. Eigentlich könnte ich gleich mal bei dem Jungbuchenbestand vorbeischauen, vielleicht treffe ich Aigner ja dort an.« Mit ein bisschen Glück würde sich zumindest dieses Problem schnell lösen lassen.

»Kann ich mitkommen?«, fragte Tom.

Julia sah ihn überrascht an. »Klar, gern. Kann aber ein Weilchen dauern, bis wir ihn gefunden haben.«

»Dann lass uns gehen.«

Sie machten sich auf den Weg zu dem Buchenbestand, den Julia Aigner als Brennholzstelle zugewiesen hatte.

Im Sonnenlicht des Nachmittags leuchteten die jungen Blätter der Bäume in hellem Grün, und auf den Stämmen lag ein silberner Glanz. Es war herrlich, über die rotbraun gefärbten Blätter des vergangenen Jahres zu spazieren, die bei jedem ihrer Schritte raschelten. Fast schien es, als wollte Petrus sie für die erschütternden Geschehnisse entschädigen.

Bei den Buchen angekommen, überprüfte Julia die Markierungen, aber keiner der gekennzeichneten Bäume war gefällt worden. Aigner war noch nicht hier gewesen.

»Wir müssen weitergehen«, bestimmte sie und wies in Richtung Norden. »Irgendwo hier wird er schon sein.«

»Macht es wirklich Sinn, ihn zu Fuß zu suchen? Er könnte doch überall sein.« Tom war stehen geblieben und sah sich zweifelnd um.

»Er ist immer irgendwo hier. Komm«, forderte Julia ihn auf.

Sie wartete, bis Tom zu ihr aufgeschlossen hatte, dann gingen sie quer durch den Wald weiter. Der Weg wurde uneben, und sie mussten über Wurzeln und heruntergefallene Äste steigen. Die Bewegung tat Julia gut, und der Gedanke an den überraschenden Familienzuwachs erschien ihr nicht mehr so schlimm. Irgendwie würden sie das schon hinbekommen, schließlich war Paul ganz nett.

Ein Windhauch strich durch die Blätter der Bäume, und plötzlich stand er vor ihnen.

Der Wolf.

Julia erstarrte, und auch Tom an ihrer Seite blieb ruckartig stehen.

Sie konnte den Blick nicht von dem Tier abwenden. Es sah sie direkt an, und es kam ihr so vor, als blickte es tief in ihr Inneres. Der Wolf hielt den Kopf leicht gesenkt und stand ganz still, nur seine Schnauze bewegte sich kaum merkbar, er schnupperte. War er neugierig? Julia war sich sicher: Dieses Tier mit dem glänzenden graubraunen Fell und den wachen braunen Augen konnte niemandem etwas zuleide tun. Nur wie sollte sie das beweisen?

Vorsichtig streckte sie eine Hand aus, damit der Wolf

ihre Witterung besser aufnehmen konnte, und machte, ohne ihn aus den Augen zu lassen, einen kleinen Schritt auf ihn zu. Dann noch einen.

Als Julia erneut den Fuß nach vorne setzte, trat sie auf eine Wurzel und verlor den Halt. In Sekundenbruchteilen stürzte sie und konnte gerade noch beide Hände nach vorne reißen, um sich abzufangen, bevor sie auf dem Waldboden aufschlug. Sie unterdrückte einen Schrei. Der Wolf stand immer noch vor Julia auf dem Weg, kaum drei Meter von ihr entfernt.

Tom schnappte sich einen Ast vom Boden, sprang vor sie und fuchtelte mit dem Holz vor dem Wolf herum. Das Raubtier zögerte keine Sekunde und nahm Reißaus.

In der nächsten Sekunde war Tom bei Julia, half ihr, sich aufzusetzen, und zog sie dann in seine Arme. Er hielt sie fest, und sie versank in der Umarmung, die tröstlich war und gleichzeitig ihren Herzschlag beschleunigte. Sie spürte den weichen Stoff seines T-Shirts und seine unrasierten Wangen. Toms Geruch war vertraut und aufregend zugleich. Julia spürte, wie er sie auf den Scheitel küsste. Einige Sekunden lang gab sie sich diesem Moment hin. Dann löste sie sich aus der Umarmung. Dabei streiften ihre Lippen seine Wange, und Julia fühlte ein Kribbeln in ihrem Bauch. Sie wollte etwas sagen, doch Tom kam ihr zuvor.

»Hast du dir wehgetan?« Seine Stimme klang besorgt.

»Ich … Nein, es geht schon.« Jetzt erst sah Julia, dass ihre Hose am Knie aufgerissen war. Gleichzeitig setzte ein pochender Schmerz in ihrem Knöchel ein. Sie biss die Zähne zusammen und stand auf.

Nach ein paar Schritten konnte Julia den Fuß schon

wieder belasten, doch Tom bestand darauf, sie beim Gehen zu stützen. Schweigend humpelte sie mit Tom zurück in die Richtung, in der Julias Auto stand. Er hatte den Arm fest um sie geschlungen, was ihr ein Gefühl der Sicherheit gab. Ein Gefühl, das Julia längst vergessen geglaubt hatte. Und doch fühlte es sich auf eine leise Art gut an. Sie war es nicht gewohnt, Schwäche zu zeigen, aber wenn sie ganz ehrlich zu sich war, war sie froh, dass Tom da war. Wie hätte der Wolf reagiert, wenn Tom sich nicht vor sie gestellt und ihn vertrieben hätte? Wäre er wie sie erschrocken und im Dickicht verschwunden? Oder hätte sie als vermeintlich leichte Beute seine Neugier geweckt?

»Danke«, murmelte sie.

Tom warf ihr einen Blick zu und lächelte. »Gern geschehen. Geht es mit dem Fuß einigermaßen?«

Julia nickte. »Ich glaube nicht, dass es schlimm ist, ein bisschen verstaucht vielleicht.«

»Das tut trotzdem weh.« Er zog sie noch fester an sich. »Ich bin ganz schön erschrocken, als der Wolf da wie aus dem Nichts vor uns stand.«

Mit seiner freien Hand strich Tom sich die Haare aus der Stirn, und Julia ertappte sich bei dem Gedanken, dass sie das gerne für ihn tun würde.

Achtzehn

Fast hatten sie Julias alten Landrover auf dem Forstweg erreicht, als ihnen Max Aigner in seinem himmelblauen Suzuki mitsamt Anhänger entgegenkam. Er hielt an und kurbelte das Fenster herunter.

»Was ist denn mit dir passiert, Frau Försterin?«, fragte Aigner und reckte neugierig den Kopf aus dem Auto. Tom begrüßte er lapidar mit einem Nicken und: »Chef«.

Julia ließ Tom los und äugte in den Wagen. Wie immer saß der Schäferhund im Auto, doch diesmal beachtete er sie nicht. »Ich hab mir nur ein bisschen den Fuß verstaucht. Nichts Schlimmes, Aigner. Geht schon wieder. Wohin sind Sie denn unterwegs?«

»Ah, ich hab dahinten«, er wies unbestimmt hinter sich, »ein bisserl Brennholz gemacht, und jetzt fahr ich heim«, antwortete er.

Tom ging gleich zum Geschäftlichen über. »Gut, Aigner. Wir haben Sie eigentlich eh gerade gesucht. Wir wollten einen Termin ausmachen, weil Sie doch für den Kindergarten den Bauwagen aus dem Wald ziehen wollten.«

»Wann soll es denn sein?« Aigner kratzte sich den Bart.

»Ginge es morgen Vormittag? So um zehn?«

»Ja, das passt. Dann komme ich um zehn zum Aussichtsturm.« Aigner trat gemächlich aufs Gas und zuckelte davon.

Tom stützte Julia wieder, und sie brachten die letzten Meter bis zum Landrover hinter sich.

»Hey!«, hörten sie da Aigner rufen. Er hatte angehalten und den Kopf aus dem Fenster gestreckt.

Julia blieb stehen und drehte sich um. »Was gibt's denn, Aigner?«

»Du kümmerst dich doch um den Wolf, Frau Sommer, oder?«

»Ja.« Julia sah ihn fragend an.

»Heute Abend treffen sich die Jäger beim Wirt.« Aigner zog den Kopf zurück ins Wageninnere und gab wieder Gas.

Besorgt sah Julia Tom an. »Ich muss da hin.«

Er warf ihr einen zweifelnden Blick zu. »Du hast dich verletzt und solltest dich besser ausruhen. Lass dich von Martha pflegen. Oder von mir.«

Julia lächelte unsicher. »Oma ist wahrscheinlich beschäftigt. Aber du könntest doch einfach mit zu mir kommen.«

Von ihrem dummen Fuß würde sie sich bestimmt nicht davon abhalten lassen, zu dieser Versammlung zu gehen.

Als Julia und Tom das Forsthaus betraten, war Martha tatsächlich mit den Vorbereitungen für das Abendessen beschäftigt. Es gab Dampfnudeln. Während sie die Vanillesoße anrührte, scharwenzelte Paul um sie herum. Florian saß auf der Eckbank und malte mit Buntstiften ein Bild.

Julia stellte Paul Tom vor, und die beiden Männer beäugten sich kritisch, bevor sie sich die Hand gaben.

Martha schien nur Augen für Paul zu haben, doch als sie bemerkte, dass Julia humpelte, sprang eine Art Urinstinkt in ihr an. »Kind, was hast du denn angestellt?«

»Nichts, Oma, ich bin nur umgeknickt«, winkte Julia ab.

»Umgeknickt? Aber das tut doch weh! Setz dich auf die Eckbank, Kind, und leg den Fuß hoch.« Martha eilte aus dem Zimmer und kam kurz darauf mit Verbandszeug zurück. Aus dem Kühlschrank nahm sie eine Packung Quark und befahl Julia, den Schuh und den Socken auszuziehen. Dann strich sie eine dicke Schicht Quark auf den Knöchel, der schon leicht blau angelaufen war.

»Danke, Oma«, sagte Julia. »Jetzt brauche ich noch einen richtig festen Verband, damit ich den Schuh wieder anziehen kann.«

Martha hielt inne und sah sie zweifelnd an. »Wozu brauchst du heute noch einen Schuh? Mit der Verletzung solltest du hier sitzen bleiben oder dich ins Bett legen.«

»Das geht nicht. Ich muss noch ins Wirtshaus«, beharrte Julia.

»Aber wir kochen doch gerade.«

»Nach dem Essen muss ich dahin. Es geht um den Wolf.«

Martha sah sie missbilligend an. Dann seufzte sie und legte Julia einen festen Verband an. Es tat ein bisschen weh, aber Julia biss die Zähne zusammen und gab keinen Mucks von sich.

»Deine Oma hat recht. Eigentlich solltest du dich schonen«, klinkte sich Tom ein.

Jetzt fiel er ihr auch noch in den Rücken. Wütend funkelte Julia ihn an.

Er hob die Arme und grinste. »Okay, okay. Ich bringe dich hin und begleite dich.«

Martha lächelte zufrieden. »Das ist aber sehr nett von

Ihnen, Herr Voss. So was Unvernünftiges. Das Dirndl wird doch nie erwachsen. Sorgen Sie dafür, dass sie sich nicht zu viel zumutet.« Damit wandte sie sich wieder den Dampfnudeln zu, und Julia streckte ihr heimlich die Zunge heraus, was Florian zum Kichern brachte.

Nach dem Abendessen verabschiedete Paul sich nach Hause, denn er hatte seinen Sohn den ganzen Tag nicht gesehen. Bevor er ging, gab Martha ihm noch eine Portion Dampfnudeln für Johannes mit. Dann bot sie an, Florian ins Bett zu bringen, damit Julia nicht die Treppe nach oben hochsteigen musste. Julia gab Florian einen Gutenachtkuss und humpelte mit Tom zum Auto. Der Weg zum Gastwirt war nicht weit, aber Julia war froh, nicht so lange durch den Ort laufen zu müssen, sondern chauffiert zu werden.

Ein paar Minuten später betraten sie den Nebenraum des Wirtshauses. Die Versammlung hatte noch nicht angefangen, und viele Stühle waren noch nicht besetzt.

Tom führte sie zu einem freien Tisch. »Setz dich lieber hier hin und leg den Fuß hoch. Von hier aus siehst du alles.«

Er wollte ihr den Stuhl zurechtrücken, aber Julia ließ sich schnell darauf nieder. Es war schon Hilfe genug, dass er sie hierhergefahren hatte und ihr Gesellschaft leistete. Außerdem verwirrten sie seine Anwesenheit und Fürsorge.

Tom nahm neben ihr Platz und bestellte bei einer vorbeieilenden Bedienung zwei Radler. Während sie auf die Getränke warteten, beobachtete Julia die bereits anwesenden Gäste. Sonnleitner stand mit Obermeier am gleichen

Platz wie letztes Mal. Er würde sicher gleich das Reden übernehmen und sich zum Retter des Dorfes aufschwingen. Wenn sie nur irgendwie beweisen könnte, dass Sonnleitner die Situation um den Wolf ausnutzte, um seine politische Karriere voranzutreiben. Nächstes Jahr würde ein neuer Bürgermeister gewählt, und die Chance, sich zu profilieren, wollte er sich anscheinend nicht entgehen lassen. Obermeier hatte ein Weißbierglas in der Hand, allerdings war es schon fast leer. Er winkte der Kellnerin und bestellte ein weiteres. Neben ihm und Sonnleitner stand auch Pfaffinger, der selbsternannte Wolfsproblemlöser. Julia hatte inzwischen herausgefunden, dass er Bioschafe züchtete und im Bauernverband aktiv war, was auch erklärte, warum er nicht gerade ein Fan des Wolfes war.

Immer mehr Menschen drängten in den Raum: Jäger, Bauern und Dorfbewohner. Die meisten warfen Julia und Tom neugierige Blicke zu. Auch Korbinian Seiwald kam herein, zusammen mit Herrn Wenninger. Julia schluckte. Die beiden gingen nach vorne durch und setzten sich auf zwei Stühle, die Sonnleitner für sie freigehalten hatte. Es dauerte noch einige Minuten, bis alle Anwesenden, auch Tom und Julia, ein Getränk vor sich stehen hatten und es im Raum ruhiger wurde.

Sonnleitner räusperte sich. »Danke, dass ihr da seid. Zuallererst wollen wir Herrn Wenninger und seiner Frau unser Mitgefühl ausdrücken. Ich bitte euch alle, für eine Schweigeminute aufzustehen.«

Unter Stühlerücken erhoben sich die Anwesenden, auch Julia. In der folgenden Stille kämpfte sie mit den Tränen. Das Bild der fröhlich winkenden Leonie erschien wieder vor ihren Augen. Wie sollte sie ihren Tod nur

Florian erklären? Er war noch so klein, aber er würde mitbekommen, was geschehen war. Der Tod gehörte zum Leben, und Julia versuchte, ganz natürlich damit umzugehen. Aber so nah wie dieses Mal war er Florians Leben noch nicht gekommen. Toms Vater Ludwig und den Pfarrer, die beide im letzten Jahr gestorben waren, hatte er kaum gekannt. Anders als Leonie. Julia rieb sich die Augen. Sie schluckte hart und konzentrierte sich auf Sonnleitner, der von einem Bein auf das andere trat. Die Minute war um. Er wartete, bis alle wieder Platz genommen hatten. »Also, ihr habt es alle gehört. Es schaut so aus, als hätte der Wolf die Leonie totgebissen.«

Julia ballte die Hände zu Fäusten und holte tief Luft. Wie kam er dazu, eine solche Lüge zu verbreiten? Sie spürte eine Hand auf ihrer Schulter und drehte den Kopf.

Tom sah ihr ernst in die Augen. »Ruhig bleiben«, ermahnte er sie im Flüsterton.

Sie schluckte und nickte. Er hatte ja recht. Tom war weitaus diplomatischer als sie, sie sollte auf ihn hören.

Da meldete sich Kirsten Schulz. Weil Sonnleitner ihr auch nach fast einer Minute kein Zeichen gab, dass sie sprechen durfte, legte sie einfach so los. »Mein aufrichtiges Beileid für die Familie Wenninger. Es ist außerordentlich schmerzvoll, dass ein so liebes Mädel wie Leonie aus unserer Mitte gerissen wurde.«

Im Saal erklang beifälliges Gemurmel.

»Allerdings«, fuhr die Tierärztin fort, »wüsste ich gerne, welche Beweise belegen, dass der Wolf an Leonies tragischem Tod schuld sein soll. Liegen die Ergebnisse der Obduktion vor? … Nicht? Dann gibt es auch keine Beweise dafür, dass es der Wolf war und …«

An dieser Stelle wurde sie von Obermeier unterbrochen, dessen Stimme ziemlich aufgebracht klang. »Wollen Sie etwa anzweifeln, was ich mit meinen eigenen Augen gesehen habe? Heißen Sie mich einen Lügner?«

»Ich habe nicht gesagt, dass Sie ein Lügner sind, Herr Obermeier. Sie haben berichtet, was Sie beobachtet haben. Nur ist das, was man zu sehen glaubt, nicht immer das, was wirklich passiert ist«, erwiderte Kirsten Schulz energisch.

»Ich hab gesehen, dass das Mädel Bissspuren hatte!«, rief Obermeier wutentbrannt.

»Frau Schulz«, mischte Sonnleitner sich ein. »Wir wollen das nicht immer wieder von vorne durchkauen. Wir haben alle verstanden, dass Sie anderer Meinung sind. Aber überlassen Sie die Beurteilung doch denen, die sich auskennen. Obermeier hat gesehen, was er gesehen hat. Die Polizei hat uns keine gegenteiligen Informationen geliefert. Auch sie kann nicht ausschließen, dass der Wolf gefährlich ist. Unser Dorf ist in Gefahr, und wir müssen handeln. Und zwar unverzüglich!«

Pfaffinger, der mit verschränkten Armen auf seinem Stuhl lümmelte, ergriff das Wort. »Ihr braucht euch wegen dem Wolf keine Sorgen zu machen. Ich bin ja da. Ich hab mir von Obermeier heute schon zeigen lassen, wo das Vieh sein könnte. Ich werde ihn für euch erledigen.«

Julia sprang auf. Ein stechender Schmerz durchzuckte ihren Fuß, aber sie ignorierte ihn. »Das ist verboten! Den Wolf zu erschießen ist verboten!«

Sonnleitner sah sie ernst an. »Frau Sommer, uns allen hier ist klar, dass der Wolf nicht dem Jagdrecht unterliegt. Aber extreme Situationen erfordern extreme Maßnahmen.

Wir werden nicht dulden, dass unsere Kinder und wir selbst in solch großer Gefahr leben.«

Im Publikum brandete zustimmender Applaus auf, und viele Augenpaare starrten Julia feindselig an.

»Herr Sonnleitner, das verstehe ich ja. Aber Sie können sich doch trotzdem nicht einfach über Recht und Gesetz hinwegsetzen. Bei uns in Bayern ist der Wolf streng geschützt. Solche Gesetze gibt es doch nicht zum Spaß«, erklärte sie.

»Und deswegen darf er unsere Kinder fressen?«, rief eine Stimme aus dem Publikum.

»Es gibt doch gar keinen Beweis dafür, dass der Wolf Leonie etwas getan hat.« Julias Wangen glühten vor Wut über so viel Sturheit.

»Die Bestie ist da, und Leonie ist tot. Ich brauche keinen besseren Beweis als das«, donnerte Sonnleitner und schlug mit der Hand auf den Tisch.

Tränen der Wut und Hilflosigkeit traten Julia in die Augen. Hinter sich spürte sie Tom, der eine Hand auf ihre Schulter legte, doch jetzt konnte die Geste sie nicht beruhigen.

»Ich werde der Polizei melden, was Sie vorhaben, und dem Ministerium. Ich stehe mit dem zuständigen Mitarbeiter dort wegen des Wolfes in Kontakt.«

Obermeier sprang auf und ging auf sie zu. »Sie haben also mit jemandem über den Wolf gesprochen. Sie geben also endlich zu, dass ich recht hatte. Haben Sie das Reh untersucht, das ich gefunden habe?«

Julia erschrak. Warum hatte sie das nur gesagt? Aber jetzt gab es wohl nur einen Weg: nach vorn. »Das Reh ist schon untersucht worden. Es gab keine eindeutigen Hinweise, dass es von einem Wolf gerissen wurde. Wir müssen auf das Ergebnis des Gentests warten.«

»Dann leugnen Sie doch endlich nicht mehr länger, dass wir in Gefahr sind. Sie haben doch selbst einen Sohn!«, herrschte Obermeier sie an.

Sonnleitner war Obermeier gefolgt. Die beiden standen jetzt direkt vor Julia. Drohend. Ihr Fuß zuckte und schmerzte, und ihr wurde übel. Als sie schwankte, stützte Tom sie.

»Hören Sie, das Landratsamt hat zwei Experten geschickt. Die werden die Lage begutachten und einschätzen, ob der Wolf gefährlich ist«, appellierte Julia an die Vernunft der beiden.

Sonnleitner lachte auf. »Frau Sommer, Sie verstehen es immer noch nicht, oder? Wie sollen uns Paragrafenreiter aus dem Landratsamt helfen? Sind deren Kinder in Gefahr? Deren Frauen? Wir müssen uns verteidigen. Jetzt! Nicht irgendwann, wenn ein Bürohengst in München endlich eingesehen hat, dass wir eine Abschussgenehmigung brauchen!«

Wieder brandete zustimmendes Gemurmel auf.

Was sollte sie nur tun? Wie konnte sie diese Leute aufhalten? Das alles war doch Wahnsinn.

Plötzlich erstarben alle Geräusche. Ralf Wenninger war aufgestanden und bahnte sich einen Weg durch die Leute zu Julia. Ihr Herz klopfte bis zum Hals, und ihre Augen brannten.

»Sie wussten also, dass hier ein Wolf herumstreift, und haben nichts unternommen?« Wenningers Stimme war gefährlich leise. »Sie wussten es und haben uns nicht gewarnt?«

Julia wollte antworten, doch Wenninger brachte sie mit einer Handbewegung zum Schweigen. »Sie hätten es verhindern können. Sie hätten verhindern können, dass meiner Tochter etwas passiert. Sie … Sie …« Er schluckte, wischte sich die Tränen aus dem Gesicht und spuckte vor ihre Füße. »Damit sind Sie verantwortlich für den Tod meiner Tochter!«

Frühjahr 1951

Mit ihrem herzlichen Lachen, dem wogenden Busen und der schlanken Taille verdrehte Lieselotte allen Burschen im Dorf den Kopf. Martha kam sich neben ihr klein und stämmig und unscheinbar vor. Auch Schorsch hatte keine Augen mehr für Eva, nur noch für Lieselotte. Evas Laune verschlechterte sich von Tag zu Tag.

Und Paul … ja, Paul …

Er und Martha trafen sich immer am Sonntagabend, mal im Wald, mal in einem Stadel. Viel Zeit hatten sie nie.

Eines Abends, als Martha nach dem Treffen nach Hause schlich, lauerte ihr Pauls Bruder Michi auf und stellte sich ihr in den Weg. »Du solltest damit aufhören.«

Martha sah ihn erschrocken an. »Was meinst du damit, Michi?«

»Das kannst du dir doch denken. Ein Mädchen, das so spätabends allein durch den Ort läuft, ist nicht sicher.«

Seine drohende Stimme ließ Martha erschaudern. Sie versuchte, sich an ihm vorbeizudrängen, aber er packte ihren Arm. »Das ist meine erste und letzte Warnung. Halt dich von meinem Bruder fern!«

»Ich weiß nicht, wovon du redest. Lass mich in Ruhe!« Martha riss sich los und rannte nach Hause.

Am nächsten Morgen schrieb sie Paul einen Brief, schilderte, was geschehen war, und versteckte die Botschaft in dem Loch unter einem der Äste der alten Eiche, das sie beide als geheimen Briefkasten nutzten. Obwohl sie jeden Tag nachsah, fand sie erst am Mittwoch Pauls Antwort, in der er um ein Treffen am folgenden Tag bat.

Sie trafen sich auf einer geschützt liegenden Lichtung im Wald, und Paul versuchte, sie zu beruhigen. »Es ist mir egal, was mein Bruder sagt. Ich liebe dich. Aber wir brauchen mehr Zeit. Mir fehlen zwei Jahre zur Volljährigkeit, dann erst kann mir niemand mehr etwas vorschreiben und ich dich heiraten.«

»Aber was sollen wir denn tun? Dein Bruder ist überzeugt, dass er recht hat.« Martha kämpfte verzweifelt mit den Tränen.

»Ach, er wird sich schon beruhigen.« Paul sprach ohne rechte Überzeugung.

Martha überlegte. »Wir müssen ihn ablenken.«

»Wie? Ablenken?«

»Ganz einfach: Du wirst dich um ein anderes Mädchen bemühen«, schlug sie vor.

»Was? Nein, das geht doch nicht. Mich interessiert keine andere.«

»Es soll dich auch keine andere interessieren«, erklärte Martha. »Du sollst nur so tun, als ob.«

Neunzehn

Im Auto konnte Julia die Tränen nicht mehr zurückhalten. Tom lenkte den Wagen weg vom Gasthof, hielt aber in der nächsten Seitenstraße an. Er beugte sich zu ihr auf den Beifahrersitz und schloss sie fest in die Arme. Ihre Tränen benetzten die warme Kuhle zwischen seinem Hals und seiner Schulter, und sie weinte, bis ihre Tränen versiegten. Um Leonie, um den Wolf, um ihre Mutter, die ihren Vater nie kennengelernt hatte, um den Wald und das Dorf und auch um die Selbstsicherheit, die sie immer verspürt hatte und die sie nun verlassen zu haben schien. Tom strich ihr beruhigend über den Rücken, bis sie zu weinen aufgehört hatte.

Als sie den Kopf von seiner Schulter hob, war sein Gesicht unglaublich nah an ihrem, sein Mund nah an ihrem, und Julia spürte ein Gefühl der Sehnsucht, das durch ihren ganzen Körper zog. Mit einem Mal war ihr Kopf leer. Da waren nur Tom und seine Nähe, die mehr als tröstlich war. Ihr Herz klopfte wie verrückt, und sie schloss die Augen. Dann spürte sie seine Lippen auf ihren, zart und flüchtig im ersten Moment, dann fester, fordernder, und sie öffnete den Mund. Der Kuss war aufregend, und zugleich gab er ihr das Gefühl, nach Hause gekommen zu sein. Da, wo sie hingehörte.

Ein paar Augenblicke später richtete sich Julia auf und

rückte von Tom ab. Unsicher zog er seine Arme zurück. Sie wollte etwas sagen, erklären, was eben passiert war. Doch irgendwie konnte sie die Worte in ihrem Kopf nicht in eine sinnvolle Reihenfolge bringen. »Du ... Du bist doch mein Chef«, war alles, was sie hervorbrachte.

Tom lachte leise in die Dunkelheit. »Das verhindert doch nicht, dass ich dich gernhabe. Sehr sogar.«

Julias Mund war trocken. Sie mochte Tom auch, ja, natürlich. Seine Offenheit, seine Ehrlichkeit und Verlässlichkeit schätzte sie ebenso wie seine Neugier und sein Einfühlungsvermögen. Er war ihr ein guter Freund. Aber er war auch sieben Jahre jünger als sie, und sie hatte ein Kind. Sie sollte dieses Gefühl, das an ihr nagte, das ihr sagte, dass sie mehr als Freundschaft für Tom empfand, in den hintersten Winkel ihres Herzens verbannen und verhindern, dass aus diesem Moment etwas wurde, das ihre Freundschaft zerstörte.

»Ich ...«, setzte sie an, doch Tom legte ihr den Zeigefinger auf die Lippen.

»Sag jetzt nichts. Heute war ein aufregender Tag.« Er ließ den Motor wieder an und fuhr Richtung Forsthausweg.

Julia zog ihr Handy aus der Tasche und wog es unschlüssig in der Hand. Es war schon recht spät, wenn auch nicht unbedingt für einen Samstagabend. Sie warf Tom einen schnellen Blick zu und tippte dann auf Baumgartners Mobilnummer.

Nach dem zweiten Klingeln ging die Polizistin dran. »Guten Abend, Frau Sommer. Was verschafft mir die Ehre Ihres späten Anrufs?«

Julia zögerte. Die Stimme der Kommissarin klang entnervt und gehetzt. Aber nun hatte sie schon angerufen und konnte es auch nicht mehr rückgängig machen. »Es tut mir leid, dass ich Sie so spät noch störe, Frau Baumgartner.«

Tom warf ihr einen Blick zu, fuhr rechts ran und schaute sie erwartungsvoll an.

Julia nahm das Telefon vom Ohr und stellte auf laut. Dann fuhr sie fort: »Also, ich rufe an, weil ... Herr Voss und ich waren gerade auf einer Versammlung im Gasthof. Es stellte sich heraus, dass die Männer im Dorf, die Jäger, ziemlich überzeugt davon sind, dass Leonie von einem Wolf angefallen und getötet wurde. Und ... na ja, ich wollte wissen, ob Sie schon Näheres dazu wissen ... Die wollen den Wolf erledigen ...«

Baumgartner lachte freudlos auf. »Können Sie hellsehen? Ich komme gerade aus der Rechtsmedizin, wo ich der Obduktion des Opfers beigewohnt habe.«

Julia warf Tom einen Blick zu, und er nickte ihr bekräftigend zu.

»Und? Was haben Sie herausgefunden?«, fragte sie.

»Liebe Frau Sommer, diese Informationen werden auf einer Pressekonferenz bekanntgegeben werden. Ich kann Ihnen vorab nichts dazu sagen.«

»Aber, Frau Baumgartner, so lange kann ich nicht warten. Für den Wolf geht es schließlich um Leben und Tod!«

Julia hörte, dass Baumgartner sich eine Zigarette anzündete und tief inhalierte, und zwang sich zu schweigen.

Schließlich redete Baumgartner weiter: »Na gut. Vielleicht haben Sie recht, aber Sie müssen Stillschweigen bewahren. Tatsächlich weist die Leiche Bissspuren auf. Sie könnten von einem Wolf oder aber auch einem Hund stammen. Der Rechtsmediziner hat Proben genommen, und wir hoffen, dass eine DNA-Analyse Aufschluss darüber geben wird. Gestorben ist das Mädchen aber an einer schweren Kopfverletzung, die ihr mit einem stumpfen Gegenstand, vielleicht einem dicken Ast oder einem Knüppel, zugefügt wurde. Auch hier müssen wir noch die Ergebnisse abwarten. Theoretisch könnte Leonie sogar vor dem Wolf geflohen und dabei von einem herabfallenden Ast erschlagen worden sein. Aber irgendwie scheint mir das sehr weit hergeholt, wir haben ja bisher nicht mal den endgültigen Beweis, dass es einen Wolf im Forst gibt. Und wenn Sie meine Meinung hören wollen: Es ist oft die naheliegende Lösung. Sie wurde entweder von einem Hund oder Wolf angefallen, und jemand hat sie erschlagen.« Baumgartner verstummte.

Julia hörte, wie sie rauchte. »Dann … ja, dann vielen Dank.«

»Es tut mir leid, dass ich Ihnen noch keine genauere Antwort geben kann.«

»Ja, aber Sie sagten, dass sie an einem Schlag auf den Kopf gestorben ist. Dafür kann doch kaum der Wolf verantwortlich sein.«

»Ich sehe das wie Sie, Frau Sommer, aber ich würde jetzt gern nach Hause fahren. Haben Sie sonst noch Fragen?«

»Nein, nein. Vielen Dank für Ihre Offenheit. Einen schönen Abend, Frau Baumgartner.«

»Gleichfalls.« Die Kommissarin legte auf.

Julia sah Tom an. »Wir müssen herausfinden, wer das getan hat. Was für ein Monster erschlägt ein liebes Mädel wie Leonie mit einem Ast?« Sie spürte, wie ihr wieder Tränen in die Augen traten.

Tom startete den Motor des Landys und fuhr los.

Noch bevor sie in den Forsthausweg einbogen, sahen sie den Feuerschein. Ein Haus am Anfang der Straße brannte. Flammen schlugen aus den Fenstern, und das von dunklen Rauchschwaden umgebene Dach schien Mühe zu haben, die heiße Glut unter Kontrolle zu halten.

Es war das Haus der Kirmeiers.

Zwanzig

Im flackernden Schein des Feuers sahen sie Johannes, der eine Person aus dem brennenden Haus zerrte.

»Fahr schneller!« Angst um die beiden Männer wallte in Julia auf.

Kaum hatte Tom gebremst, sprang sie aus dem Auto. Trotz des stechenden Schmerzes in ihrem Fuß rannte sie, so schnell sie konnte, auf die beiden zu.

Auf halbem Weg zwischen Haustür und Straße sank Johannes zu Boden. Er hustete und schien mit seinen Kräften am Ende zu sein. Leblos und schlaff hing Paul in seinen Armen.

Paul. Julia hatte ihn doch gerade erst kennengelernt. Selbst wenn sie nicht wirklich wusste, wie sie damit umgehen sollte und welche Stellung Paul in ihrem Leben einnehmen würde. Es durfte doch nicht sein, dass ...

Paul krümmte sich und hustete erneut. Johannes schien ihn nicht mehr halten zu können. Mit einem weiteren Schritt war Julia bei ihm und fing ihn auf. Er roch nach Qualm, seine Haut war fahl. Er hustete weiter, schien kaum Luft holen zu können. Johannes rappelte sich auf, und gemeinsam mit ihm schleppte sie Paul bis auf die Straße, weg von dem brennenden Haus. Dort sank Johannes auf den Boden und wurde von einem Hustenanfall geschüttelt. Julia half Paul sich hinzulegen, setzte sich neben ihn und bettete seinen Kopf auf ihre Oberschenkel. Nun war auch Tom bei ihnen. Er blickte mit fassungslosem Gesichtsausdruck auf das Haus, dann zu Julia und den beiden Männern.

»Schnell, ruf die Feuerwehr und einen Krankenwagen!«, brüllte Julia ihn an.

Tom hatte sein Handy schon am Ohr. Er gab der Rettungsleitstelle die Adresse durch und beantwortete hastig einige Fragen. Dann kauerte er sich neben Johannes auf die Straße und legte ihm eine Hand auf die Schulter. »Atmen Sie tief ein. Was um Himmels willen ist denn passiert?«

Ein Hustenanfall hinderte Johannes daran zu antworten. Schwach deutete er nur mit einer Hand auf das Haus.

Paul war kaum mehr bei Bewusstsein. Seine Lippen zitterten, und er krümmte sich zusammen.

Julia liefen Tränen über das Gesicht. »Paul, Paul, bitte lebe!«, flüsterte sie verzweifelt.

Wieder bewegten sich Pauls Lippen, er schien etwas sagen zu wollen.

Julia beugte ihren Kopf zu ihm hinab. Paul flüsterte etwas, doch sie konnte es nicht verstehen.

Plötzlich vernahm sie aus der Ferne das Geheul der Feuerwehrsirenen. Der Dachstuhl brannte jetzt lichterloh. Hoffentlich kam auch der Krankenwagen gleich. Paul brauchte unbedingt Hilfe. Julia blickte um sich. Rauch stieg über dem Dach in einer großen schwarzen Säule nach oben, und Brandgeruch und Ruß erfüllten die Luft. Längst hatte die Feuersglut die Kälte des Abends verdrängt. Aus den umliegenden Häusern waren die Nachbarn geeilt, teilweise nur mit Schlafanzug und Nachthemd bekleidet. Sie blieben in sicherer Entfernung stehen und starrten fassungslos das brennende Haus an. Niemand von ihnen kam zu ihnen, um zu helfen.

Johannes richtete sich auf. »Ich«, er hustete wieder, »ich muss noch mal rein, unsere Sachen retten.«

Julia traute ihren Ohren nicht. Das war doch Selbstmord.

Doch Tom hielt Johannes zurück. »Seien Sie vernünftig. Da können Sie nicht mehr rein. Es ist zu gefährlich.« Er verstärkte seinen Griff um Johannes' Schultern.

Der wand sich ärgerlich. »Dann muss ich wenigstens das Auto wegfahren. Da sind unsere Papiere drin«, schnauzte er und bekam einen weiteren Hustenanfall.

»Ich kann das Auto wegfahren. Sie sollten sitzen bleiben und sich ruhig verhalten, bis der Notarzt hier ist. Geben Sie mir die Schlüssel«, sagte Tom ruhig, aber bestimmt.

Julia hätte ihn küssen können. »Tom fährt euer Auto zu uns, und du setzt dich jetzt hin und wartest auf den Krankenwagen«, entschied sie. »Der Notarzt ist bestimmt gleich da.«

Johannes machte Anstalten zu widersprechen, doch dann sah er seinen Vater an und nickte. »Okay.« Er suchte den Autoschlüssel aus seiner Hosentasche und reichte ihn Tom, der sofort losrannte.

In der Zwischenzeit war Paul bewusstlos geworden. Julia schluchzte und tätschelte seine Wange, um ihn wieder aufzuwecken, doch es war zwecklos. Also versuchte sie, Paul in die stabile Seitenlage zu drehen. Während sie sich abmühte, reagierte Johannes gar nicht. Er saß einfach nur an den Gartenzaum gelehnt da und starrte wie gelähmt in die Luft.

Dann war der Krankenwagen da, und zwei Rettungskräfte sprangen heraus. Fast gleichzeitig kam die Feuerwehr an. Plötzlich war die Luft mit Hupen, Sirenen und Schreien gefüllt. Ascheteilchen tanzten im Scheinwerferlicht der Autos auf und ab.

Der Notarzt schob Julia zur Seite und beugte sich über Paul. Als der nicht reagierte, wandte er sich an Julia: »Wie lange ist er schon bewusstlos?«

»Erst ein paar Minuten. Als er aus dem Haus kam, war er noch wach, aber er musste viel husten und konnte nicht sprechen.«

»Okay. Er braucht Sauerstoff. Sofort.« Der Arzt richtete sich wieder auf und rief seinen Kollegen heran.

Zusammen verfrachteten sie Paul auf eine Trage und brachten ihn in den Krankenwagen. Durch die offene Tür konnte Julia beobachten, wie sie Paul Sauerstoff zuführten und einen Tropf legten. Der Arzt arbeitete unter Hochdruck, der zweite Sanitäter lief zurück zu Johannes. Er untersuchte ihn und versuchte, ihn zu überreden, ebenfalls zum Krankenwagen zu kommen.

Doch Johannes lehnte ab. »Mir geht es schon viel besser.«

Und das stimmte. Er hustete viel weniger als noch zuvor, und die Farbe war in sein Gesicht zurückgekehrt. Johannes blieb stur vor dem brennenden Haus stehen und starrte in die Flammen.

Der Sanitäter wandte sich achselzuckend ab, ging zum Krankenwagen zurück und wechselte ein paar Worte mit dem Notarzt. Julia folgte ihm und versuchte auszumachen, wie es Paul ging. Die Bewegungen des Arztes wurden ruhiger, weniger hektisch.

»Wie geht es meinem Großvater?«, sprach Julia ihn an.

Er runzelte die Stirn. »Im Moment scheint er stabil, aber ob er sich ganz erholt, müssen die nächsten Tage zeigen. Wir bringen ihn in die Kreisklinik. Dort wird er gut versorgt.«

Julia wischte sich mit dem Handrücken die Tränen aus dem Gesicht und bemerkte schwarze Schlieren an ihrer Hand.

Der Arzt musterte sie. »Ist mit Ihnen alles in Ordnung?«

Julia zwang sich zu lächeln. »Ja, es geht schon. Ich bin nur so erschrocken. Ich habe meinen Großvater erst gestern kennengelernt und dachte, ich verliere ihn schon wieder.« Sie schniefte. »Braucht mein Onkel keine Versorgung mehr? Ist er okay?«

Der Mann sah sie an. Er war sehr groß und sah mit seinen dunklen Locken und tiefbraunen Augen ziemlich gut aus. »Er ist so weit in Ordnung. Ah, Sie sind mit ihm auch verwandt. Sie sollten darauf achten, ob er in den nächsten Tagen noch Symptome entwickelt. Eine Rauchvergiftung kann sich auch erst später zeigen. Geben Sie gut auf ihn acht.« Er tätschelte Julia den Arm.

»Auf was soll ich denn achten?«, erkundigte sich Julia.

»Wenn er sehr viel hustet oder sich sein Zustand allgemein verschlechtert, müssen Sie ihn ins Krankenhaus bringen.«

»Aber ...« Julia konnte ihren Satz nicht beenden, weil der Arzt sich wieder um Paul kümmerte und die Abfahrt ins Krankenhaus vorbereitete. Wie sollte sie denn auf Johannes aufpassen?

Ein Streifenwagen hielt neben den anderen Einsatzfahrzeugen. Zwei uniformierte Beamte stiegen aus und wechselten ein paar Worte mit dem Sanitäter. Dann eilten sie zu den Feuerwehrleuten und besprachen sich mit Korbinian Seiwald, dem Kommandanten der Feuerwehr.

Als der Krankenwagen abgefahren war, setzte Julia sich vor den Landrover, den Tom etwas abseits geparkt hatte. Plötzlich war sie wie betäubt und konnte Arme und Beine kaum bewegen. Sie lehnte sich an den Reifen und sah zu, wie die Feuerwehrleute den Wasserstrahl auf den Dachstuhl richteten. Tom setzte sich neben sie und nahm sie tröstend in den Arm. Sie war froh, dass er nichts sagte.

Korbinian Seiwald kam mit den Polizeibeamten zu ihnen. Mühsam schüttelte Julia die bleischwere Müdigkeit ab und stand auf.

»Julia, sind da noch Leute im Haus?« Korbinians Gesichtsausdruck war besorgt.

Julia schüttelte den Kopf. »Nein, ich glaube nicht. Bevor Paul und Johannes eingezogen sind, stand es doch leer.«

»Bist du dir sicher, Julia? Das ist wichtig. Ich muss meine Leute reinschicken und suchen lassen.«

»Ich war doch nicht drin. Wir sind erst angekommen, als es schon brannte und Johannes Paul gerade aus dem Haus zog. Hat Johannes nichts gesagt? Er wollte vorhin noch mal reingehen, aber da hat er nur von seinen Sachen gesprochen.«

»Wir fragen ihn noch mal.« Der eine Beamte wandte sich zum Gehen.

»Er machte aber einen verwirrten Eindruck, als er das sagte«, warf Tom ein, und der Polizist nickte.

»Haben Sie schon eine Vermutung, was die Brandursache betrifft?«, fragte der andere Beamte Korbinian.

»Nein, da müssen wir erst reingehen können. In einem so alten Haus kann alles Mögliche passiert sein.«

»Hm«, machte der Beamte und schaute wieder auf das Haus.

Julia folgte seinem Blick. Langsam sah es so aus, als hätten die Feuerwehrleute den Brand unter Kontrolle gebracht. Die Wassermassen aus den Löschschläuchen hatten die Flammen erstickt, und nur hie und da leuchteten noch Glutnester auf.

Korbinian nickte. »Lange wird es nicht mehr dauern, bis wir reingehen und uns die Sache einmal anschauen können.«

Der Beamte nickte und ging zu seinem Kollegen und Johannes.

Korbinian zog Julia am Ellenbogen näher zu sich. »Ihr solltet den Kerl wirklich ins Krankenhaus bringen. Er könnte einen Schock haben. Sag ihm, es ist nicht so schlimm.« Er warf einen Blick auf das Haus. »So wie es aussieht, sind wir früh genug da gewesen und konnten das meiste retten. Sie können natürlich erst einmal nicht drin wohnen, aber man wird das Haus renovieren können.« Er wandte sich ab und eilte zu seinen Männern.

Wahrscheinlich hatte er recht. Nur wie sollte sie ihren widerspenstigen Verwandten überreden, sich ins Krankenhaus zu begeben?

Tom warf Johannes einen besorgten Blick zu. »Wir sollten ihn hier wegbringen, wenn er schon nicht zum Arzt will. Mit anzusehen, wie das eigene Haus abbrennt, muss schrecklich sein.«

»Du hast recht, aber wenn er sich stur stellt …«

»Ich fürchte, das Urteilsvermögen leidet, wenn gerade

das eigene Heim in Flammen steht. Wir fahren nach Ebersberg in die Klinik. Eigentlich könntest du dann auch noch gleich deinen Fuß untersuchen lassen.«

»Mach dich nicht lächerlich. Ich bin in Omas Behandlung bestens aufgehoben. Außerdem tut er schon gar nicht mehr so weh.«

»Könnte am Adrenalin liegen«, murmelte Tom.

Julia tat so, als hätte sie ihn nicht verstanden.

Gemeinsam konnten sie schließlich Johannes immerhin dazu überreden, mit ihnen zum Forsthaus zu gehen. Er schien sogar recht dankbar zu sein, nicht im Gasthof oder im Krankenhaus übernachten zu müssen.

Martha hatte den Feuerwehreinsatz vom anderen Ende des Forsthauswegs aus beobachtet und war außer sich vor Sorge, als Julia sie anrief, um sie vorzuwarnen, dass sie und Tom gleich Johannes mitbrächten. Julia versuchte, ihre Großmutter zu beruhigen, aber als sie in der Einfahrt parkten, eilte Martha zur Haustür hinaus und beorderte umgehend alle in die Küche, wo sie bereits eine Suppe auf dem Herd erwärmte.

»Wo ist Paul?«, fragte sie aufgeregt und sah von Julia zu Tom und Johannes, die betreten schwiegen.

Julia suchte fieberhaft nach den richtigen Worten, um ihrer Großmutter schonend beizubringen, was passiert war.

Doch Johannes kam ihr brüsk zuvor. »Der alte Herr ist im Krankenhaus. Rauchvergiftung.«

Alles Leben schien aus Martha zu weichen, und sie schwankte leicht. Augenblicklich traten Julia und Tom zu ihr, um sie zu stützen.

»Oma, ja, das stimmt«, erklärte Julia dann sanft. »Johannes hat Paul aus dem Haus gerettet, aber er hat wohl ein bisschen zu viel Rauch eingeatmet. Die Sanitäter haben ihn ins Krankenhaus abtransportiert.«

»Wo ist er? Kannst du mich hinbringen?« Marthas Stimme klang brüchig.

»Er ist in Ebersberg im Krankenhaus. Aber es macht keinen Sinn, heute Nacht noch hinzufahren«, sagte Julia leise.

»Aber wenn es ihm schlecht geht?« Martha befreite sich aus Julias Griff.

»Frau Klein, ich fürchte, das macht heute wirklich keinen Sinn mehr. Er schläft wahrscheinlich, und die Ruhe wird er bestimmt auch brauchen.« Toms Stimme war ruhig, aber eindringlich. »Wenn Sie darauf bestehen, kann ich Sie morgen nach Ebersberg fahren.«

Als sie Marthas zweifelnden Blick bemerkte, fügte Julia hinzu: »Außerdem möchte Johannes morgen bestimmt auch seinen Vater besuchen, oder?« Sie sah ihren Halbonkel an, der schwieg. Julia nahm seine Reaktion als weiteres Argument. »Siehst du, Johannes ist jetzt auch nicht mehr in der Lage, ins Krankenhaus zu fahren. Er hat ebenfalls Rauch eingeatmet und braucht Ruhe.«

Martha gab sich geschlagen. »Also gut. Wir warten bis morgen.« Sie atmete tief durch. »Dann sollten wir uns jetzt stärken und danach schlafen gehen.«

Julia war mittlerweile so müde, dass sie alles dafür getan hätte, endlich in ihr Bett fallen zu dürfen, aber als sie die ersten Löffel der Gemüsesuppe gegessen hatte, spürte sie, wie ihre Lebensgeister zurückkehrten. Eine Entscheidung, die seit dem Gespräch mit dem Notarzt in ihr reifte, musste getroffen werden.

»Oma, was hältst du davon, wenn wir Johannes vorübergehend bei uns aufnehmen? Bis das Kirmeier-Haus renoviert ist.« O Gott. Hatte sie das wirklich vorgeschlagen?

Tom sah Julia forschend an. »Ich kann ihn auch zum Gasthof fahren.«

Aber Martha war schon Feuer und Flamme für die Idee. »So ein Schmarrn, Herr Voss. Nein. Der Johannes kann gern bei uns bleiben und Paul auch, wenn es ihm besser geht.« Hoffnung schwang in ihrer Stimme mit.

Also half Tom Julia, die Couch im Wohnzimmer, die sowieso nie benutzt wurde, als Schlafstatt für Johannes zu bereiten und die eingemotteten Winterdecken herauszusuchen und mit Bettwäsche zu beziehen. Martha legte derweil eine Zahnbürste und Handtücher für ihn heraus. Und als Johannes im Bad verschwand, kehrte nach all der Aufregung des Tages endlich Ruhe ein.

Julia brachte Tom zur Haustür. Liebevoll legte sie ihm die Hand auf den Arm. »Danke für deine Hilfe.«

»Gern geschehen. Und wenn was sein sollte, ruf mich an. Du weißt, ich bin immer für dich da.«

Als Julia kurz darauf völlig erschöpft ins Bett sank, dachte sie an den Kuss.

Sonntag, 8. Mai 2016, Muttertag

Sonnenaufgang	05:44 Uhr
Sonnenuntergang	20:37 Uhr
Minimaltemperatur	5,6 °C
Maximaltemperatur	21,7 °C
Erdbodenzustand (6UTC)	trocken
Niederschlag	0 l/m²
Sonnenscheindauer	14,3 h
Waldbrandgefahrenstufe	3 (mittel)
Namenstage	Friedrich, Ida, Klara

Einundzwanzig

Als Julia am nächsten Morgen in die Küche kam, waren die übrigen Mitglieder ihrer Familie bereits am Frühstückstisch versammelt. Ihr Fuß schmerzte noch immer ein bisschen, und sie hätte sich am liebsten neben Florian auf der Eckbank ausgestreckt und von Martha verwöhnen lassen. Ein Kakao oder Omas Spezialtee für Unfälle und Gemütsverstimmungen wäre jetzt genau richtig gewesen. Stattdessen war Martha vollauf damit beschäftigt, ihren Gast zu umsorgen. Wahrscheinlich bekam Johannes jetzt die Fürsorge, die eigentlich für Paul reserviert war, dachte Julia missmutig. Oder für sie selbst. Natürlich gehörte er jetzt zu ihrer Familie und war obendrein noch obdachlos. Und sie hatte ihn ja selbst eingeladen. Schließlich wohnte sie mit ihren Lieben in dem wunderbaren alten Forsthaus, das Dach war dicht und das fließende Wasser meistens warm. Hier, im Haus, in dem sie schon als Kind mit ihren Eltern gelebt hatte, fühlte sich Julia zu Hause. Das Forsthaus war wie der Wald ihre Höhle, ihr Rückzugsort. Deshalb fiel es ihr auch schwer, Fremde zu beherbergen. Doch sie schluckte ihre Vorbehalte gegenüber Johannes hinunter. Sie würde zu ihrer Entscheidung stehen, auch wenn sie gestern Abend etwas durcheinander gewesen war.

»Julia, Kind, setz dich doch, damit wir mit dem Frühstück anfangen können.« Martha stellte die Butterdose in die Mitte des Tisches und nahm selbst Platz.

Julia setzte sich neben Florian auf die Eckbank und und entdeckte auf ihrem Teller ein selbstgemaltes Bild von ihm. Er hatte ihr mit Wachsmalkreiden einen riesigen bunten Blumenstrauß gemalt. »Wie schön, mein Schatz«, lächelte sie.

»Alles Liebe zum Muttertag!« Florian schlang seine Arme um ihren Hals und drückte sie fest.

Muttertag! Den hatte sie bei der Aufregung ganz vergessen. Normalerweise schenkte sie Martha an diesem Tag immer etwas. Wenigstens ein paar Blumen.

»Danke schön, das ist wirklich ein sehr schönes Bild«, freute sich Julia. Sie warf Oma einen Blick zu, die ihr zulächelte, und sah dann Johannes an. »Wie hast du denn geschlafen?«

Johannes blickte sie finster an und knurrte etwas Unverständliches, während er sich abmühte, die kalte Butter auf einer Scheibe Brot zu verteilen.

Martha schien sein Verhalten unangenehm zu sein, und sie sah ihn strafend an. »Na hör mal, Julia hat dich freundlich gefragt. Nachdem sie vorgeschlagen hat, dass du bei uns wohnen kannst, könntest du ruhig etwas netter sein. Du hast es doch gut bei uns.«

Johannes ließ das Messer klirrend auf den Teller fallen. »Das denkst auch nur du, dass ich es gut habe. Bei euch gibt es nicht mal heißes Wasser in der Dusche! Wir sind den ganzen Weg von zu Hause hergefahren, weil ich dachte, dass wir hier einen Neuanfang machen können, dass wir ein gescheites Dach über dem Kopf hätten. Stattdessen ist das Bauernhaus eine einzige Bruchbude, und jetzt hat es auch noch gebrannt. Alles ist scheiße, nichts ist besser als vorher, und mein Vater, der verliebte Gockel, sieht das einfach nicht durch seine rosarote Brille!«

Einen Moment lang waren alle am Tisch mucksmäuschenstill. Florian stand vor Schreck über den Ton seines Großonkels der Mund offen. Julia beobachtete Martha, die erst fassungslos Johannes anstarrte, dann ihr einen unsicheren Blick zuwarf und sich geschäftig ihrem Marmeladenbrot widmete. Oma war wohl genauso wenig wie Julia klar gewesen, wie enttäuscht Johannes vom Kirmeier-Haus war. War er wirklich so verzweifelt gewesen, als er mit seinem Vater nach Grafenried gekommen war?

»Rede gefälligst nicht so mit Oma! Das gehört sich nicht«, rügte Julia ihn schließlich.

»Ich rede, wie ich will. Du hast mir gar nichts zu sagen.« Johannes nahm einen großen Bissen von seinem Butterbrot.

Wenn man Dank erwartete, sollte man keine Hilfe anbieten, schoss es Julia durch den Kopf. Aber vielleicht stand ihr Onkel noch wegen des Brandes unter Schock.

Bevor sie weitergrübeln konnte, klopfte es energisch an die Haustür. Froh, der gereizten Stimmung am Küchentisch zu entkommen, sprang sie auf und lief zur Haustür. Erneut ein lautes Klopfen, als hämmere jemand mit der Faust gegen die Tür.

Es war Tom. Seine Haare waren zerzaust, und er keuchte, als wäre er gerannt. »Hallo, Julia. Wir müssen sofort in den Wald.«

»Warum denn? Was ist denn los?« Julia sah ihn verständnislos an.

»Berger hat mich angerufen.«

»Der Reporter? Was wollte der denn?«

»Er hat rausbekommen, dass der Bürgermeister und dieser Pfaffinger heute Morgen schon Jagd auf den Wolf machen wollen.«

»Was? Sind die verrückt geworden? Wo haben die denn die Ausnahmegenehmigung her?«, rief Julia fasungslos.

Tom sah sie überrascht an. »Für so was gibt es eine Ausnahmegenehmigung?«

»Ja, natürlich. Streng geschützte Tiere darf man nicht einfach jagen. Kannst du dich noch an Braunbär Bruno erinnern?«, antwortete Julia.

Tom nickte langsam.

»Die Regierung von Oberbayern hat damals eine Ausnahme vom artenschutzrechtlichen Verbot erlassen mit der Auflage, dass die Ausnahmegenehmigung als Notstandsmaßnahme sofort vollzogen werden muss.«

Tom sah sie zweifelnd an. »Meinst du, die haben so eine Ausnahmegenehmigung bekommen? Das hätten wir doch mitbekommen, oder?«

Julia schüttelte den Kopf. Ihre Gedanken rasten. Sie konnte sehen, wie aufgebracht Tom war, und ihr ging es nicht anders. Trotzdem – sie mussten ruhig bleiben und planvoll vorgehen, wenn sie den Wolf retten wollten.

»Ich befürchte, sie wollen lieber hinterher um Entschuldigung bitten, als vorher um Erlaubnis fragen. Aber jetzt komm erst mal kurz rein.« Julia führte Tom in ihr Arbeitszimmer und holte mit einem entschuldigenden Lächeln zwei Tassen Kaffee aus der Küche.

»Holt uns Herr Voss ab, damit wir ins Krankenhaus fahren können?«, fragte Martha hoffnungsvoll.

»Äh, nein. Oma, das geht jetzt nicht. Aber nachher. Versprochen.«

Zurück im Büro griff Julia zum Mobilteil des Telefons. »Ich rufe jetzt Straßmeier an. Der muss wissen, was hier passiert.«

»Sollten wir nicht besser bei der Polizei anrufen?«, regte Tom an.

»Da auch. Sonnleitner und Pfaffinger machen sich schließlich strafbar.« Julia suchte nach dem Zettel mit Straßmeiers Nummer und schob die Papierstapel auf ihrem Schreibtisch hin und her.

»Kann euer Telefon keine Wahlwiederholung?«, fragte Tom ungeduldig dazwischen.

Sie starrte ihn kurz an, dann drückte sie auf dem Telefon herum, bis sie die richtige Nummer fand, und betätigte die Lautsprechertaste, damit Tom mithören konnte.

»Straßmeier.«

»Julia Sommer hier. Hallo, Herr Dr. Straßmeier. Es gibt ein Problem. Ich nehme an, Sie haben gehört, dass das verschwundene Mädchen tot aufgefunden wurde.«

»Ja, ja. Sehr bedauerlich.« Die Stimme am anderen Ende klang eher gelangweilt als mitfühlend.

»Die Leute aus dem Dorf sind überzeugt, dass der Wolf sie getötet hat, und heute soll Jagd auf ihn gemacht werden.«

»Was? Das ist verboten!«, rief Straßmeier nun alarmiert. »Sollte der Wolf wirklich Menschen bedrohen, wäre das etwas anderes. Aber eine Jagd könnte nur die Regierung genehmigen.«

Julia nickte. »Ich weiß. Aber das ist den Leuten egal. Sie haben Angst.«

»Waren die Kollegen Riedhofer und Gassner schon bei Ihnen?«, erkundigte sich Straßmeier.

»Ja. Sie wollten heute im Laufe des Tages im Wald nach dem Wolf suchen und den Hinweisen nachgehen, die sie bekommen haben.«

»Gut. Warten Sie auf die beiden. Ich spreche in der Zwischenzeit mit dem Landrat. Sollte sich an unserem Plan etwas ändern, rufe ich Sie an.«

Er legte auf, bevor Julia noch etwas anmerken konnte. Wahrscheinlich war für ihn alles gesagt. Aber was sollten sie tun, wenn Straßmeier sich nicht rechtzeitig meldete? In den Wald gehen und Sonnleitner anflehen, vernünftig zu sein?

Tom nahm ihr das Telefon aus der Hand. »Wir sollten wirklich bei der Polizei anrufen.«

»Ja, aber ruf gleich Frau Baumgartner an. Sie wird wissen, was zu tun ist.«

Tom erklärte der Kriminalhauptkommissarin, was der Bürgermeister und Pfaffinger vorhatten. Doch auch von ihr bekamen sie nicht die Antwort, die Julia sich wünschte. Nämlich, dass eine Hundertschaft losgeschickt würde, um die beiden aufzuhalten. Die Polizei hatte mit der Suche nach Leonies Mörder genug zu tun. Aber eine Streife würde im Wald nach dem Rechten sehen. Abgesehen davon würde man Sonnleitner und seinen Jagdkumpan erst festnehmen können, wenn sie den Wolf erlegt hätten. Vorher konnten sie ja einfach behaupten, ein anderes Tier zu jagen.

Julia hörte mit wachsender Verzweiflung zu. Aber sie wusste, dass Baumgartner recht hatte. »Wir müssen selbst in den Wald. Wir müssen sie aufhalten, Tom!«

Sommer 1951

Paul hatte jetzt natürlich nicht mehr so viel Zeit für sie, denn er umgarnte Lieselotte, wie Martha es ihm aufgetragen hatte. Ständig war er in der Nähe der hübschen Aussiedlerin anzutreffen. Fast. Denn Martha und Paul trafen sich weiterhin regelmäßig und malten sich ihre gemeinsame Zukunft in den schillerndsten Farben aus. Sobald sie verheiratet wären, würden sie Grafenried verlassen und in einem anderen Ort einen Neuanfang wagen. Doch sie mussten sich noch gedulden.

Natürlich bemerkte Eva, dass Martha Sorgen hatte. »Mach dir nichts draus, liebste Martha. Paul hat eine wie dich gar nicht verdient! Treulos wie er ist.«

»Ach geh, Eva. Es geht mir gut. Lass es gut sein«, versuchte Martha, sie abzuwimmeln, denn sie konnte sich ihr nicht anvertrauen. Eva war zwar ihre beste Freundin, aber sie tratschte nur zu gern und würde ihren Mund nicht halten.

So war schließlich auch Eva davon überzeugt, dass Paul Martha fallen gelassen hatte. Umso mehr bemühte sie sich darum, Schorsch an sich zu binden, der allerdings auch Lieselotte schöne Augen machte. Aber Martha musste zugeben, dass der alte Aigner-Bauer ganz offensichtlich nicht viel gegen Eva als Schwiegertochter einzuwenden hatte.

Die Zeit verging, und Martha richtete sich darauf ein, noch weitere zwei Jahre auf ihren Paul zu warten.

Doch dann überstürzten sich die Ereignisse.

Zweiundzwanzig

Julia war ins Auto gesprungen, und Tom hatte auf dem Beifahrersitz Platz genommen, nicht ohne vorher anzubieten, dass er doch fahren könne. Aber Julia spürte den Schmerz im Knöchel kaum noch, was vielleicht an der Aufregung lag.

Nachdem sie eine halbe Stunde ziellos durch den Wald gewandert waren, ohne eine Spur von den beiden Jägern zu entdecken, piepste Julias Handy. Sie zog es aus der Tasche und sah auf das Display.

»O Mist. Es ist Viertel vor zehn. Wir müssen zum Waldkindergarten, wenn wir rechtzeitig da sein wollen.«

Tom sah sich verwirrt um. Um sie herum waren nur Bäume. Sie standen mitten in einem älteren Buchenbestand. »Ja, okay. Aber wo sind wir, und wo müssen wir hin?«

Julia grinste. »Unglaublich, wie wenig du dich in deinem eigenen Wald auskennst. Da vorne ist der Aussichtsturm.« Sie deutete Richtung Norden.

»Wo? Ich sehe ihn nicht.« Tom folgte ihrem Blick und schüttelte dann resigniert den Kopf.

»Wir sind zu nah dran, deswegen siehst du ihn nicht. Der Bauwagen steht nur ein paar Meter weiter. Komm!«

Julia führte Tom aus dem Bestand zu einem Waldweg, und tatsächlich erreichten sie nach ein paar Minuten den bunt bemalten Bauwagen des Waldkindergartens. Davor lehnte ein Junge an einem Motorroller. Er war vielleicht siebzehn oder achtzehn Jahre alt, blond und schlaksig. Ein dünner Ziegenbart zierte sein Kinn, und er zog nervös an einer Zigarette. Außer ihm war niemand da.

Julia ging auf ihn zu. »Entschuldige bitte, aber das Rauchen ist im Wald nicht erlaubt«, sagte sie freundlich.

Der Junge sah auf und erschrak. Er ließ den Stummel auf den Boden fallen und trat ihn schnell aus. »Entschuldigung. Ich … ich mach das normalerweise nicht.« Er warf ihr einen nervösen Blick zu und strich seine langen blonden Haare zurück.

»Was? Rauchen? Schon gut. Ich bin Julia Sommer. Das ist Tom. Und du bist …?«

»Ach, Sie sind die Försterin, oder? Ich heiße Sebastian.«

Tom streckte die Hand aus und schüttelte die des Jungen. »Dann bist du der Sebastian, der das Praktikum beim Kindergarten macht, stimmt's?«

Sebastian lächelte und nickte. »Ja, ich denke, dass ich später gern mal mit Kindern arbeiten würde.«

»Und du warst der Freund von Leonie.« Julia musterte den Jungen.

Schlagartig wich das Lächeln aus seinem Gesicht. Er drehte sich ein bisschen weg und rieb sich über die Augen.

»Es tut mir sehr leid, was passiert ist. Das muss schrecklich für dich sein.« Toms Tonfall war samtweich.

Julia hatte mittlerweile gelernt, dass er sich dieser Tonlage oft bediente, um seinen Gesprächspartnern ein Gefühl von Sicherheit zu vermitteln.

Sebastian nickte zaghaft und schluckte. »Woher wissen Sie, dass ich mit Leonie befreundet war?«, fragte er dann. »Wir mussten uns heimlich treffen, weil ihre Eltern ihr nicht erlaubten, einen Freund zu haben. Sie sagten immer, sie sei noch zu jung.«

Julia lachte auf. »Zu jung? Mit sechzehn? Das ist doch realitätsfremd.«

Tom sah sie von der Seite an. »Ja, jetzt redest du so, aber warte mal ab, wenn Flo in dem Alter ist. Dann findest du das auch zu jung.« Er zwinkerte Sebastian verschwörerisch zu.

Julia versetzte ihm einen Stoß mit dem Ellenbogen. Dann sah sie wieder Sebastian an. »Entschuldige. Max Aigner hat uns erzählt, dass er dich und Leonie zusammen gesehen hat. Sie hat dich öfter hier abgeholt, oder?«

»Ja, das stimmt. Sie ... Wir sind immer gern im Wald spazieren gegangen. Sie mochte die Ruhe«, erklärte Sebastian mit belegter Stimme.

»Das glaube ich sofort. Sie hatte ja mit der Schule und ihrem Sport und so ganz schön zu tun«, sagte Julia.

Tom berührte Julia leicht am Arm, um sie zurückzuhalten, und fragte leise: »Sebastian, wie erklärst du dir, was passiert ist?«

Über ihnen zwitscherte ein Vogel, und aus der Ferne drang das Motorengeräusch eines LKW zu ihnen.

»Ich weiß es nicht. Ich kann es mir einfach nicht erklären. Wer sollte Leonie etwas tun? Sie war das wunderbarste Mädchen, das ich je getroffen habe.« Tränen glitzerten in Sebastians Augen.

»Ich kann es auch nicht verstehen«, brach es aus Julia heraus.

Tom warf ihr einen Blick zu. Sie verstand und schwieg.

»Ist dir denn mal irgendetwas seltsam vorgekommen? Hat Leonie dir etwas erzählt?«, fragte Tom weiter.

»Nein, da war nichts. Oder doch. Sie hat mal erzählt, sie hätte das Gefühl, jemand würde sie beobachten.«

»Wann war das?«

Sebastian überlegte einen Moment. »Ich weiß nicht mehr. Letzte Woche oder so.«

»Was genau hat sie gesagt?«

»Sie war joggen, und danach hat sie das gesagt. Ich hab gelacht, weil ich dachte, sie spinnt. Und sie hat dann auch gelacht. Aber …« Sebastian sah Tom ängstlich an. »Meinen Sie, ich hätte etwas tun sollen? Es jemandem sagen? Würde sie dann noch leben?« Er verbarg das Gesicht in den Händen und schluchzte heftig.

Dreiundzwanzig

Kurze Zeit später – sie hatten gerade Sebastian ein bisschen beruhigen können – erschien Max Aigner. Zu viert brachten sie den Bauwagen in den Garten der Villa Voss. Tom wies Aigner an, das Gefährt zum Ende der Obstbaumwiese zu ziehen, möglichst weit weg vom Haus.

»Meinst du, die Gören stören dann nicht so?« Julia musste über Toms Eifer grinsen.

»Ich hoffe es zumindest. Ja, lach du nur. Ein Kind ist ja ganz in Ordnung, zwei vielleicht auch. Aber eine ganze Horde?«

Julia kicherte. Bei diesem Satz machte sich ein warmes Gefühl in ihrem Bauch breit, und sie war erleichtert. Das eine Kind, das ganz in Ordnung war, konnte ja vielleicht Florian sein. Aber gleich darauf riss sie sich wieder zusammen. Quatsch. Wieso sollte ein junger Mann wie Tom über Kinder nachdenken?

Sebastian verabschiedete sich und fuhr mit seinem Motorroller nach Hause. Auch Aigner machte sich wieder auf den Weg. Zum Abschied winkte er Julia zu, und sie winkte zurück.

»Danke noch mal«, rief sie ihm nach und atmete erleichtert aus. »Damit hätten wir das geschafft. Eine Sorge weniger.« Dann verdüsterte sich ihre Miene wieder. Sie hatten die Jäger ja noch nicht gefunden. Und Martha saß bestimmt schon wie auf heißen Kohlen, weil sie ihren Paul unbedingt besuchen wollte.

»Kommst du noch auf einen Kaffee mit rein?«, fragte Tom.

Kaffee. In der Villa. Mit Tom. Sie hatten schon oft Kaffee zusammen getrunken und geplaudert, aber heute fühlte es sich irgendwie seltsam an, mit ihm allein zu sein. Seltsam, aber nicht auf eine unangenehme Weise. Julia nickte. »Ja, gut, lass uns noch einen Kaffee trinken. Aber dann muss ich wirklich nach Oma und Flo sehen.«

»Die schaffen es schon noch ein bisschen ohne dich«, grinste Tom.

Ja, dachte Julia, normalerweise schafften es die beiden sogar prima ohne sie. Aber sie wusste, dass Martha keine ruhige Minute verbringen würde, bis sie im Krankenhaus nach Paul gesehen hatte. Aber vielleicht war sie mit Johannes und Florian auch schon hingefahren.

Tom ging voraus ins Haus, und Julia schickte noch schnell Sabine Müller-Ziegler eine Nachricht:

Alles erledigt. Die Kinder und Sie können ab Montag den Obstgarten der Villa Voss nutzen.

Als sie die Villa betrat, stand Tom schon in der Küche, füllte Wasser in den Espressokocher und stellte zwei Tässchen auf die Granitarbeitsplatte. Wieder einmal staunte Julia über die enormen Ausmaße des Raumes. Toms Vater hatte ihn vor seinem Tod renovieren und eine hochmoderne Küche einbauen lassen, die sicher restauranttauglich war. Dabei hatte Ludwig Voss, soweit Julia wusste, sich gar nichts aus dem Kochen gemacht.

»Oh, ich freue mich schon auf den Kaffee«, sagte Julia verlegen. Etwas Besseres fiel ihr nicht ein. Überhaupt war ihr Kopf seltsam leer und das Ticken der Küchenuhr sehr laut.

Tom drehte sich zu ihr um und sah sie mit einem unergründlichen Blick an. »Julia, ich …«

Julias Handy klingelte.

Sie zog es aus der Jackentasche, sah Tom an und dann das Handy, das in ihrer Hand weiterklingelte.

Tom wedelte mit der Hand. »Los, geh schon ran.«

Julia seufzte und drückte auf die Sprechtaste. »Sommer.«

»Hallo, Frau Sommer. Hier ist Bernhard Riedhofer.«

»Hallo, Herr Riedhofer! Haben Sie Neuigkeiten?«

»Wir hatten doch besprochen, dass Sie mir die Stelle zeigen, an der Sie das Reh gefunden haben. Und dann könnten wir noch eine Runde durch den Wald drehen, ich würde gerne noch weiter nach Spuren des Wolfes suchen. Wo finde ich Sie denn?«

Julia riss die Augen auf. »Sie sind schon da? Ist es denn schon so spät?« Sie hatte doch eigentlich vor dem Mittagessen Martha nach Ebersberg zum Krankenhaus fahren und etwas mit Florian unternehmen wollen.

Riedhofer lachte ins Telefon. »Ja, warum sind Sie denn jetzt so überrascht? Wir hatten doch vereinbart, dass ich vorbeikomme.«

Julia musste sich kurz sammeln. »Ja, natürlich. Ich dachte nur, es wäre noch früher am Tag. Aber das macht nichts. Ich bin in der Villa Voss. Ich denke«, sie sah Tom an, der daraufhin nickte, »ich denke, Sie kommen am besten hierher. Dann sehen wir weiter.«

Keine fünf Minuten später klingelte es an der Haustür

der Villa, und Julia öffnete. Bernhard Riedhofer trug eine beigefarbene Weste über einem Karohemd und eine passende Cargohose. Mit festem Griff schüttelte er die Hand, die Julia ihm hinstreckte.

»Hallo, Herr Riedhofer! Wo haben Sie denn Frau Gassner gelassen?«, erkundigte sich Julia.

»Hallo, Frau Sommer, nett, dass Sie sich Zeit nehmen. Frau Gassner hat einen Ihrer Kollegen aus dem Staatswald kontaktiert, der ihr die Orte der anderen angeblichen Wolfssichtungen zeigt.« Er sah sich um. »Schön haben Sie es hier.«

»Hier wohnt mein Arbeitgeber, Tom Voss. Ich war gerade bei ihm, um etwas zu besprechen, und da Sie so plötzlich aufgetaucht sind, dachte ich, ich lotse Sie hierher.«

»Oh.« Riedhofer sah ein wenig betroffen drein. »Ich wollte Sie natürlich nicht stören. Haben Sie etwas Wichtiges zu tun?«

»Nein, nein. Kein Problem. Aber kommen Sie doch erst mal rein.«

In der Küche füllte Tom gerade den Espresso in die beiden Tässchen. Er ging auf Riedhofer zu und schüttelte ihm die Hand. »Hallo, Herr Riedhofer. Ich habe uns gerade Kaffee gemacht. Möchten Sie auch welchen?«

Riedhofer beäugte die zähflüssige braune Brühe und schüttelte dann den Kopf. »Nein, vielen Dank für das Angebot. Ich trinke lieber Tee als Kaffee.«

»Möchten Sie Tee? Ich glaube, hier müssten irgendwo noch ein paar Beutel Pfefferminze sein. Tee wird doch nicht schlecht, oder?« Tom sah Julia fragend an und fing an, in die Küchenschränke zu spähen.

»Schlecht wird er nicht. Aber so richtig lecker wird er

wohl nicht mehr sein, wenn er schon alt ist«, sagte Julia lachend.

»Tut mir leid. Ich benutze die Küche eigentlich nur, um Kaffee zu kochen.« Tom suchte weiter.

»Gehst du nie einkaufen?«, neckte sie ihn.

»Ja klar. Wenn der Kaffee alle ist«, grinste Tom, öffnete die nächste Schranktür und warf sie gleich wieder zu.

Julias Blick fiel auf Riedhofer, der interessiert erst sie und dann Tom betrachtete, und räusperte sich verlegen. »Tom, wir sollten aufhören zu flachsen. Herr Riedhofer ist schließlich nicht zum Spaß da, sondern wegen des Wolfes.«

»Oh, bitte, nennen Sie mich doch Bernhard. Das ist nicht so förmlich.«

»Okay, Bernhard. Ich heiße Julia.« Sie lächelte.

»Sollten wir nicht endlich zur Sache kommen? Also zum Wolf?« Tom hatte die Suche nach dem Tee aufgegeben und sah stirnrunzelnd Riedhofer an.

Julia warf ihm einen missbilligenden Blick zu. Hatte er nicht zugehört? Das Gleiche hatte sie doch gerade vorgeschlagen.

»Natürlich, gerne. Deswegen bin ich schließlich hergekommen.« Riedhofer schien die vorübergehende Anspannung nicht zu bemerken.

»Wir haben den Wolf gestern erst gesehen.«

Riedhofer sah Julia interessiert an. »Das ist gut, dann wissen wir, wo ungefähr er sich aufhalten könnte.«

»Na ja, wenn die Jäger ihn noch nicht erwischt haben.« Julia fasste für Riedhofer kurz die Stimmung im Dorf zusammen. Sie erzählte auch von Sonnleitners und Pfaffingers Jagdvorhaben.

Er hörte aufmerksam zu und nickte dann nachdenklich. »So etwas Ähnliches habe ich auch gehört. Der Landrat will eine Pressekonferenz wegen des Wolfes geben. Was Sie sagen, hört sich so an, als sollte er sich beeilen. Aber machen Sie sich keine Sorgen wegen der Jäger. Wenn man sich nicht auskennt, ist es schon sehr schwierig, einen Wolf aufzuspüren.«

»Hoffentlich nutzt eine Pressekonferenz was.« Julia war nicht überzeugt.

»Ich hoffe es auch. Aber wir sollen dem Landrat ohnehin vorher eine Einschätzung geben.« Riedhofer steckte die Hände in die Hosentaschen. Er schien sich in der hochmodernen Küche der Villa nicht ganz wohlzufühlen.

»Was stehen wir dann noch hier herum? Lassen Sie uns gehen.« Julia drehte sich um. »Los, komm, Tom!«

»Fahrt ihr alleine. Ich wäre euch wahrscheinlich nur im Weg.« Tom setzte sich auf die Küchenarbeitsfläche und winkte ihr zu.

Julia fuhr mit Riedhofer im Landrover die Staatsstraße durch den Wald entlang. In der Nähe der Stelle, zu der sie Donnerstagnacht Obermeier gerufen hatte, parkte sie den Wagen am Straßenrand und schaltete den Warnblinker an. Sie stiegen aus, und Julia zeigte auf die Stelle, an der das Reh gelegen hatte. Aus verschiedenen Winkeln machte Riedhofer ein paar Fotos, aber abgesehen von ein paar rötlich braunen Flecken auf dem Asphalt war nicht viel zu sehen.

Als Nächstes suchten sie die Stelle auf, an der Julia und Tom dem Wolf am Vortag begegnet waren, und wanderten eine schiere Ewigkeit durch den Forst. Jedenfalls kam es

Julia so vor. Riedhofer blieb immer wieder stehen, um den Waldboden nach Losung abzusuchen. Von Zeit zu Zeit packte er kleine Plastikbeutel aus und nahm Proben von Kothaufen.

»Sehen Sie? Hier. Kleine Stücke von Knochen und Haaren, typisch für Wolfskot. Das lassen wir im Labor untersuchen, um zu erfahren, ob er tatsächlich von einem Wolf stammt und was das Tier gefressen hat. Wölfe sind Allesfresser. Sie fressen praktisch alles, was sie erwischen können: größere Tiere wie Rehe, Kleintiere, Vögel, Fische, Eidechsen, aber auch Pflanzen und Früchte. Für die Pressekonferenz des Landrats kommt das Ergebnis zwar zu spät, aber das ist die beste Möglichkeit, um zu erfahren, welche Beute der Wolf gerissen hat.«

Julia saugte neugierig alle Informationen in sich auf. Riedhofer, der in der Villa so fehl am Platz gewirkt hatte, war hier eindeutig in seinem Element. Es war, als hätte vorher ein Teil von ihm gefehlt, als wäre er erst hier zwischen Buchen und Fichten eine vollständige Person. Sie traf nur selten Menschen, auf die der Wald eine ähnliche Wirkung hatte wie auf sie selbst. Beschwingt ging sie weiter. Das konnte vielleicht doch noch ein guter Tag werden.

Die Mittagszeit war lange vorbei, und Julias Magen knurrte. Sie spürte, dass sich ihre Laune verschlechterte, und ihr schwindelte. Auch ihr Fuß fing wieder an zu schmerzen, und sie plagte ein schlechtes Gewissen, weil sie ihr Versprechen, Martha ins Krankenhaus zu fahren, immer noch nicht erfüllt hatte.

Erneut knurrte ihr Magen. Abgesehen von einem Marmeladenbrot zum Frühstück und dem hastig getrunkenen

Espresso bei Tom hatte sie noch nichts zu sich genommen. Riedhofer dagegen merkte man keine Erschöpfung an. Er bewegte sich genauso konzentriert durch den Wald wie vor ein paar Stunden. Julia wusste nicht recht, ob sie eine Pause vorschlagen sollte. Der Wald war so groß, sie konnten tagelang hindurchstreifen, ohne den Wolf zu Gesicht zu bekommen, selbst wenn er sich noch in diesem Gebiet aufhielt.

»Meinen Sie, wir haben eine realistische Chance, ihn zu finden?«, fragte sie.

»Psst!«, machte Riedhofer nur. Dann blieb er stehen, blickte sich aufmerksam nach allen Seiten um und drehte sich zu ihr. »Es ist besser, wenn wir versuchen, sehr leise zu sein«, flüsterte er.

»Okay«, wisperte Julia. Aber eigentlich hatte sie die Hoffnung aufgegeben, den Wolf heute noch zu finden.

Riedhofer musterte sie. »Ah, ja. Sie sind müde. Gut. Oder nicht gut. Aber ich mache Ihnen einen Vorschlag: Wir gehen noch eine halbe Stunde weiter, danach machen wir Schluss für heute. Aber wir sollten vorher eine gute Stelle finden, an der wir einen Köder für das Tier auslegen können, damit wir in den nächsten Tagen mehr Glück haben, denn uns läuft die Zeit davon.«

Julia fühlte, wie ihr die Röte ins Gesicht stieg. Wie konnte sie nur an sich und ihren Hunger denken, wenn es für den Wolf um Leben oder Tod ging? Sie straffte die Schultern und nickte. »Lassen Sie uns weitersuchen«, flüsterte sie.

»Das machen wir. Aber bitte führen Sie mich zuerst zu einem Platz, der für einen Köder geeignet ist«, bat Riedhofer.

Julia überlegte ein paar Sekunden und entschied sich dann für eine Lichtung, die nur wenige Gehminuten entfernt lag. Dort gab es einen Holzansitz, der groß genug für sie beide war. Im Schutz des Bretterverschlags würden sie genügend Deckung haben, um vom Wolf nicht so schnell entdeckt zu werden.

Riedhofer nickte zufrieden, als sie an der Lichtung ankamen und Julia auf den Ansitz am anderen Ende deutete.

Plötzlich erstarrte er.

Julia folgte seinem Blick und nahm eine Bewegung im hohen Gras der Lichtung wahr. Die Ähren des Süßgrases beugten sich gleichmäßig, und was immer dort durch die Wiese streifte, kam auf sie zu.

Julias Herzschlag beschleunigte sich. Gespannt hielt sie den Atem an. Würde ihnen gleich eine Rotte Wildschweine gegenüberstehen?

Vor ihnen öffnete sich das Meer aus Gras – und heraus trat der Wolf.

Der Augenblick dauerte nur Millisekunden. Dann entdeckte sie der Wolf, warf sich herum und trabte eilig davon.

Fast hätte Julia laut gejubelt. Er war noch da, und die Jäger hatten ihn noch nicht gefunden.

»Ich glaube, Sie haben eine gute Stelle ausgesucht.« Riedhofer grinste verschmitzt.

Auf dem Weg zurück ins Dorf schilderte Riedhofer, was er in der kurzen Zeit der Begegnung mit dem Wolf beobachtet hatte. »Ich denke, es ist völlig unnötig, diesen Wolf vergrämen zu wollen.«

»Was? Sie können ihn doch nicht einfach so den Jägern überlassen! Sie haben doch gesehen, dass er niemandem etwas tut.« Julia war entrüstet.

»Genau deswegen. Ein Wolf, der gefährlich werden könnte, hätte vorhin ganz anders reagiert. Dieses schöne Exemplar hat aber noch überhaupt nichts von seiner Scheu vor dem Menschen verloren. Sonst wäre er nicht so schnell wieder verschwunden.«

»Sind Sie sicher?« Julias Herz schlug ihr bis zum Hals.

»Ganz sicher. Ein potenziell gefährlicher Wolf hätte geprüft, ob wir etwas Essbares dabeihaben. Sie haben ja gesehen, dass dieser hier gar keine Anstalten dazu gemacht hat.«

Beim Gedanken an etwas zu essen knurrte Julias Magen wieder, aber dieses Mal spürte sie dabei ein Glücksgefühl.

Auf dem Rückweg ins Dorf holten sie Riedhofers Auto bei Tom ab. Erst nach mehrmaligem Klingeln öffnete er die Haustür. Er wirkte, als hätten sie ihn aus dem Tiefschlaf geweckt, und strich sich durch das zerzauste Haar, was eher noch mehr Schaden anrichtete, als seine Frisur zu verbessern.

Julia wäre ihm am liebsten um den Hals gefallen, um die guten Neuigkeiten zu berichten. Aber vor Riedhofer, der wieder in seine unbeholfene Art zurückgefallen war, war ihr das irgendwie peinlich. Stattdessen nahm sie Toms Hand. »Wir haben ihn gesehen! Bernhard sagt, er ist so scheu, dass er nicht einmal vergrämt werden muss! Oder?« Sie wandte sich zu dem Experten um.

Der nickte brav und rückte seine Brille zurecht. »Wie Julia schon sagte: Es gibt keinen Grund, wegen dieses Wolfes in Sorge zu sein.«

Toms Gesicht hellte sich auf. »Das sind ja gute Nachrichten.«

»Die besten«, bestätigte Riedhofer. »Ich habe mit Irina Gassner ausgemacht, dass wir uns im Gasthof treffen, um an dem Bericht zu arbeiten. Könnten Sie mich da hinlotsen, Julia?«

Vierundzwanzig

Vor dem Gasthof fand Julia keinen Parkplatz, also stellte sie den Wagen in der dahintergelegenen Seitenstraße ab. Riedhofer tat es ihr gleich, und gemeinsam gingen sie ums Haus zum Eingang. Gerade als sie die Tür aufzog, drängten zwei uniformierte Polizisten heraus. Der eine von ihnen führte Johannes, der sichtlich betrunken war, fest am Arm. Johannes machte eine heftige Bewegung, wie um sich loszureißen, aber der Beamte packte nur noch fester zu.

»Johannes? Was ist denn hier los?« Julia folgte den dreien, während Riedhofer unschlüssig an der Tür stehen blieb. Sie zögerte. Einerseits wollte sie Bernhard Riedhofer begleiten und Irina Gassner noch einmal die Hand schütteln in der Hoffnung, sie heute bei besserer Laune anzutreffen. Andererseits schien Johannes Hilfe zu brauchen. Er sah schrecklich aus, sein Hemd hing aus der Hose und war am Ärmel zerrissen, und sein rechtes Auge war rot und angeschwollen. Sie entschied, nach Johannes zu sehen, und wandte sich an ihren Begleiter. »Warten Sie nicht auf mich, Bernhard. Telefonieren wir?«

Riedhofer nickte und verschwand im Gasthof. Julia eilte Johannes und den Polizisten nach, die auf einen Streifenwagen zusteuerten.

»Hallo? Entschuldigen Sie, was ist denn passiert? Hat Johannes etwas angestellt?«, sprach sie die Beamten an.

»Kennen Sie den Mann?« Der zweite Polizist öffnete die hintere Wagentür und drückte Johannes auf den Sitz.

»Ja, wir ... äh, wir sind verwandt. Er wohnt im Moment bei uns.«

»Und Sie sind?«

»Julia Sommer. Ich wohne hier in Grafenried.«

Die beiden Polizisten tauschten einen Blick. Derweil saß Johannes im Auto, sang vor sich hin und trommelte dazu auf die Kopfstütze des Beifahrersitzes vor ihm.

Dann nickte der Beamte und zückte einen Notizblock. »Gut. Vielleicht können wir das Ganze hier abkürzen, wenn Sie uns kurz helfen. Der Mann nennt seinen Namen nicht, und Papiere scheint er auch nicht bei sich zu haben. Sie sagten, er heißt Johannes?«

»Ja, Johannes Kirmeier.« Julia warf einen Blick auf ihren Halbonkel, der sie nicht beachtete und von dem Gespräch auch gar nichts mitzubekommen schien. Oder nicht mitbekommen wollte.

»Er ist Österreicher, soweit ich weiß.«

»Und er wohnt bei Ihnen?«

»Sein Vater und er haben hier im Ort ein Haus geerbt, aber das wurde durch ein Feuer beschädigt. Deswegen haben meine Großmutter und ich den beiden angeboten, eine Weile bei uns zu wohnen.«

»Und das ist wo?«

Julia nannte ihre Adresse. »Was hat er denn getan?«

»Wir sind gerufen worden, weil er mehrere Frauen belästigt haben soll und sich daraus eine Schlägerei entwickelt hat.«

»Was?« Julia riss die Augen auf.

»Du, Fritz, ich geh rein und nehm die anderen Zeugenaussagen auf. Ich glaub, du kommst hier zurecht, er hat sich beruhigt.« Der andere Polizist strebte auf den Gasthof zu.

»Frau Sommer, wissen Sie, ob Ihr Onkel schon öfter in Schlägereien verwickelt war?«

»Nein, ich kenne ihn nicht besonders gut«, antwortete Julia.

Der Beamte zog die Augenbrauen hoch. »Sie haben doch gesagt, dass er mit Ihnen verwandt ist und bei Ihnen wohnt.«

»Ja, aber bevor Paul und Johannes vor ein paar Tagen nach Grafenried gekommen sind, wusste ich nicht einmal, dass es sie gibt. Das ist eine komplizierte Geschichte. Was passiert denn jetzt? Was machen Sie mit ihm?«

»Wir nehmen ihn mit aufs Revier, um seine Personalien festzustellen. Dort kann er auch gleich seinen Rausch ausschlafen.« Der Polizist verzog keine Miene.

»Müssen Sie ihn unbedingt mitnehmen? Mein Großvater wäre bestimmt außer sich und meine Großmutter auch.«

»Na ja, es könnte sein, dass Anzeige wegen Körperverletzung erstattet wird. Wir müssen einen Blick in seine Papiere werfen.«

»Die sind bestimmt bei uns zu Hause. Und den Rausch könnte er ja auch auf unserem Sofa ausschlafen, oder?« Julia versuchte, zuversichtlich zu lächeln, hatte aber das Gefühl, dass sich ihr Gesicht eher zu einer hilflosen Grimasse verzog. »Ich passe auch auf, dass er nichts mehr anstellt, sondern hübsch bei uns im Wohnzimmer auf dem Sofa bleibt.« Sie legte so viel Charme in ihre Worte, wie sie nur konnte.

Der Polizist warf ihr einen forschenden Blick zu. »Es tut mir leid, aber das geht nicht. Wir müssen dafür sorgen, dass alles seine Ordnung hat. Wir brauchen eine Aussage von ihm.« Als er bemerkte, wie Julia die Schultern hängen ließ, fügte er hinzu: »Aber wenn Sie seine Papiere zu Hause finden, könnten Sie die vorbeibringen und den Vorgang vielleicht beschleunigen.«

In diesem Augenblick schwang die Tür des Gasthofes auf, und die kleine Sophia, Natalie und hinter ihnen Korbinian Seiwald mit seiner Frau traten auf den Gehweg. Als Korbinian Julia bei Johannes erblickte, verfinsterte sich sein Blick. Er bat seine Frau, mit den Kindern zum Auto vorzugehen, und trat zu ihr.

»Was hast du denn mit dem Arschloch zu tun?«, zischte er.

O weh. Korbinian hatte wohl Johannes' Ausraster miterlebt. Sie fühlte, wie ihr – stellvertretend für Johannes – die Schamesröte ins Gesicht stieg. »Johannes ist ein Verwandter von mir«, erklärte sie betreten.

»Solche Verwandtschaft hast du? Dann richte ihm mal aus, wenn er wieder nüchtern ist, dass … dass …« Er warf dem Polizeibeamten einen Blick zu, der daraufhin demonstrativ zur Seite sah. »Richte ihm aus, dass er es bereuen wird, wenn er sich meiner Natalie noch mal nähert.«

»Hast du ihm etwa das blaue Auge verpasst?«

»Nein, aber ich wünschte, ich hätte es getan.«

Sommer 1951

Und wenn sie uns entdecken?«, flüsterte Martha in Pauls Ohr und presste sich an ihn.

»Ach, so ein Schmarrn. Wer soll uns denn hier finden?« Seine Lippen kitzelten an ihrem Hals.

»Jeder, der uns sucht, wird uns finden. Der Stadel ist nicht gerade ein besonders gutes Versteck, der steht doch mitten im Dorf.«

»Jetzt hör halt auf, dir Sorgen zu machen. Uns sucht schon keiner. Freust du dich denn gar nicht, dass ich da bin?«

»Doch, schon.« Martha konnte nicht verbergen, wie glücklich sie war, dass sie zusammen waren. Das konnte sie nie, wenn sie Paul sah.

»Ich bin da, du bist da. Da oben, wenn du raufschaust zum Dach, da wo die Lücke ist, siehst du den Mond und die Sterne. Und Musik haben wir auch.« Pauls Stimme klang auch wie eine sanfte, einschmeichelnde Musik.

Martha konnte die Sorgen trotzdem nicht leichtfertig ablegen. »Ja, die Tanzmusik vom Fest. So laut, wie man die hier drinnen hört, müsstest du dir eigentlich auch Sorgen machen. Weit weg sind wir nicht von den anderen.«

»Die anderen tanzen und saufen, keiner kümmert sich um uns«, beschwichtigte Paul.

Martha erstarrte. »Psst! Hast du das gehört?«

»Da war doch nichts, das hast du dir eingebildet.«

»Hm. Ich glaub nicht, dass die Mama tanzt.«

»Deine Mama ist ein bisserl verstockt, aber sie wird ganz damit beschäftigt sein, auf deinen Papa aufzupassen, damit er nicht zu viel Bier trinkt. Und scheren tun sie sich ja doch nicht mehr um dich.«

Martha war nicht überzeugt. »Aber die Tante und die Eva werden sich vielleicht fragen, wo ich bin.«

»Die lassen selber keinen Tanz aus, du hast sie doch gesehen«, entgegnete Paul.

»Meinst du nicht, dass dein Bruder dich vermissen und suchen wird?«

»Mein Bruder ist sich selbst der Nächste. Saufen und tanzen will er wie alle anderen auch. Aber wenn er wüsste, dass ich mit dir da bin, wäre er doch ein bisserl neidisch.«

»Das glaubst vielleicht du. Schimpfen würde er dich und mir vielleicht ein Leid antun. Und deine Eltern gleich mit, die feinen Herrschaften. Ich weiß genau, was sie über meine Eltern denken. Bauersleut. Nix wert und nix geschafft.«

Paul strich ihr mit der Hand über die Wange. »Jeder, der Augen im Kopf hat, weiß, dass du das hübscheste Mädel im Dorf bist.«

»Ach geh, das sagst du doch nur so.«

»Nein, das meine ich ernst. Keine hat so schöne blonde Locken wie du, keine hat so schöne blaue Augen wie du. Und keine kann tanzen wie du«, flüsterte Paul ganz nah an Marthas Ohr.

»Das hast du jetzt aber schön gesagt.«

»Weil es die Wahrheit ist. Jetzt komm, zier dich nicht so.«

Später stand sie auf, strich ihren Rock glatt und zupfte sich die Strohhalme aus den Haaren. Dann flocht sie sich einen ordentlichen Zopf und huschte aus dem Stadel. Heimlich, heimlich. Immer musste sie Angst haben, dass sie entdeckt würden. Heimlich in der Nacht und recht freundlich am Tag. Wie sie dieses Theaterspielen hasste. Beinahe so sehr, wie sie das Tanzen liebte. Am Eck vor dem Marktplatz, auf dem der Tanzboden aufgebaut war, blieb sie stehen. Automatisch wippte ihr Fuß im Takt der Musik. »Schneid a, schneid a, schneid a Schippl Habernstroh.« Wie gerne hätte sie jetzt mit Paul zum »Strohschneider«-Lied getanzt. Vor allen anderen.

Ihre geschwollenen Brüste schmerzten, und sie massierte sie ein bisschen. Bald war es vorbei mit der Heimlichtuerei. Und sie konnte nur hoffen, dass er dann zu ihr stehen würde.

Fünfundzwanzig

Julia raste nach Hause und stürmte ins Haus, wo sie auf eine sehr verwunderte Martha traf. »Oma, ich kann jetzt nicht viel erklären. Komm, und hilf mir, Johannes' Pass zu suchen. Er ist festgenommen worden!«

Ihre Großmutter schien nicht überrascht zu sein, im Gegenteil. Sie machte ein grimmiges Gesicht. »Was hat er angestellt?«, fragte sie nur.

»Eine Prügelei im Gasthof.« Julia lief ins Wohnzimmer, in dem ungewohntes Chaos herrschte. Glücklicherweise fand sie den Ausweis auf Anhieb auf dem Wohzimmertisch, wo er zwischen einigen anderen Papieren lag.

»Ich bringe ihm den Ausweis auf die Wache. Danach komme ich wieder, und dann fahren wir endlich ins Krankenhaus«, versprach sie und drückte Martha kurz an sich. Dann stieg sie wieder in den Landy und fuhr nach Poing zu Polizeidienststelle.

Zwei Stunden später kehrte sie zusammen mit dem immer noch kaum ansprechbaren Johannes zum Forsthaus zurück. Martha musste sie gehört haben, denn als Julia parkte, öffnete ihre Großmutter die Haustür. Gemeinsam mit ihr schaffte sie Johannes, der sich widerstandslos führen ließ, ins Wohnzimmer und bugsierte ihn auf die Couch, wo er sofort einschlief.

Sie hatte vorgehabt, Martha einen kurzen geschönten

Bericht über ihren Besuch bei der Polizei zu geben, aber noch bevor sie sich die passenden Worte zurechtlegen konnte, zog ihre Großmutter sie in die Küche.

Dort griff Martha nervös nach dem Wasserkocher und sah Julia besorgt an. »Hast du es schon gehört?«

Julia wurde unruhig. Was hätte sie hören sollen? Martha machte immer Tee, wenn sie irgendetwas beunruhigte. Sie ging zu ihr und legte ihr einen Arm um die Schultern. »Gehört? Was denn? Es tut mir leid, dass du so lange warten musstest. Ich war den ganzen Tag unterwegs. Erst mit Tom und dann mit dem Wolfsexperten. Oma, wir haben den Wolf gesehen, und Herr Riedhofer sagt, dass er nicht gefährlich ist. Ist das nicht toll?«

»Ja, sehr toll. Aber der Wolf ist jetzt nicht wichtig.«

Julia war ein bisschen enttäuscht über den mangelnden Enthusiasmus ihrer Großmutter. »Wieso soll das nicht wichtig sein?«

»Weil die Feuerwehr in Pauls Haus eine Leiche entdeckt hat.«

Sechsundzwanzig

Martha berichtete Julia, dass Johannes den Vormittag in seinem Zimmer verbracht hatte und nicht einmal herausgekommen war, als Florian ihn gefragt hatte, ob er mit ihm Ball spielen wolle. Später hatte sie gehört, wie sich Johannes an dem Boiler im Badezimmer zu schaffen machte. Er hatte darauf herumgehämmert, aber nach ein paar Minuten wieder damit aufgehört. Zur Mittagszeit hatte Martha ihn gefragt, ob er nicht mit ihnen essen wolle. Allerdings musste sie den schon bereitgestellten Teller wieder in den Schrank räumen, denn Johannes hatte nur mürrisch gebrummt und dann das Haus ohne ein Wort verlassen. Dass er im Gasthof gewesen war, wusste Julia ja jetzt. Besser wäre er zu Hause geblieben. Am späten Nachmittag, während Julia den Ausweis zur Polizeidienststelle gebracht hatte, hatte Martha dann Besuch von einer aufgeregten Bekannten bekommen, die ihr zwischen zwei Schlucken Kaffee von dem Fund der Leiche erzählt hatte.

Julia versuchte, Johannes aufzuwecken und zur Rede zu stellen, gab nach mehrmaligem Rütteln und Rufen aber auf und ließ ihn schlafen. Früher oder später würde die Polizei auftauchen und ihm ebenfalls einige Fragen stellen wollen. Vielleicht war er bis dahin wieder etwas nüchterner, wenn er sich jetzt ausschlief.

Julia trat auf das Gaspedal. Martha saß neben ihr auf dem Beifahrersitz und Florian auf der Rückbank. Sie fuhren die Staatsstraße entlang durch den Ebersberger Forst.

Martha hatte nicht mehr länger darauf warten wollen, endlich nach Paul zu sehen, und für Julia war das Auftauchen einer Leiche in seinem Haus ein mehr als ausreichender Grund, Paul einige Fragen zu stellen. Bestimmt würde das die Polizei genauso sehen. Dabei war die eigentliche Frage, vor der sie schon allein wegen Oma Sorgen hatte, ob Paul überhaupt ansprechbar war.

In Ebersberg parkte Julia im Parkhaus vor dem Krankenhaus. Sie eilte mit Martha und Flo ins Gebäude und fragte an der Rezeption nach Pauls Zimmernummer.

Die Krankenhausmitarbeiterin blickte kurz auf ihren Computerbildschirm und fragte dann: »Sind Sie mit Herrn Kirmeier verwandt?«

Bevor Martha etwas erwidern konnte, sagte Julia schnell: »Er ist mein Großvater.«

Unschlüssig zog die Empfangsdame die Nase kraus. »Na gut. Hier steht zwar, dass er nur eingeschränkt Besuch empfangen darf, aber sonst war ja noch niemand da. Er liegt auf der Inneren. Zweiter Stock. Melden Sie sich da im Schwesternzimmer.« Sie richtete sich auf und spähte über den Tresen zu Florian. »Er kann aber nicht mit rein.«

Julia wollte erst protestieren, aber dann sah sie ein, dass das zwecklos war. Die Frau machte ja nur ihren Job. Auch, wenn sie das vor ein Problem stellte, an das sie vorhin nicht gedacht hatte. Natürlich hätte sie Oma allein zu Paul gehen lassen können, aber sie wollte doch unbedingt selbst mit ihm reden. Sie tastete in der Jackentasche nach dem Handy und führte Martha und Flo dann zum Aufzug.

Auf dem Gang vor dem Schwesternzimmer in der internistischen Abteilung waren einige Stühle aufgestellt. Sie bat Flo, dort Platz zu nehmen und auf sie zu warten. Dann drückte sie ihm ihr Handy in die Hand. »Du darfst ein bisschen damit spielen. Bleibst du hier sitzen und wartest auf uns?«

Flo war sichtlich erfreut, winkte ihnen und wandte sich dem Smartphone zu.

Ein Krankenpfleger im Schwesternzimmer wies sie zu Pauls Zimmer. Martha klopfte zaghaft und öffnete die Tür.

In dem Raum standen zwei Betten, das vordere war nicht belegt. Paul lag in dem am Fenster. Julia hatte erwartet, riesige Gerätschaften um ihn herum vorzufinden, aber neben dem Bett hing nur ein Tropf mit einer durchsichtigen Flüssigkeit. Hellgelbe Vorhänge flatterten im Windzug vor einem gekippten Fenster, als Julia die Zimmertür wieder schloss. Paul war wach.

Martha eilte zu ihm und drückte seine Hand. »Paul, was machst du denn für Sachen? Wie geht es dir?« Ihre Stimme klang sorgenvoll.

»Ich weiß selbst nicht recht, was passiert ist. Ich war in meinem Zimmer und fast schon eingeschlafen, da kam Johannes ganz aufgeregt herein und wollte, dass ich mit ihm komme. Erst heute Morgen hat man mir gesagt, dass es gebrannt hat.« Sein Lächeln wurde traurig. »Das schöne Haus.«

Julia trat zu den beiden ans Bett. »Die Feuerwehr hat gesagt, dass die Chance besteht, es zu retten.«

Paul sah sie hoffnungsvoll an. »Wirklich?«

»Na ja, es ist schon ziemlich beschädigt. Aber nicht

verloren.« Sie wollte nicht, dass Paul sich auch noch wegen des Hauses Sorgen machte.

»Wo ist Johannes? Wie geht es ihm?«, wollte Paul wissen.

Julia zögerte. »Er ist zu Hause bei uns, er muss sich wohl auch noch ein bisschen erholen.«

»War er im Wirtshaus?«

»Ja. Wie kommst du darauf?«, fragte Julia überrascht.

»Ich kenne meinen Sohn. Julia, Martha, ich weiß es zu schätzen, dass ihr ihn bei euch aufgenommen habt. Ich danke euch sehr dafür.«

»Wenn jemand in eine Notlage gerät, dann hilft man, das ist doch klar!«, erklärte Martha.

»Das ist nicht selbstverständlich, wirklich nicht. Ich habe schon ganz andere Dinge erlebt. Und Johannes leider auch.«

»Alles, was ich sehe, ist ein zorniger Mann.« Julia hatte sich ihre Meinung über Johannes schon gebildet.

»Zornig trifft es wohl ganz gut.« Paul schwieg.

So lange, dass Julia schon befürchtete, er würde nicht mehr weitersprechen wollen. Doch sie zwang sich abzuwarten.

Pauls Stimme war ganz dunkel, als er fortfuhr: »Ich bin damals nach Österreich gegangen. War nie lange an einem Ort. Selbst als Johannes geboren war, habe ich mich nicht getraut, mit dem Herumreisen aufzuhören. Ich habe mich dadurch etwas sicherer gefühlt, aber Johannes konnte zu niemandem außer mir eine Bindung aufbauen.«

Julia dachte an Flo. Zu wem hatte er eine sichere Bindung? Zu ihr und Oma und auch zu Markus, obwohl der sich manchmal selbst wie ein Kind benahm. Und seit sie in

Grafenried wohnten, hatte Florian Freundschaft mit anderen Kindern geschlossen, Sophia zum Beispiel. »Das ist sicher nicht einfach für ein Kind«, sagte sie.

»Nein. Ganz und gar nicht. Als Johannes älter wurde, fing es an. Er geriet immer wieder in Streit mit anderen. Zuerst waren es andere Kinder, dann andere Jugendliche. Und so ging es immer weiter, und es wird immer schlimmer.«

»Was wird schlimmer?«, hakte Julia nach.

»Mein Sohn scheint immer weniger mit anderen Menschen zurechtzukommen und kapselt sich ab. Ich hatte gehofft, dass er hier, wo niemand unsere Geschichte kennt, von vorne anfangen könnte. Aber man kann nicht vor sich selbst weglaufen. Wenn ich etwas gelernt habe, dann das.« Ein trauriger Ausdruck trat in Pauls Augen.

Martha berührte mitfühlend seine Schulter. »Du hast schon sehr viel erlebt, glaube ich. Es muss schrecklich für dich gewesen sein, hier wegzugehen und alle Freunde und Verwandten zurückzulassen.«

Paul legte seine Hand auf Marthas. »Damals habe ich keinen anderen Ausweg gesehen. Was passierte, war so schrecklich, dass ich mir nicht vorstellen konnte, dass irgendwer mir vergeben oder glauben würde. Eigentlich glaube ich es heute noch nicht.«

»Versuch es doch.« Julia spürte, dass es immer noch einiges gab, das sie nicht wusste, und weder Oma noch Paul schienen sie einweihen zu wollen.

Martha wechselte das Thema und strich über Pauls Arm. »Mach dir keine Sorgen um Johannes. Wir haben ihn bei uns aufgenommen.«

Paul richtete sich im Bett auf. »Das, das wäre aber nicht nötig gewesen. Ein Gasthof oder ein Hotel …«

»Quatsch. Und wenn es dir wieder besser geht, dann kommst du auch zu uns«, sagte Martha in bestimmendem Tonfall.

»Ja?« Paul sah Julia an, die nickte. »Wenn ihr das so wollt, dann gern. Besonders angenehm ist es ehrlich gesagt nicht, im Krankenhaus zu liegen.«

»Dann holen wir dich, sobald es geht, zu uns«, lächelte Martha.

Paul nickte erfreut.

Julia war überrascht, wie gut er heute schon wieder aussah. Aber die Nachricht des Leichenfunds nagte an ihr, und sie nahm allen Mut zusammen, um das Thema anzusprechen. »Paul, es ist noch jemand im Haus gefunden worden.«

Paul griff sich an den Kopf. »Ach ja, das Mädchen!«

Er wusste von der anderen Person?

Paul bemerkte ihren verwirrten Blick. »Ich hatte sie in der Aufregung ganz vergessen. Als ich durch das Haus gegangen bin und mir alles wieder angeschaut hab, da hab ich auf dem Dachboden dieses Mädchen getroffen. Sie hatte eine Schlafstatt da, es sah so aus, als hätte sie schon ein paar Tage im Haus übernachtet.«

»Und du hast sie nicht verscheucht? Und auch nichts erzählt?«, fragte Julia nach.

Paul warf ihr einen entschuldigenden Blick zu. »Nein. Das arme Mädel. Es war total verängstigt, sprach fast kein Deutsch. Ich hab es nicht übers Herz gebracht, sie rauszuschmeißen. Es war klar, dass es ihr wie mir gegangen ist. Eine Ausreißerin. Aber habt ihr sie gefunden? Geht es ihr gut?«

Julia brachte die Worte nicht über die Lippen, doch Paul verstand ihren Blick.

»O mein Gott.« Er wurde blass.

»Ich denke, du solltest das alles so schnell wie möglich der Polizei erzählen. Dass du sie gefunden hast und dass du wusstest, dass sie da war«, sagte Julia leise.

Martha wurde bleich. »Ein totes Mädchen, und du wusstest davon?«

Paul barg das Gesicht in den Händen. »Aber sie hat doch gelebt«, murmelte er. »Sie hat doch da noch gelebt. Und wenn es nicht gebrannt hätte, würde sie jetzt noch leben.«

Auf dem Weg zum Auto kam Julia in der Eingangshalle des Krankenhauses ein Gedanke. Sie bat Martha und Florian, kurz auf sie zu warten, eilte in den Kiosk der Klinik, der nur ein paar Meter entfernt in einem Gang lag, und erstand einen dünnen Strauß Nelken. Nicht berauschend, aber besser als gar nichts. Wie erhofft, musste Martha lächeln, als Julia ihr den Strauß zum Muttertag überreichte.

Als sie nach Hause kamen, war Johannes nicht mehr im Forsthaus. Die Decken auf dem Sofa waren zerwühlt, Kleidungsstücke lagen im Wohnzimmer herum. Alles sah nach einem überstürzten Aufbruch aus. Dabei hätte Julia geschworen, dass er vor dem nächsten Morgen nicht freiwillig aufstehen würde.

Einer Vorahnung folgend rief sie Baumgartner an und erklärte ihr, dass Johannes ihr Onkel sei.

»Ja, er ist hier. Er soll eine Aussage machen«, antwortete die Kriminalhauptkommissarin.

»Ich habe gehört, dass in dem Haus ein totes Mädchen gefunden worden ist.«

Baumgartner stöhnte. »In Ihrem Dorf bleibt aber auch wirklich nichts geheim.«

»Ist das denn geheim? Ich dachte, das Mädchen sei von der Feuerwehr gefunden worden.«

Baumgartner grunzte. »Ja.«

»Warum wird Johannes denn befragt? Geht es um die Schlägerei oder auch um das Mädchen?«

»Frau Sommer, ich verstehe ja, dass Sie neugierig sind, und ich verstehe, dass Sie sich um Ihren Angehörigen sorgen. Aber ich kann Ihnen beim besten Willen nicht mehr sagen, als dass er hier und in besten Händen ist.«

Julia atmete tief durch. »Ja, Sie müssen es ja wissen.« Mit Grauen dachte sie an ihre eigene Vernehmung im letzten Jahr, als sie verdächtigt worden war, Toms Vater ermordet zu haben. Auch wenn Johannes sich ihnen gegenüber nicht besonders nett benommen hatte, fühlte sie mit ihm, denn eine Befragung bei der Polizei war kein angenehmes Erlebnis.

Julia ging ins Büro und ließ sich auf dem unbequemen Schreibtischstuhl nieder. Nach dem Abendbrot hatte sie ein langes Gespräch mit Florian geführt und versucht, ihrem Sohn schonend beizubringen, dass Leonie gestorben war. Florian hatte lange geweint, und sie hatte ihn so lange im Arm gehalten, bis er schließlich eingeschlafen war.

Sie startete den altersschwachen PC, der ratternd und knatternd sein baldiges Funktionieren ankündigte. Während sie wartete, schaute sie aus dem Fenster. Der Garten wurde von der Abendsonne in rot glühendes Licht getaucht, und die Auffahrt und das Hoftor leuchteten unwirklich. Wie oft hatte sie hier gesessen und auf Leonies

Ankunft gewartet. Manchmal ungeduldig, weil Martha einen Arzttermin gehabt oder sie sich mit Martha einen der wenigen freien Abende im Kino oder Theater gegönnt hatte. Sie dachte an Flo, der sicher und behütet oben in seinem Bett lag. Zusammen mit einem unbändigen Glücksgefühl darüber, dass er lebte, atmete, da war, stieg tiefe Traurigkeit in ihr auf. Leonie hatte es nicht verdient, dass ihr Leben so früh und so abrupt beendet worden war. Ihre Eltern hatten es nicht verdient, dass ihnen das Wichtigste im Leben mit brutaler Gewalt genommen worden war. Natürlich waren die Anschuldigungen der Wenningers ihr gegenüber ungerechtfertigt, trotzdem konnte sie verstehen, dass ihr Schmerz sie dazu trieb, eine Erklärung, einen Schuldigen zu fordern.

Die plötzliche Stille riss Julia aus ihren Gedanken. Der PC war bereit. Sie öffnete den Internetbrowser und gab die Adresse der Lokalzeitung ein. Als Erstes sprang ihr eine Mitteilung zum angekündigten Besuch des Landrats ins Auge. Er wolle am nächsten Tag in Grafenried zu den Bürgern sprechen und über den Wolf informieren. Der ungebetene Gast, der unsere Natur bereichert, wurde das Tier in dem Artikel genannt. Julia stöhnte. Sie befürchtete, dass solche Personifizierungen dem Wolf mehr schadeten als nützten. Aber die gute Nachricht war, dass nirgendwo stand, dass der Wolf erlegt worden war. Am Ende des Artikels, den natürlich der widerliche Berger verfasst hatte, wurde auf die Initiative Pro Wolf verwiesen.

Julia klickte auf den weiterführenden Link. Auf der Seite, die sich öffnete, prangte in Großbuchstaben: RETTET DEN EBERSBERGER WOLF – RETTET WILLI!

Willi? Wer hatte dem Wolf einen Namen gegeben? Und

warum um Himmels willen einen so bescheuerten? Julia sah im Impressum nach. Wie erwartet war dort als Initiatorin Kirsten Schulz angegeben. Julia strich sich über die Stirn. Das ging ja schon über die reine Personifizierung eines Wildtieres hinaus. »Willi« sollte wohl niedlich wirken. Das würde doch nie und nimmer funktionieren. Auf der Seite konnte man sich mit Namen und Adresse eintragen, um gegen den Abschuss des Wolfes zu protestieren. Das fand Julia richtig, und nach kurzem Zögern, denn eigentlich wollte sie nicht ihren Namen irgendwo im Internet eintragen, tippte sie ihre Daten ein.

Danach wurde ihr angezeigt, wie viele Leute schon unterschrieben hatten: 528. Nicht gerade berauschend und vor allem nicht genug, um etwas auszurichten. Aber immerhin ein Anfang. Kirsten würde noch mehr Werbung für ihre Idee machen und mehr Leute dafür begeistern müssen. Dabei konnte Julia der Tierärztin nicht helfen. Sie selbst kannte weder die richtigen Leute, noch war sie mit derlei Sachen vertraut. Tom konnte vielleicht helfen. Sie nahm sich vor, ihn zu fragen und zu bitten, sich die Seite einmal anzusehen.

Es gab außerdem einen Kommentarbereich. Oh, das hatte sich Kirsten bestimmt anders vorgestellt. Nicht nur Befürworter ihrer Initiative hatten dort ihre Meinungen hinterlassen. Nein, zwischen mehreren Postings in Richtung *Rettet den armen Wolf! Rettet die Natur!* waren auch ganz andere Töne zu lesen: *Stoppt die Bestie! Beschützt unsere Kinder!*

Hinterlegt war der Kommentarbereich mit Zeichnungen, die an illustrierte Märchenbuchausgaben erinnerten. Rotkäppchen. Ob das eine gute Idee gewesen war? Schließlich war im Märchen immer der Wolf der Böse. Der, der Menschen und Geißlein fraß. Der Kinder erschreckte und am Ende immer starb. Na ja. Es war ein Anfang, ermahnte sich Julia. Sie sollte froh sein, dass sich überhaupt jemand für den Wolf einsetzte. Auch wenn Kirsten in Sachen Marketing sicher noch etwas lernen konnte.

Montag, 9. Mai 2016

Sonnenaufgang	05:42 Uhr
Sonnenuntergang	20:39 Uhr
Minimaltemperatur	7,2 °C
Maximaltemperatur	23,1 °C
Erdbodenzustand (6UTC)	trocken
Niederschlag	0 l/m²
Sonnenscheindauer	13,8 h
Waldbrandgefahrenstufe	3 (mittel)
Namenstage	Theresia, Hiob

Siebenundzwanzig

Normalerweise schlief Florian nie lange, aber der ungewohnte Besuch, die allgemeine Aufregung und die Trauer um Leonie schienen ihn anzustrengen. Die Sonne war längst aufgegangen, und es war Zeit für das Frühstück. Julia stand vor ihrem schlafenden Sohn, und das Herz quoll ihr vor Liebe über. Die Züge seines Kindergesichts wirkten im Schlaf noch weicher, über die linke Wange zog sich eine kleine Falte, ein Abdruck vom Kopfkissen. Seine blonden Haare waren verstrubbelt, die Bettdecke hatte er im Schlaf von sich gestrampelt. Er sah so friedlich aus, dass sie zögerte.

Dann zog sie die Schultern hoch. Es half ja nichts, er durfte nicht zu spät in die Schule kommen. Sie setzte sich auf die Bettkante und strich Florian die Haare aus der Stirn. Er rührte sich nicht, lag ganz still. Sie wusste, dass er wach war, beugte sich leise vor und kitzelte ihn am Bauch. Florian zuckte zusammen, krümmte sich und kicherte.

»Guten Morgen, Engelchen. Zeit aufzustehen.«

Er streckte die Arme über den Kopf. »Ach Mama, nur noch ein bisschen. Im Bett ist es so gemütlich.«

Julia grinste. »Na, keine Müdigkeit vorschützen. Los, aufstehen!« Sie kitzelte ihn nochmals. Dann erhob sie sich. »Ab ins Bad, wasch dein Gesicht, und putz dir die

Zähne. Ich mache in der Zwischenzeit Frühstück. Was möchtest du lieber: Nutellabrot oder Müsli?«

Eine Viertelstunde später saß Flo am Esstisch in der Küche und löffelte Cornflakes. Julia belegte ein Pausenbrot mit Salami und füllte Apfelschorle in eine Trinkflasche. Beides stopfte ihr Sohn in seine Schultasche, bevor er in die Turnschuhe schlüpfte.

»Warte einen Moment, ich komme mit«, rief Julia ihm zu.

Flo schaute sie beunruhigt an. »Wieso kommst du heute mit? Hab ich etwas falsch gemacht?«

Julia zog ihn an sich und drückte ihm einen Kuss auf die Wange. Er brummte und wand sich aus ihrer Umarmung.

»Nein, du hast nichts falsch gemacht. Ich möchte dich heute nur begleiten, einfach so.«

»Ich kann alleine gehen!« Florian stampfte mit dem Fuß auf. Er war seit dem zweiten Schultag gewohnt, allein zur Schule zu gehen.

»Das weiß ich. Aber heute will ich eben mitkommen.«

»Warum?«

Julia zuckte mit den Schultern. »Einfach so.«

Flo warf ihr einen weiteren Blick zu, sagte aber nichts mehr. Er wartete geduldig, bis sie ihre Schuhe angezogen hatte, dann stürmte er zur Tür.

»Warte kurz, ich leg Oma noch einen Zettel hin.«

Florian spielte ungeduldig mit der Haustür, die er gegen seinen Fuß prallen ließ und dann mit der Hand stoppte. Julia kritzelte ein paar Zeilen auf ein Post-it in der Küche. Als sie sich umdrehte, war Flo schon weg. Sie unterdrückte einen Fluch und eilte ihm hinterher.

Auf der Straße holte sie ihn ein, aber er verlangsamte seinen Schritt nicht. Sie hatte es sich anders vorgestellt, ihn zur Schule zu bringen, eher wie einen einträchtigen Spaziergang. Am liebsten hätte sie ihn an die Hand genommen. Dass Flo sich gegen ihre Begleitung wehren könnte, damit hatte sie nicht gerechnet. Aber er war eben schon ein Schuljunge und, sie musste fast grinsen bei dem Gedanken, mindestens ebenso eigensinnig wie sie selbst.

Für die nächsten Tage musste sie sich etwas einfallen lassen. Sie hatte nicht vor, ihn allein zur Schule gehen zu lassen, solange ein Mann im Dorf herumlief und Kinder ansprach. Hoffentlich fand die Polizei ihn bald. Und den Mörder von Leonie.

Als sie der Schule näher kamen, entdeckte Julia immer mehr Kinder, die ebenfalls in Begleitung ihrer Eltern waren. Florian warf ihr einen verwunderten Blick zu, aber als die Schule in Sichtweite war, stürmte er los.

»Ich hole dich nachher ab«, rief Julia ihm noch nach. Sie war sich nicht sicher, ob er sie hörte. Oder hören wollte.

Julia spazierte langsam weiter bis vor das Schulhaus. Dort standen mehrere Erwachsene zusammen. Sie erkannte die Vorsitzende des Elternbeirats, eine große dünne Frau mit kurzen blonden Haaren. Julia ärgerte sich ein bisschen über sich selbst. Natürlich kannte sie die meisten der anderen Eltern nicht, allein weil sie sich immer auf die Menschen konzentrierte, die etwas mit dem Wald zu tun hatten. Für die anderen interessierte sie sich wenig. Zu wenig vielleicht.

Sie trat etwas näher an dic Gruppe heran, um zu hören, was gesprochen wurde.

Die Elternbeiratsvorsitzende verteilte gerade Zettel.

»Ich finde, die Schule sollte geschlossen werden, bis dieser Kerl geschnappt worden ist.« Der Mann, der das gesagt hatte, rückte nervös seine Nickelbrille zurecht. »Wir wollen unsere Tochter nicht allein durchs Dorf laufen lassen, aber ich kann sie auch nicht jeden Morgen und jeden Mittag begleiten. Ich muss auch noch arbeiten.«

Na, das mussten wohl die meisten, dachte Julia, sie zum Beispiel eigentlich auch. Sie zückte ihr Telefon und warf einen Blick auf die Uhr. Es war acht. Allzu lange wollte sie Oma nicht warten lassen, die sich sicher schon wunderte, warum Julia noch nicht zu Hause war.

Eine Frau studierte den ausgehändigten Zettel aufmerksam. »Was gedenkt eigentlich die Polizei zu tun?«

Die Elternbeiratsvorsitzende richtete sich zu ihrer vollen Größe auf. Mit einer erstaunlich tiefen Stimme sagte sie: »Danke für die Frage. Ich werde sie nachher an die zuständige Polizeidienststelle weiterleiten. Ich hoffe sehr, dass ich die Beamten überreden kann, uns morgens und mittags eine Streife ins Dorf zu schicken. Das wäre für den Schutz unserer Kinder nur angebracht. Ich werde außerdem versuchen, ein Phantombild zu bekommen, sodass wir diesem Kerl mit vereinten Kräften das Handwerk legen können.«

»Ich lasse meine Tochter nur noch mit einem Handy aus dem Haus. Darauf habe ich eine App installiert, sodass ich sie jederzeit orten kann. Und eine Notfalltaste hat das Ding auch. Damit wird sofort die Polizei informiert!« Der Typ mit der Nickelbrille schaute triumphierend in die Runde und erntete von einigen der anderen Eltern beifälliges Nicken.

Julia fragte sich, warum er sich Sorgen um seine Tochter machte, wenn er sie doch sowieso von oben bis unten verwanzt hatte. Sie war hin- und hergerissen. Klar, sie machte sich selbst auch Sorgen um Flo, aber deswegen konnte sie ihn doch nicht vierundzwanzig Stunden am Tag überwachen.

Die Elternbeiratsvorsitzende warf dem Herrn mit der Nickelbrille und dem Technikspleen einen warmen Blick zu. »Vielen Dank für den ausgezeichneten Vorschlag. Vielleicht könnten Sie uns diese App auf einer Elternversammlung einmal vorstellen?« Als der Angesprochene nickte, fuhr sie fort: »In der Zwischenzeit kann ich Sie nur alle bitten, vorsichtig zu sein. Wir passen gemeinsam auf unsere Kinder auf. Kontaktieren Sie andere Eltern, deren Kinder den gleichen Schulweg haben, und vereinbaren Sie, dass die Kinder zusammen gehen. Dann muss immer nur ein Elternteil mitgehen. Die Schulweghelfer sind auch informiert und halten die Augen auf. Sollte den Kindern etwas auffallen, können sie sich jederzeit an die Schülerlotsen wenden. Und in die Geschäfte gehe ich nachher auch noch. Mein Plan ist, dass Sicherheitszonen gebildet werden, das kennen Sie vielleicht aus der Stadt. Kinder, die in einer schwierigen Situation sind, können sich dann jederzeit in eins der Geschäfte flüchten.«

»So frühmorgens haben doch noch gar nicht alle Läden geöffnet«, warf Julia ein, was ihr tadelnde Blicke der anderen Eltern eintrug. Doch sie hielt den Blicken stand.

»Frau, äh, Frau Sommer, nicht wahr?«, wandte sich die Elternbeiratsvorsitzende an sie.

Julia nickte.

»Einige Geschäfte wie die Metzgerei haben schon offen.«

»Gut, das schadet sicher nicht«, lenkte Julia ein. »Aber finden Sie Ihre lange Liste an Maßnahmen nicht ein bisschen übertrieben? Ich denke, die Polizei hat im Moment Besseres zu tun, als morgens hier herumzustehen und Schulkinder zu beobachten.«

»Morgens und mittags. Sie können Ihren Sohn ja alleine zur Schule schicken, wenn Sie sicher sind, dass ihm nichts passieren wird. Aber es sollen Kinder von einem unbekannten Mann angesprochen worden sein, zwei Mädchen sind tot, und ein Wolf streift im Wald herum. Wir sind alles andere als sicher.«

Achtundzwanzig

Nachdenklich machte Julia sich auf den Weg nach Hause. Sie hielt nichts davon, Panik zu verbreiten, und das Verhalten der anderen Eltern flößte ihr mehr Angst ein als der unbekannte Mann mit der Narbe an der Hand. Es war zwar unwahrscheinlich, aber durchaus im Bereich des Möglichen, dass er Florian und Sophia nur nach dem Weg hatte fragen wollen und ihnen die Bonbons aus purer Freundlichkeit angeboten hatte. Sie versuchte, diesem Gedanken nachzuspüren. Dann seufzte sie. Er fühlte sich nicht richtig an. Sie machte sich etwas vor.

Als sie das Forsthaus betrat, saß Martha in der Küche, und zwar nicht allein. Johannes war zurück, doch über seinen Aufenthalt bei der Polizei verlor er kein Wort.

Martha bemutterte ihn, da er ziemlich elend aussah. Das verletzte Auge war blau angeschwollen, und er konnte damit sicher kaum etwas sehen. Seine Gesichtsfarbe glich der gekalkten Wand hinter ihm. Oma bereitete für ihn eine Kanne ihres Spezial-Pfefferminztees vor, was Julia einen eifersüchtigen Stich versetzte. Johannes war schließlich selbst daran schuld, dass er einen ausgewachsenen Kater und ein blaues Auge hatte. Aber er musste sich schrecklich fühlen bei dem Gedanken, dass in seinem Haus jemand gestorben war, und Baumgartner hatte ihm bestimmt auch ordentlich zugesetzt. Sie schluckte eine bissige Bemerkung hinunter und wünschte ihm und Martha stattdessen einen guten Morgen.

»Guten Morgen, mein Kind.«

Wann würde Oma nur aufhören, sie so zu nennen? Wenigstens vor Fremden.

»Hast du gut geschlafen?« Martha sah sie forschend an.

»Danke, es geht. Mit Unterbrechungen.« Sie versuchte zu lächeln.

Johannes öffnete den Mund, um etwas zu sagen, aber dann verzog er schmerzlich das Gesicht und schwieg.

Martha stellte eine dampfende Tasse Tee vor ihn. »Hier, Johannes, trink. Danach wird es dir besser gehen.«

Julias Halbonkel zog die Augenbrauen hoch, nur um gleich darauf wieder vor Schmerz das Gesicht zu verziehen. Das geschah ihm recht. Julia hätte schwören können, dass ihm eine weitere Unverschämtheit auf der Zunge gelegen hatte. Wenn jemand sie verbal angriff, konnte sie darüber hinwegsehen, aber beleidigte jemand Oma, kannte sie keine Gnade. Wenn er sich Martha gegenüber nicht benehmen konnte, würde er sich eine neue Bleibe suchen müssen und zwar schneller, als er bis drei zählen konnte.

Martha hatte sich heute besondere Mühe bei der Auswahl ihrer Kleidung gegeben. Sie trug eine weiße Kurzarmbluse und einen blauen Rock, von dem Julia wusste, dass sie ihn selbst geschneidert hatte. Die weißen Haare hatte sie noch sorgfältiger als sonst hochtoupiert, und war da nicht auch ein Hauch Lippenstift auf ihren Lippen? Julia musste grinsen. Martha hoffte wohl, dass Paul schon heute aus dem Krankenhaus entlassen werden würde. Eigentlich war die Liebesgeschichte der beiden alten Herrschaften anrührend und romantisch. Wenn es nicht sie selbst betroffen hätte, wäre Julia sicher begeistert gewesen von dem Wiedersehen nach so vielen Jahren.

Johannes nahm einen Schluck Tee und spuckte die Flüssigkeit über den Tisch. »Verdammt, ist der heiß!«

»Hat Tee so an sich.« Julia bemühte sich nicht, ihre Schadenfreude im Zaum zu halten.

Johannes sprang auf. Sein Stuhl kippte dabei nach hinten um, aber das hinderte ihn nicht daran, aus der Küche zu stürmen.

»Ich leg mich wieder hin«, hörten sie noch, und gleich darauf fiel die Wohnzimmertür krachend ins Schloss.

Neunundzwanzig

Julia saß noch nicht lange an ihrem Schreibtisch, als das Telefon klingelte. Sie sah die Nummer, und ihr Herz schlug mit einem Mal ein bisschen schneller. »Hallo, Tom!«

Statt einer Antwort hörte sie nur lautes Gekreische, Gejohle und Gebrüll.

»Tom?« Sie wartete einige Sekunden. »Tom? Was ist los?« Es hörte sich an, als sei er von einem wilden Indianerstamm gefangen genommen worden. Julia konnte kein einzelnes Wort verstehen.

»Hörst du das?«, fragte Tom.

Plötzlich vernahm Julia seine Stimme klar und deutlich. »Huch? Was war das?«

»Das, meine Liebe, ist das Resultat deiner genialen Idee, den Waldkindergarten in meinen Garten zu verlegen!«

Julia prustete los.

»Da gibt es nichts zu lachen!«

»Warum sollte es da nichts zu lachen geben?«, kicherte sie. »Das sind doch nur Kinder. Und der Bauwagen steht doch ganz hinten im Obstgarten.«

»Wir hätten eine Mauer um den Bauwagen bauen sollen. Eine sehr hohe Mauer! Schalldicht. Ich stehe im Arbeitszimmer und habe das Telefon gerade nur ans Fenster gehalten.«

»Oh.«

»Ich wollte eigentlich ein bisschen arbeiten.«

Julia musste immer noch lachen. »Das tut mir leid. Ist es sehr schlimm? Soll ich mit Frau Müller-Ziegler sprechen?«

»Nein, das kann ich schon selbst machen.« Tom klang jetzt versöhnlicher als zuvor. »Ich wollte nur … Ach, ich weiß selbst nicht, was ich wollte.«

»Du wolltest mich zu Recht darauf aufmerksam machen, dass die Idee, die Kinder in deinem Garten zu parken, gewaltige Nachteile für dich hat.« Julia staunte ein bisschen über sich selbst. Normalerweise war es nicht ihre Stärke, diplomatisch zu sein. Das war eigentlich Toms Job.

»Ja, also …«, stammelte er.

»Kann ich noch etwas anderes für dich tun?«, fragte sie dazwischen.

»Nein. Ich mache einfach das Fenster zu. Obwohl so schönes Wetter ist.«

»Ich würde dir ja mein Büro zum Arbeiten anbieten, aber hier ist auch so viel los.« Sie berichtete Tom von Johannes' Verhalten im Gasthof, dem Verhör bei der Polizei und Pauls kryptischen Andeutungen über die schwere Kindheit seines Sohnes.

Ein paar Sekunden vergingen, in denen weder Tom noch Julia etwas sagten.

Schließlich meinte Tom: »Eine schwere Kindheit? Das muss natürlich gar nichts heißen. Aber ich finde es schon seltsam, dass Johannes anscheinend immer wieder Ärger wegen Frauen bekommt. Oder habe ich das falsch verstanden?«

»Nein, es hörte sich schon so an«, stimmte Julia zu.

»Vielleicht solltest du versuchen, mehr aus Paul herauszubekommen. Ich habe kein gutes Gefühl bei Johannes.

Und es wirft kein besonders gutes Licht auf ihn, dass bei dem Brand auch noch ein Mädchen umgekommen ist.«

»Aber das war doch ein Unfall«, erwiderte Julia.

»Bist du dir sicher?«

Julia knetete nachdenklich ihre Unterlippe. »Meinst du, er hat den Brand gelegt oder könnte etwas mit Leonies Verschwinden zu tun haben? Die beiden waren doch noch gar nicht im Dorf, als sie verschwand.«

»Ja, das behaupten sie.«

Sommer 1951

Martha war schwanger.

Immer wenn sie daran dachte, überkam sie ein Glücksgefühl, denn das Kind war die endgültige Verbindung zwischen ihr und Paul. Der Beweis ihrer Liebe, das Siegel, das sie für immer verbinden würde. Sie wollte es ihm bald sagen, sehr bald sogar. Und dann würden sie alles eben ein bisschen schneller machen müssen: fortgehen, heiraten, neu anfangen.

Doch dazu kam es nicht mehr, denn Lieselotte war tot im Wald aufgefunden worden. An ihrem Hals hatte man Würgemale festgestellt, und ihr Genick war gebrochen.

»Stell dir das mal vor! Und der Paul, der ist es gewesen!«

Bei Evas Worten wurde Martha leichenblass. »Wie bitte? Was hast du da gesagt?«

»Sie ist tot, die Schlampe, und der Paul soll es gewesen sein«, wiederholte Eva mit einem zufriedenen Unterton. »Jetzt macht sie uns keinen Ärger mehr.«

Das mochte auf Eva zutreffen, die ihren Schorsch jetzt wieder für sich hatte. Für Martha hingegen brach eine Welt zusammen. Sie blinzelte heftig, um nicht in Tränen auszubrechen.

»Und wie kommen sie darauf, dass es Paul gewesen ist?«, fragte sie mit zitternder Stimme.

Eva lachte auf. »Das ist ganz sicher. Der Schorsch hat ihn nämlich dabei beobachtet, wie er es mit Lieselotte gemacht hat und ihr dabei den Kopf so fest nach hinten gerissen hat, dass sie auf einmal tot war.«

Martha hatte das Gefühl, als legte sich eine eisige Hand um ihr Herz. Konnte Paul, ihr sanfter, lieber Paul, so etwas getan haben?

Eva hob versichernd die Hand. »Und wenn du es nicht glaubst, dann lass dir eins gesagt sein: Der Paul ist verschwunden, abgehauen. Das macht man doch nicht, wenn man unschuldig ist!«

Dreißig

Julia legte auf, lehnte sich im Bürostuhl zurück und überlegte. Sie konnte ihren Verdacht natürlich einfach der Polizei mitteilen. Aber wenn sie falschlag, würde es Paul und damit auch Martha das Herz brechen. Für Leonies Tod konnte theoretisch auch Sebastian verantwortlich sein. Wenn sie Polizistin wäre, würde sie zumindest auch in diese Richtung ermitteln, auch wenn der arme Junge auf sie nicht den Eindruck gemacht hatte, ein Mörder zu sein. Nein. Sie musste mehr über Johannes herausfinden, und Paul war die beste Quelle, die sie hatte. Es würde nicht einfach werden, mit ihm zu reden. Die erste Schwierigkeit war schon, ihn allein zu erwischen. Noch war er im Krankenhaus, und sobald er im Forsthaus einzog, würde Martha ihn kaum aus den Augen lassen. Dass Paul und Johannes bei ihnen wohnten, machte die Sache nicht einfacher. Sonst hätte sie anbieten können, mit Paul ein paar Einkäufe zu machen oder ihn nach Hause zu bringen. Ganz abgesehen davon konnte es auch sein, dass Paul gar nicht weiter mit ihr reden wollte.

Während sie grübelte, hörte sie plötzlich Johannes im Wohnzimmer gegenüber brüllen.

»Nein, ich beruhige mich nicht! Was Sie machen, ist Halsabschneiderei! Verbrecherisch!«

Ohne einen Laut zu verursachen, schob Julia ihren

Schreibtischstuhl zurück und erhob sich. Auf Zehenspitzen schlich sie zur Zimmertür und öffnete sie geräuschlos einen Spaltbreit. Obwohl Johannes jetzt wieder etwas leiser weitersprach, konnte sie seine Stimme aus dem Zimmer gegenüber gut verstehen.

»Nach dem Brand ist das Haus unbewohnbar. Wir stehen auf der Straße. Und Sie wollen nichts anderes tun, als uns einen verdammten Gutachter vorbeizuschicken?«

Telefonierte er mit der Versicherung? Wie hatte er denn so schnell herausbekommen, wo der alte Michi Kirmeier seine Wohngebäudebrandversicherung abgeschlossen hatte?

»Das ist mir so was von egal, ob das die normale Vorgehensweise in so einem Fall ist! Was ist ein Einheitswert?«

Julia hörte ein Klappern und Klirren aus dem Wohnzimmer. *Omas Vitrine mit den Sammeltassen!* Hoffentlich machte der Idiot nichts kaputt.

»100.000 Euro? Sie spinnen doch! Das war ein restauriertes Bauernhaus aus dem 18. Jahrhundert. Original! In der Nähe von München kann so was Millionen wert sein!«

Millionen? Restauriertes Bauernhaus? Julia hob die Augenbrauen. Wer sollte das denn glauben?

»Die versicherte Summe? Hören Sie, wir brauchen das Geld jetzt sofort! Ich will mit Ihrem Chef sprechen. Das ist eine verdammte Unverschämtheit, wie Sie mit mir reden!«

Nach einem kurzen Moment der Stille krachte etwas gegen die Wohnzimmertür. Johannes stieß noch einige Flüche aus. Dann wurde es still.

Julia zog sich hastig von ihrem Platz an der Tür zurück. Es gab nichts weiter zu belauschen, Johannes schien aufgelegt zu haben. Oder er hatte das Telefon in seiner Wut gegen die Wand gedonnert.

Julia ließ sich wieder in ihren Bürostuhl fallen und nahm einen Bleistift in die Hand. Gedankenverloren malte sie Kreise auf der Schreibtischunterlage. Warum war Johannes so wütend? Natürlich war es bestimmt nicht angenehm, bei ihnen im Wohnzimmer zu übernachten, aber ein paar Nächte im Gasthof kosteten nun auch nicht die Welt. Es musste einen anderen Grund geben, warum er Geld brauchte. Und es hatte sich so angehört, als bräuchte er eine Menge Geld.

Sie musste dringend herausfinden, warum.

Einunddreißig

Mittags holte Julia Flo von der Schule ab und erntete dafür ein Augenrollen von ihrem Sohn. »Mensch, Mama, ich kann echt alleine nach Hause gehen. Ich bin kein Baby mehr!«

»Natürlich nicht«, bestätigte Julia mit einem leisen Bedauern. Er hatte recht und war wirklich für sein Alter sehr selbstständig. Er machte sich morgens allein fertig, entschied, was er anziehen wollte, ging zur Schule und erledigte seine Hausaufgaben eigenständig. Und wenn er dabei Hilfe brauchte, sagte er entweder ihr oder Martha Bescheid. Seine Lehrerin war zufrieden mit seinen Fortschritten. Trotzdem war er noch weit davon entfernt, erwachsen zu sein, und zehn bis zwanzig Extraminuten musste man für den Schulweg schon einplanen, wenn er allein oder mit Sophia ging – was normalerweise kein Problem war, aber im Moment hätte es Julia wahnsinnig gemacht, zu Hause auf ihren Sohn zu warten. Außerdem gab es heute etwas Besonderes zu sehen.

Sie bogen vom Schulhof ab und gingen hinüber zum Dorfplatz. Flo blieb überrascht stehen.

Der Platz barst fast vor Menschen. An der Seite, an der die Volksbank den Platz begrenzte, war eine Bühne aufgebaut. Vor einem Mikrofon standen mehrere Leute. Einen von ihnen kannte Julia, einen rundlichen kleinen Mann in einem Trachtenanzug. Einige dunkle Haare fielen ihm in die Stirn. Sie waren vom gleichen tiefen Schwarz wie sein Oberlippenbart.

Julia beugte sich zu Flo und flüsterte ihm ins Ohr: »Das ist der Landrat. Er ist der Chef vom Landratsamt in Ebersberg.«

Flo schaute neugierig zur Bühne.

Dann verließen die Leute das Podium, und der Landrat trat ans Mikro. »Sehr geehrte Damen und Herren. Der Wolf ist ein Teil der Natur, und gerade wir hier in Bayern schätzen die Natur hoch. Wir haben die schönsten Landschaften, Berge, Wälder, Dörfer. Dörfer wie Grafenried. In Ihrer schönen Gemeinde ist ein Wolf aufgetaucht. Das ist ein großes Kompliment an Sie und Ihren Umgang mit der Natur, liebe Zuhörerinnen und Zuhörer. Seien Sie stolz auf sich und Ihr schönes Dorf. In seltenen Fällen kann so ein Wildtier natürlich auch eine Gefahr darstellen. Wölfe sind scheue Tiere, nur im Ausnahmefall werden sie zutraulich und verlieren ihre natürliche Scheu gegenüber dem Menschen. Für diesen Fall haben wir in Bayern die besten Experten, nämlich die Mitglieder des Netzwerks Große Beutegreifer. In den letzten Tagen haben zwei unserer Experten die Lage im Ebersberger Forst beurteilt.«

Er machte eine Pause, in der einige zögerliche Klatscher zu hören waren. Der Landrat winkte jemanden aus der Gruppe der Leute neben der Bühne zu sich. Julia sah, dass Riedhofer auf die Bühne stieg, sich umdrehte und Gassner mit auf das Podium zog.

Der Landrat sprach weiter: »Ich begrüße Frau Gassner und Herrn Riedhofer, die die Lage eingeschätzt haben.«

Julia erwartete, dass einer der beiden ein paar Worte

sagte, aber der Landrat hatte wohl kein Interesse daran, seine Redezeit zu teilen.

»Herr Riedhofer hat sich auf die Fährte des Wolfes – Willi, wie er im Internet genannt wird – geheftet und festgestellt: Der Wolf ist ungefährlich. Er wird mit seiner Kollegin Gassner noch einen oder zwei Tage hier vor Ort bleiben und weitere Untersuchungen anstellen.«

Vereinzelte Buhrufe brachten den Landrat nicht aus dem Konzept.

»In der Zwischenzeit arbeiten wir im Landratsamt mit der Landesanstalt für Umweltschutz auf Hochtouren zusammen. Wir, meine Mitarbeiter und ich, wir managen die Situation.«

Er machte eine kleine Pause, die sein Publikum gehorsam mit Klatschen quittierte.

»Wir wissen, dass Sie beunruhigt sind. Und wir werden daher alle Optionen prüfen, auch eine letale Entnahme des Tieres.«

Julia erstarrte, aber das Publikum applaudierte. Sicher war nicht einmal der Hälfte der Umstehenden klar, was letal bedeutete. Aber Entnahme, das verstanden sie.

»Mama? Was heißt letal?«, fragte Florian.

Julias Bauch grummelte, aber sie zwang sich, die Worte auszusprechen: »Letal heißt tödlich. Sie wollen den Wolf notfalls töten.«

»Aber du hast doch gesagt, der tut niemandem was!«

Zweiunddreißig

Nachdem sie mit dem Mittagessen fertig waren und Flo seine Hausaufgaben gemacht hatte, spielte Martha mit ihm in der Küche Memory.

Julia ergriff die Gelegenheit beim Schopf. »Ich muss noch mal schnell weg, bin bald zurück!«, rief sie und eilte, ohne eine Antwort abzuwarten, aus dem Haus.

Während der Fahrt durch den Wald nach Ebersberg nagte ihr schlechtes Gewissen an ihr, weil sie einfach abgehauen war. Sie nahm sich vor, so schnell wie möglich wieder zu Hause zu sein, und trat aufs Gas.

Plötzlich sah sie vor sich einen Wagen am Straßenrand. Bevor sie richtig realisiert hatte, dass das Auto da irgendwie fehl am Platz war, leuchtete ein rotes Blitzlicht auf. Julia bremste und sah auf den Tacho. Mist. Mindestens 120 Stundenkilometer. Ein Ticket wegen zu schnellen Fahrens, noch dazu im Forst, wo sie sonst immer besonders aufmerksam fuhr, hatte ihr gerade noch gefehlt.

Für den Rest des Weges hielt Julia sich an die vorgeschriebene Geschwindigkeit. In Ebersberg war natürlich jede Ampel rot und an jeder Abzweigung vor Julia ein Linksabbieger. Als sie es schließlich bis ins Parkhaus am Krankenhaus geschafft hatte, war dort kein einziger Platz frei. Julia schlug mit der Hand aufs Lenkrad und atmete mehrmals tief durch. *Das konnte doch nicht wahr sein!*

Sie fuhr wieder aus dem Parkhaus heraus und suchte in den angrenzenden Straßen nach einem Parkplatz. Schließlich fand sie eine Lücke, parkte und ging zum Krankenhaus zurück. Sie warf einen Blick auf die Uhr. Eigentlich hatte sie jetzt schon wieder auf dem Rückweg sein wollen. Es sollte doch nur eine kurze Stippvisite bei Paul werden, ein kurzes Gespräch über die Fragen, die ihr unter den Nägeln brannten. Aber war es nicht immer so, wenn man mal eben schnell etwas erledigen wollte? Es dauerte dann doppelt so lange wie geplant.

Julia drückte den Rufknopf des Aufzugs, und während sie wartete, wippte sie ungeduldig mit dem Fuß. Vielleicht sollte sie sich ein bisschen beruhigen und entschleunigen. Für das Gespräch mit Paul würde sie sicher Geduld brauchen.

Endlich kam der Aufzug, und sie zwinkerte sich selbst im Spiegel zu, bevor sie die Taste für die Station drückte, auf der Paul lag.

Kurz darauf stand sie endlich in seinem Krankenzimmer.

Paul lächelte, als er seinen Besuch erkannte, und setzte sich im Bett auf. »Hallo! Das ist ja schön, dass du mich besuchst. Wo hast du denn heute Mimi gelassen?«

Julia sah ihn einen kleinen Moment verwirrt an, dann erinnerte sie sich an den Spitznamen ihrer Großmutter. »Ich habe Oma gebeten, auf Florian aufzupassen, weil ich mit dir sprechen wollte.«

Paul sah sie aufmerksam an. »Worum geht es?«

Julia trat an das Bett und setzte sich am Fußende auf die Kante. »Ich wollte mit dir über Johannes reden.«

»Wie geht es ihm denn?«

»Hat er sich immer noch nicht bei dir gemeldet?«, fragte Julia überrascht.

Anstatt einer Antwort wandte Paul das Gesicht ab und sah aus dem Fenster. Seine Miene war undurchdringlich.

Julia entfuhr ein kleiner Seufzer. »Die Polizei hat ihn vernommen. Soweit ich weiß, ging es um den Brand.«

Ein Anflug von Schmerz glitt über Pauls Gesicht.

Julia beugte sich vor und legte ihm eine Hand auf den Arm. »Er ist wieder zu Hause. Aber er erzählt einfach so wenig über sich, dass ich nicht weiß, wie ich ihm helfen soll.«

Pauls Blick richtete sich auf sie.

Da er aber stumm blieb, fuhr Julia fort: »Paul, bei dem Feuer ist ein Mensch gestorben! Das wird die Polizei nicht auf die leichte Schulter nehmen. Ich fürchte, dass sie Johannes verdächtigen, das Feuer absichtlich gelegt zu haben.«

Paul schüttelte fassungslos den Kopf. »Nein, niemals. Das würde er nicht tun«, flüsterte er.

»Ich habe gehört, wie Johannes bei der Versicherung angerufen hat. Es klang, als bräuchte er dringend Geld. Weißt du etwas darüber?«

Wieder sah Paul sie mit einem undurchdringlichen Blick an. Der weiche großväterliche Ausdruck verschwand, und seine Gesichtszüge verhärteten sich. »Wir wollen uns alle besser kennenlernen, das verstehe ich. Aber es gibt Grenzen. Johannes hat bisher viel Pech gehabt im Leben. Er braucht eine faire Chance, um es besser zu machen. Vertrau mir, er hat nichts Schlimmes gemacht, daran glaube ich fest. Und du solltest das auch tun.«

Julia stöhnte innerlich auf. Sie musste einfach mehr

über Johannes in Erfahrung bringen. Und Paul saß hier und tat, als sei alles in Ordnung. Sie wagte einen letzten Versuch. »Bitte, Paul, ich spüre doch, dass da etwas nicht stimmt.«

»Lass mich jetzt ein wenig schlafen, Kind. Ich bin müde.« Damit lehnte sich Paul zurück und drehte sich zum Fenster.

Dreiunddreißig

Zu Hause hätte Julia jubeln können. In der Küche fand sie einen Zettel von Martha, auf dem stand, dass sie mit Florian Brezen für das Abendessen einkaufte. Außerdem stand die Wohnzimmertür offen, und Johannes schien nicht da zu sein. Ein Gedanke war ihr wie ein Blitz gekommen, und er fühlte sich absolut richtig an: Wenn sie seine Sachen durchsuchte, würde sie vielleicht weitere Hinweise finden.

»Johannes?«, fragte sie vorsichtshalber in die Stille. Dann warf sie einen Blick in ihr Büro, prüfte, ob die Kellertür verschlossen war, und stieg die Treppe ins Obergeschoss hinauf. Auch im Bad war er nicht. Zur Sicherheit sah Julia auch noch in den Schlafzimmern nach. Die Luft war rein.

Langsam ging sie Schritt für Schritt die Treppe hinunter.

Die Wohnzimmertür lockte. Es war die perfekte Gelegenheit. Aber sollte sie wirklich fremde Sachen durchwühlen? Sie hatte nicht mehr als einen vagen Verdacht. Nur weil Johannes sich ruppig benahm, machte ihn das noch lange nicht zum Brandstifter. Seine Sachen zu durchsuchen wäre ein enormer Vertrauensbruch. Wenn jemand ihr Zimmer durchsuchen würde, wäre sie außer sich vor Wut. Aber sie hatte auch kein Haus angezündet. Vielleicht hatte Johannes das getan. Sie würde einfach einen Blick ins Wohnzimmer werfen und vorsichtig alles wieder so hinlegen, wie sie es vorfand. Und sie musste sich beeilen, schließlich konnten sowohl Johannes als auch Oma und Florian jeden Moment nach Hause kommen.

Julia schüttelte ihr restliches Zögern ab und betrat das Wohnzimmer.

Vor dem Fenster stand Omas altes Sofa, ein Prachtstück in Eiche mit dottergelbem Bezug. Im Moment lag Johannes' zerwühltes Bettzeug darauf. Davor befand sich ein aus der Mode gekommener schwerer Couchtisch mit gekachelter Oberfläche. Julia hätte ihn gern zum Sperrmüll gegeben, aber Martha wollte nichts davon hören. Jetzt war das sperrige Ding von Gläsern, Bierflaschen, benutztem Geschirr und Unterlagen übersät. Auch auf der halbhohen Vitrine mit Omas Ziertassen lagen Papiere.

Entlang der Wände hatten sie beim Einzug die überzähligen Schränke aufgestellt, um alles zu lagern, was in den kleinen Zimmern keinen Platz gefunden hatte. Vor einem der Schränke stand eine große Sporttasche, in der Johannes wohl seine sauberen Klamotten aufbewahrte. Die schmutzige Wäsche hatte er auf einen Haufen auf den Boden geworfen.

Julias Herz klopfte bis zum Hals. Sie musste gegen das starke Gefühl, etwas Verbotenes zu tun, ankämpfen. Aber es ging darum, Beweise für oder gegen Johannes' Unschuld zu finden. Sie durfte nicht zimperlich sein. Sie lauschte, aber im Haus war alles still. Also los.

Zuerst sah sie sich die Papiere auf der Vitrine an. Es waren einige Seiten, die schon etwas vergilbt und gelocht waren. Versicherungsbestätigung stand darauf, und als Versicherungsnehmer war Michael Kirmeier eingetragen, Pauls verstorbener Bruder. Hm. Wie praktisch, dass

Johannes daran gedacht hatte, die Unterlagen aus dem Haus zu holen, bevor es gebrannt hatte.

Julia zögerte. Sie durfte nicht voreingenommen sein. Aber es war doch nicht von der Hand zu weisen, dass Johannes ausgerechnet diese Papiere mitgenommen hatte. Sie zog ihr Smartphone aus der Hosentasche und machte Fotos. Die würde sie später Tom zeigen und mit ihm zusammen beraten, was zu tun wäre. Sie arrangierte die Blätter vorsichtig wieder so, wie sie sie vorgefunden hatte.

Dann wandte sie sich dem Couchtisch zu. Dessen Beladung abzuräumen und genau gleich wieder aufzubauen wäre ein Ding der Unmöglichkeit. Julia beschloss also, links anzufangen und sich dann langsam vorzuarbeiten. Sie hob eine Coladose hoch, um das Dokument darunter lesen zu können. Es war ein handschriftlich beschriebenes Blatt, auf dem Johannes etwas ausgerechnet zu haben schien. Mehrere hohe Beträge waren darauf addiert, und unter einem Strich stand 382.567,32 Euro, daneben zwei Ausrufezeichen und dann ein Datum: 18. Mai 2016. War das die Summe, die Johannes brauchte? Schon nächste Woche?

Julia fotografierte auch diese Seite, bevor sie die Coladose wieder zurückstellte. Dann sah sie sich die anderen Papiere auf dem Tisch an. Es waren ebenfalls Versicherungsbestätigungen, allerdings welche, die auf Pauls Namen lauteten: eine Krankenversicherung, der Rentenbescheid und eine Lebensversicherung. Seltsam, dass ein so alter Mann wie Paul noch eine Lebensversicherung hatte. Wurden die nicht meist zu Beginn des Rentenalters ausgezahlt? Sie sah genauer hin. Begünstigter war natürlich Johannes, Paul wollte ihn sicher versorgt wissen. Allerdings war die

Summe nicht besonders hoch: 15.000 Euro. Wenn Johannes fast 400.000 Euro brauchte, war das ein Tropfen auf den heißen Stein, abgesehen davon, dass Paul ja lebte und wieder gesund werden würde.

Ein knackendes Geräusch ließ Julia aufschrecken. Sie fuhr hoch, verharrte und lauschte.

Nichts. Alles war wieder still.

So alte Häuser wie das Forsthaus machten manchmal Geräusche, sagte Julia sich. Sie wartete ein paar Sekunden ab, bis ihr Herzschlag sich wieder beruhigt hatte. Dann sah sie sich im Zimmer um. Machte es wirklich Sinn, Johannes' Sachen weiter zu durchwühlen? Was sie bisher gefunden hatte, sah nicht gut aus, war aber allein noch kein Beweis. Weder für Johannes' Schuld noch für seine Unschuld. Ihr Blick fiel auf die Sporttasche, dann auf das Sofa. Sie atmete tief durch. Sie würde noch in die Tasche sehen, aber das Bettzeug würde sie nicht anfassen. Das ginge zu weit.

An der Seite der blauen Tasche prangte das Logo einer Firma, die Sportbekleidung herstellte. Es fiel Julia schwer, hineinzugreifen und die ordentlich gestapelten T-Shirts und Hosen durchzusehen. Was sollte sie auch finden? Sicher kein unterschriebenes Schuldgeständnis. Halbherzig hob sie die letzte Jeans hoch. Darunter lag ein an Johannes adressierter Briefumschlag, die Absenderin hieß Janina Kowalcek.

Julia drehte das Kuvert in den Händen. Es war eine Briefmarke darauf, und der Brief war an eine österreichische Adresse geschickt worden. Vorsichtig zog sie das darin befindliche Schreiben heraus. Janina schien Johannes' Freundin zu sein.

Lieber Hannes,
kein Tag vergeht, ohne dass du mir unendlich fehlst. Unsere Zeit zu zweit ist so unglaublich knapp bemessen. Ich möchte dich so gerne bald wiedersehen. Seit unserer letzten Nacht kann ich nicht schlafen, weil ich dich so vermisse. Du hast mir geschrieben, du würdest dich um alles kümmern, alles regeln, und ich freue mich schon so sehr darauf, dass wir dann zusammen sein werden. Wir werden Champagner trinken und Kaviar essen. Hast du schon einmal Kaviar gegessen? Ich noch nicht. Aber als weitgereister Geschäftsmann hast du mir da sicher einiges voraus. Ich freue mich schon darauf, dass du mir all die edlen Dinge zeigst, die wir genießen können, wenn du dieses Geschäft, von dem du gesprochen hast, abgeschlossen hast. Wir werden nach Ibiza fliegen und für den Rest unseres Lebens feiern, genau wie du es vorgeschlagen hast.
Beeil dich, und komm bald zu mir zurück!
Ich küsse dich.
Janina

Julia ließ den Brief sinken. *Johannes ein erfolgreicher Geschäftsmann?* Sie kannte nicht viele Geschäftsmänner, aber sie stellte sie sich weitaus souveräner und selbstbewusster vor als ihren Halbonkel. Die Briefschreiberin schien ihn ganz anders einzuschätzen als sie. Es klang, als hätte Johannes bei ihr ordentlich auf den Putz gehauen. Und er hatte davon gesprochen, dass er bald viel Geld besitzen würde, und sogar einen Urlaub auf Ibiza versprochen. Julia kannte sich auch mit den Kosten für solche Reisen nicht aus, aber sie ging davon aus, dass sie nicht unbedingt günstig waren. Sie selbst war erst zweimal am Meer gewesen. Einmal direkt nach dem Abitur. Bevor das Studium losging, hatte sie eine unbeschwerte Woche mit Mitschülern am Strand von Jesolo verbracht. Und das zweite Mal hatte sie an einer Studienfahrt nach Irland teilgenommen und neben der dortigen Forstwirtschaft auch die wilde Küste der Grünen Insel kennengelernt. Irland hatte ihr gut gefallen, besonders die Weite und das raue Klima waren ihr in Erinnerung geblieben. Irgendwann würde sie dorthin zurückkehren. Ibiza musste dagegen ganz anders sein. Voller Menschen wahrscheinlich. Nichts für sie, aber sie konnte sich vorstellen, dass es Johannes und seiner Janina dort gefallen könnte. Die Frage war nur, was das für ein Geschäft war, das ihm so viel Geld einbringen sollte.

Winter 1951

Martha hörte nie wieder von Paul.

Nur Eva erwähnte gelegentlich, dass Paul Schorsch Briefe schriebe. Geheime Briefe, von denen niemand etwas wissen dürfe, damit Pauls Aufenthaltsort nicht bekannt wurde und die Polizei ihn nicht erwischte. »Er bereut, was er getan hat, schreibt er, aber ich meine trotzdem, dann soll er ins Gefängnis gehen. Was ist denn mit dem Bruder und dem Vater von der armen Lieselotte? Die müssen sich doch jetzt ganz allein umeinander kümmern.«

Ein andermal erzählte Eva von einem Brief, in dem stünde, Paul hätte in Österreich eine Familie gegründet und mit dem alten Leben abgeschlossen. Martha versuchte, nicht zu oft zu weinen. Das war nicht gut für das Baby.

Ihr nicht mehr zu übersehender Bauch war der Grund, warum ihre Familie sich endgültig von ihr abgewandt hatte. Selbst wenn sie Marei auf der Straße oder beim Einkaufen traf, tat diese so, als kenne sie ihre Schwester nicht. Zu Marthas Glück ärgerte sich ihre Tante über dieses Verhalten und bot ihr an, mit dem unehelichen Kind bei ihr zu wohnen und weiter in der Schneiderei zu arbeiten.

Das Kind kam im Januar auf die Welt, und Martha nannte es Rebecca. Das bedeutete »Die Verbindung« auf Hebräisch, hatte der Pfarrer ihr erklärt, der sich ausnahmsweise bereit-erklärt hatte, das Baby zu taufen, nachdem Martha ihm erklärt hatte, ein einmaliger Ausrutscher habe zu ihrer Schwangerschaft geführt. Der Pfarrer war daraufhin überzeugt, Rebecca sei Marthas Verbindung zurück zur heiligen katholischen Kirche. Nur Martha wusste, zu wem das Kind in Wahrheit eine Verbindung darstellte.

Vierunddreißig

Wo blieben eigentlich Martha und Flo? Julia warf einen Blick auf die Uhr, es war bald vier Uhr nachmittags. So lange konnten die beiden doch unmöglich brauchen, um ein paar Brezen zu kaufen. Hastig räumte sie den Brief zurück in die Reisetasche. Dann verließ sie das Wohnzimmer und hätte fast vergessen, die Tür offen stehen zu lassen.

Sie überlegte, ob sie Tom anrufen und ihm von ihren Entdeckungen erzählen sollte. Allerdings konnte Johannes jeden Moment zurückkommen, und Julia wusste ja, wie dünn die Wände des Forsthauses waren und wie gut man aus einem Nebenzimmer mithören konnte, was gesprochen wurde. Sie entschloss sich, zwei Fliegen mit einer Klappe zu schlagen und Martha und Flo entgegenzugehen. Beim Laufen konnte sie wunderbar ungestört telefonieren.

Julia zog ihre Stiefel an und steckte Kopfhörer ins Handy. Dann verließ sie das Haus und sperrte ab. Sie wusste nicht einmal, ob Martha Johannes einen Schlüssel gegeben hatte. Sie selbst hatte es jedenfalls nicht getan. Egal. Er würde schon zurechtkommen. Außerdem konnte er ja, falls er nach Hause kam und vor verschlossener Tür stand, die Zeit nutzen und wenigstens einmal seinen Vater im Krankenhaus besuchen.

Sie ging den Forsthausweg entlang. Den Wald hatte sie

bald hinter sich gelassen, der Weg führte weg vom Wald, und nach ein paar Äckern und Feldern kam auch schon der Supermarkt in Sicht. Sie wählte Toms Nummer. Nach zweimaligem Klingeln ging er dran, und sie verlangsamte ihren Schritt.

»Hallo, Julia.«

»Hey, Tom. Ich habe heute mit Paul gesprochen und etwas in Johannes' Sachen gefunden. Hast du kurz Zeit?«

»Klar, willst du vorbeikommen?«

»Hm, eigentlich bin ich gerade auf der Suche nach Oma und Flo. Die wollten nur zum Einkaufen, sind jetzt aber schon ewig weg. Geht's auch gleich am Telefon?«

»Okay. Schade, dass du keine Zeit hast, aber das verstehe ich natürlich. Was hat Paul gesagt?«

»Eigentlich nichts. Er mauert. Ich sehe ihm an, dass da irgendwas ist, aber er will nicht darüber sprechen. Er sagt nur, dass er sich nicht vorstellen kann, dass Johannes etwas Schlimmes angestellt haben könnte.«

»Vielleicht steckt er mit ihm unter einer Decke?«, vermutete Tom.

»Tom, du spinnst. Paul ist ein alter Mann. Und ein Vater verteidigt seinen Sohn nun mal.« Am anderen Ende der Leitung hörte sie nur ein Grummeln. »Okay. Die meisten Väter. Aber ich würde Paul so einschätzen.«

»Trotzdem, wenn er versucht, Johannes zu beschützen, muss da doch auch irgendwas sein, vor dem er ihn beschützen muss«, sagte Tom.

»Und das könnte etwas damit zu tun haben, dass Johannes fast 400.000 Euro braucht.«

»Was? Wozu braucht er so viel Geld?«

Julia hörte, wie überrascht Tom war. »Ganz hab ich das

nicht verstanden, aber ich habe einen Brief von einer Frau bei seinen Sachen gefunden«, erzählte sie ihm.

»Du warst in seinem Zimmer?«

»Ja, er war nicht da, und die Gelegenheit war günstig«, gestand Julia kleinlaut.

»Mensch, Julia, du musst vorsichtiger sein! Wenn er dich erwischt hätte …«

»Hat er aber nicht«, unterbrach sie ihn. »Ich hab ja aufgepasst. Jedenfalls steht in dem Brief, dass er viel Geld aus einem Geschäft erwartet. Sie planen einen Urlaub auf Ibiza.«

»Dafür braucht man aber nicht so viel Geld.«

»Nein, da muss noch irgendetwas anderes sein.«

»Das sollten wir rausbekommen. Nur wie?«

»Wir müssen noch mal mit Paul sprechen. Denkst du, er hört auf zu mauern, wenn wir ihm sagen, was wir wissen?«

»Wir sollten es versuchen. Sobald mir etwas Besseres einfällt, sage ich dir Bescheid.«

Julia hatte den Supermarkt fast erreicht. »Ich muss jetzt auflegen. Ruf mich an, wenn dir noch etwas einfällt.«

Tom verabschiedete sich, und sie legten auf.

Vor dem Supermarkt sah sich Julia ratlos um. Eigentlich war es sicher keine besonders schlaue Idee gewesen, einfach loszugehen, aber wenn sie die Plätze abklapperte, an denen Martha und Flo sein konnten, würde sie sie schon finden. Zuerst warf sie einen Blick in den Supermarkt und entschied sich, die Reihen mit den Waren abzugehen, nur um auf Nummer sicher zu gehen. Aber die beiden waren natürlich nicht hier, und Julia quetschte sich an der Kassenschlange vorbei nach draußen.

Vor dem Markt blieb sie stehen und überlegte, ob sie an

der Hauptstraße entlang Richtung Schulhof oder durch das Gewerbegebiet Richtung Sportplatz gehen sollte, als jemand sie ansprach.

»Frau Sommer, gehen Sie auch einmal einkaufen.«

Julia drehte sich um. Obermeier. Ausgerechnet. Sie hatte gehofft, er ließe sie in Ruhe, wo er doch nach dem Fund von Leonies Leiche genug Aufmerksamkeit bekommen hatte. »Natürlich, Herr Obermeier. Wir müssen genauso einkaufen und essen wie andere Leute auch.«

»Besonders jetzt, wo ihr Besuch habt. Kirmeier heißt der, oder?«

»Herr Obermeier, warum interessiert Sie das denn schon wieder? Ja, Johannes Kirmeier ist bei uns zu Besuch.« Julia hoffte, er würde sich damit zufriedengeben, und entschied sich, den Weg über das Gewerbegebiet zum Sportplatz zu nehmen. Wenn sie Oma und Flo da nicht fand, konnte sie eine Abkürzung zum Schulhof nehmen. Sie machte einen Schritt vorwärts, aber Obermeier packte sie am Arm.

Julia sah ihn mit eisigem Blick an. »Ich glaube, es ist besser, Sie lassen mich los.«

Obermeier zog seine Hand zurück. »Ich bin noch nicht fertig. Stimmt es, dass der Johannes der Sohn vom Paul Kirmeier ist? Und dass der auch wieder in Grafenried ist?«

Julia atmete tief durch. »Ja, das stimmt. Paul ist im Moment noch im Krankenhaus, aber wir hoffen, dass er morgen zu uns nach Hause kommen kann.«

»Zu euch? So gut steht ihr also miteinander?«

»Ich weiß wirklich nicht, was Sie das angeht, Herr Obermeier«, wies sie ihn zurecht. »Meine Großmutter und Paul Kirmeier kennen sich von früher.«

Obermeier lachte gehässig. »Ja, kennen nennt man das jetzt. Bis er auf einmal weg gewesen war, der saubere Herr Kirmeier.« Er beugte sich näher zu Julia, und sein Ton war eindringlich und drohend, als er fortfuhr: »Ich sähe es nicht gern, wenn Ihnen und Ihrem Buben was passieren würde, Frau Sommer. Seien Sie vorsichtig. Sie holen sich einen Mörder ins Haus.«

Julia glaubte, sich verhört zu haben. »Was?«

»Sie haben mich schon verstanden, Frau Sommer. Fragen Sie doch mal nach, warum er damals so plötzlich aus Grafenried abgehauen ist. Weil er ein Mörder ist.«

Julia starrte Obermeier ungläubig an.

Da packte er sie wieder am Arm und raunte in ihr Ohr: »Und kaum ist er wieder da, ist ein weiteres Mädchen tot.«

Als Obermeier sie losließ, machte Julia, dass sie vom Parkplatz des Supermarktes wegkam, doch sie zwang sich, nicht zu rennen. *Paul ein Mörder?* Der freundliche, verliebte Paul, der alles tat, um Oma zu gefallen, der den Tisch deckte und Oma jeden Wunsch von den Augen ablas? Der seinen Sohn schützen wollte und der ein Geheimnis hatte, das er um keinen Preis offenlegen wollte? In Julias Kopf schwirrten die Gedanken durcheinander. Sie bemühte sich, noch langsamer zu gehen und Schritt für Schritt zu überlegen.

Seit Paul und Johannes im Dorf waren, drehten irgendwie alle durch. Leonie war verschwunden und der Wolf aufgetaucht. Allerdings war beides eigentlich einen Tag zuvor passiert. Wenn Johannes und Paul wirklich erst am Freitag in Grafenried angekommen und nicht vorher schon in der Nähe gewesen waren, konnten sie nichts mit Leonies Tod zu tun haben. Außerdem musste sie herausfinden, was hinter Obermeiers Anschuldigung steckte, Paul wäre ein Mörder. Sie würde mit Martha sprechen, und wenn die nichts sagen wollte, dann würde sie jeden anderen über Sechzigjährigen im Dorf befragen. Irgendwie würde sie schon herausbekommen, was damals passiert war.

Julia fand Martha und Flo schließlich auf dem Sportplatz. Martha hatte sich mit ihrer Tasche und der Tüte Brezen, die sie gekauft hatten, auf eine Bank gesetzt und sah Flo dabei zu, wie er mit einigen anderen Jungs auf dem Hartplatz Fußball spielte.

Julia wusste nicht recht, wie sie anfangen sollte. »Hallo, Oma. Ich hab euch gesucht«, sagte sie lahm.

Martha lächelte sie an. »Hallo, mein Kind. Setz dich doch ein bisschen zu mir.« Sie wies auf die freie Sitzfläche neben sich. »Du bist so hektisch in den letzten Tagen. Wir haben gar keine Zeit mehr, zusammen Tee zu trinken und zu reden.«

Julia setzte sich und atmete tief ein. »Du hast recht. Aber es sind so viele schreckliche Dinge passiert, da fühlt es sich manchmal gar nicht an, als könnte man sich einfach hinsetzen und Tee trinken. Und wir haben ja auch Besuch bekommen.«

»Gerade wenn Dinge passieren, die man nicht versteht, sollte man sich Zeit nehmen, Tee zu trinken und darüber zu sprechen. Manchmal kommt die Lösung dann von allein«, philosophierte Martha.

»Ach, Oma, ich fürchte, dieses Mal kommt die Lösung nicht so einfach von allein oder vom Teetrinken«, seufzte Julia.

Martha legte ihr eine Hand auf den Arm, und die Berührung machte Julia tatsächlich zuversichtlicher. »Oma, ich muss dich etwas fragen.« Sie zögerte, sah für einige Sekunden Flo zu, der gerade einen Pass annahm und einen Torschuss versuchte, den der Torwart aber geschickt abwehrte. »Was war passiert, als Paul dich damals verließ?«

Marthas Gesicht verdüsterte sich, und sie seufzte. »Müssen wir das wirklich aufwühlen? Das ist eine sehr alte Geschichte.«

»Ich will dir ganz bestimmt nicht wehtun, aber es sieht so aus, als hätte diese alte Geschichte etwas damit zu tun, was jetzt passiert.«

»Wie meinst du das?« Martha war hörbar überrascht.

»Vorhin hat Obermeier behauptet, Paul wäre ein Mörder.«

Martha schloss die Augen und lehnte sich auf der Bank zurück. Sie wurde blass, und ihre Gesichtszüge spannten sich an, auf ihrer Stirn erschien eine steile Falte. Sie atmete schwer.

»Oma? Geht es dir nicht gut?« Julia griff nach ihrer Hand.

Martha schlug die Augen wieder auf. »Doch, doch, es geht schon. Du weißt doch, ich bin eine alte Frau. Für ein paar Tage hätte ich das fast vergessen.« Sie sah Julia an. »Ich dachte, ich hätte ein bisschen Glück verdient.«

Julia traten Tränen in die Augen. »Aber natürlich hast du Glück verdient, Oma. Wer, wenn nicht du?«

Sie schwiegen eine Weile und sahen den Kindern beim Fußballspielen zu.

Dann flüsterte Martha: »Ich weiß es nicht.«

Julia legte den Kopf schief. »Was weißt du nicht?«

»Ich weiß nicht, ob Paul ein Mörder ist.«

»Wie bitte? Aber wenn du dir nicht sicher bist, wie kannst du dann in Paul verliebt sein? Ist er gefährlich?«

Martha lachte leise. »Nein. Niemals werde ich glauben, dass Paul ein Mörder ist oder war.« Sie starrte in die Luft, schien in Gedanken weit weg zu sein. »Ein Mädchen, Lieselotte Obermeier hieß sie, wurde damals tot im Wald gefunden. Sie war recht lebenslustig, flirtete mit allen Burschen aus dem Dorf. Mit ihrem Vater und einem Bruder war sie erst drei oder vier Jahre zuvor nach Grafenried gekommen, sie waren Aussiedler. So war es kein Wunder, dass sie Anschluss suchte. Aber sie ging wohl zu weit, bandelte mit zu vielen Burschen an und bezahlte das mit dem Leben.« Marthas Gesicht zeigte Trauer.

»Obermeier? Der Name ist nicht selten, aber …« Julia zögerte, als sich der Gedanke in ihr formte.

»Ja, Julia. Du hast recht, der Herr Obermeier ist der kleine Bruder von Lieselotte.«

Dienstag, 10. Mai 2016

Sonnenaufgang	05:41 Uhr
Sonnenuntergang	20:40 Uhr
Minimaltemperatur	7,1 °C
Maximaltemperatur	18,6 °C
Erdbodenzustand (6UTC)	trocken
Niederschlag	0,4 l/m²
Sonnenscheindauer	4 h
Waldbrandgefahrenstufe	2 (gering)
Namenstage	Anton, Giordanius

Fünfunddreißig

Auch am nächsten Morgen hatte Florian keine große Lust, in die Schule begleitet zu werden. Julia musste sich beeilen, weil er nach einem Blitzfrühstück sofort seine Sachen packte und zur Haustür strebte.

»Warte, Flo!«

»Mensch, Mama, ich will los.«

»Es ist noch nicht einmal halb acht. Du musst dich nicht so hetzen!«

»Aber ich will mit meinen Freunden spielen, bevor die Schule losgeht. Und ich würde gern Sophia abholen.«

Julia sah ihn an. Es war, als wollte man einen Sack Flöhe in eine Streichholzschachtel pressen, denn Flo bestand auf seiner Freiheit. Sie atmete tief durch. »Na gut, das kann ich verstehen.«

Flo drehte sich um, doch sie hielt ihn zurück. »Halt! Ich meine, ich kann verstehen, dass du lieber mit Sophia gehen willst. Aber ich begleite dich bis zu ihr.«

Flo verdrehte die Augen. »Na gut, aber dann beeil dich, sonst ist sie weg.«

Ein paar Minuten später standen sie vor dem Haus der Seiwalds. Flo klingelte und hüpfte ungeduldig von einem Bein auf das andere, bis Korbinian Seiwald die Tür endlich öffnete. Hinter ihm schlüpfte Sophia gerade in ihre Schuhe.

»Guten Morgen, was macht ihr denn hier?« Korbinian schien überrascht, sie zu sehen.

»Flo wollte Sophia gerne abholen und zusammen mit ihr in die Schule gehen. Aber du weißt ja …« Julia musste den Satz nicht vollenden. Korbinian stand der Gedanke an die tote Leonie ins Gesicht geschrieben.

Er nickte. »Ich hatte eigentlich auch vor, Sophia zur Schule zu begleiten.«

Julia sah die beiden Kinder an und dann Korbinian. »Sollen wir zusammen gehen?«

Korbinian nickte und drehte sich um. »Ich bin gleich wieder da, bringe Sophia eben zur Schule!«, rief er ins Haus.

Dann gingen sie los. Flo und Sophia liefen voraus, aber Julia merkte deutlich, dass ihr Sohn es nicht mehr so eilig hatte, in die Schule zu kommen, wie noch wenige Minuten zuvor. Sie spürte, wie ein Teil der Anspannung, die sie den Morgen über mit sich herumgetragen hatte, von ihr abfiel und wie sich die Muskeln in ihrem Kiefer entspannten.

»Wie geht es euch denn dahinten im Forsthaus? Und mit eurem Besuch?«, erkundigte sich Korbinian.

Julia merkte, wie sie sich wieder verkrampfte. »Ach, ich hoffe, er hat sich bei euch entschuldigt, als er wieder nüchtern war?«

»Nein, hat er nicht«, brummte Korbinian. »Im Gegenteil. Ich hab ihn gestern schon wieder im Wirtshaus gesehen. Aber wenn er sich nicht benimmt, schmeißt ihn der Wirt raus.«

»Das ist wahrscheinlich keine schlechte Idee. Ich kann dir gar nicht sagen, wie leid es mir tut, dass Johannes sich so schrecklich benommen hat.«

Korbinian winkte ab. »Du kannst ja nichts dafür. Aber sag mal, warum wohnt er eigentlich bei euch?«

»Dass das Kirmeier-Haus abgebrannt ist, weißt du doch.«

»Ja, aber das erklärt noch nicht, warum ihr den bei euch wohnen lasst. Der ist doch total schräg.«

Julia seufzte. »Da magst du recht haben. Aber ganz ehrlich: Als das Haus brannte und Paul ins Krankenhaus musste, war das keine Frage.«

»Und muss Paul Kirmeier noch lange im Krankenhaus bleiben?«, wollte Korbinian wissen.

»Oma hat gestern noch mit ihm telefoniert. Wir holen ihn heute ab.«

»Und dann wohnt er auch bei euch?« Korbinians Stimme klang misstrauisch.

Julia sah ihn an. »Warum fragst du denn so komisch? Weißt du etwas, das ich nicht weiß und wissen sollte?«

Korbinian blieb stehen. »Ach, ich weiß auch nicht. Es geht mich ja auch gar nichts an, aber irgendwie sind wir ja jetzt schon befreundet, und ich mache mir halt auch Sorgen.«

»Wieso Sorgen, jetzt spuck es schon aus.« Julia verschränkte die Arme vor der Brust.

»Meine Mutter war gestern zum Abendessen bei uns, und da kamt auch ihr und die Kirmeiers zur Sprache. Die Mama kann sich noch gut daran erinnern, wie es damals war.«

Julia horchte auf. Hier war die Chance, eine weitere Meinung darüber zu hören, was damals passiert war. »Und was hat deine Mutter gesagt? Über Paul, meine ich?«

»Sie hat gesagt, der Paul sei damals ganz plötzlich verschwunden …« Korbinian verstummte.

Sie gingen weiter.

»Das hat Oma auch erzählt.« Julia nickte Korbinian aufmunternd zu, damit er weitersprach.

»Es war wohl so, dass die Kirmeiers damals ein gutes Ansehen im Dorf hatten, der Vater war ja der Bürgermeister. Aber dann starb ein Mädel, die Tochter eines Aussiedlers, noch recht neu im Dorf, aber schon sehr beliebt bei den Burschen. Und dann gab es Gerüchte, Paul Kirmeier hätte etwas damit zu tun. Bewiesen wurde nie etwas. Und bevor die Polizei ihn damals verhören konnte, ging er fort und war bis vor ein paar Tagen nie wieder hier.«

Julia schluckte. Das passte sehr gut zu dem, was Obermeier erzählte, und zu dem, was sie aus Oma herausbekommen hatte.

»Hat deine Mama auch gesagt, was dem Mädel passiert war?«

»Sie fanden sie tot im Wald.«

»Wie die Leonie?«

Korbinian zuckte zusammen. »Ja schon, aber man hatte nicht sehen können, woran sie gestorben war, hat die Mama gesagt. Nur dass der Paul schuld daran wäre, das sprach sich gleich im Dorf herum.«

Sechsunddreißig

Vor der Schule dankte Julia Korbinian für die Informationen und machte sich auf den Weg nach Hause. Es war Zeit, Martha mit dem zu konfrontieren, was sie eben erfahren hatte. Oma musste endlich mit ihr darüber sprechen, was damals geschehen war. Was würde sie dazu sagen, dass selbst Unbeteiligte wie Korbinians Mutter der Meinung waren, Paul sei am Tod dieses Mädchens schuld?

Als sie zu Hause ankam, lag ein weißer Umschlag auf der Fußmatte vor der Haustür. Julia hob ihn auf. Weder ein Absender noch eine Adresse standen darauf, und er war nicht einmal zugeklebt. Wahrscheinlich Werbung. Sie schloss die Haustür auf und ging hinein.

»Oma?«, rief sie und lief in die Küche, aber die war verlassen.

Julia hörte, dass oben im Bad Wasser lief. Martha duschte bestimmt noch. Seit Johannes den Boiler so wütend bearbeitet hatte, heizte er plötzlich wieder ohne Probleme. Wenigstens für eine gute Tat war er verantwortlich.

Julia legte den Brief auf den Tisch, setzte Kaffee auf und räumte Florians Frühstücksgeschirr in die Spülmaschine. Dann setzte sie sich mit einer Tasse Kaffee an den Tisch und wartete auf ihre Großmutter. Da fiel ihr der Brief wieder ein, und sie zog den Inhalt aus dem Umschlag. Es war keine Werbung.

Einmal Hure bleibt Hure. Damals hast du die Finger nicht von ihm lassen können und hast dir ein uneheliches Kind von einem Mörder machen lassen. Wahrscheinlich hast du ihm noch geholfen davonzukommen. Oder hast du sie selbst umgebracht?

Der Brief war natürlich nicht unterschrieben. Julia stieß geräuschvoll die Luft aus. Was in aller Welt sollte das? Wer schrieb ihrer Großmutter solch einen bösartigen Brief? Und es war klar, dass Martha damit gemeint war. Oder etwa nicht? Florian war ein Scheidungskind, aber das stand natürlich nicht auf seine Stirn geschrieben. Leute, die sie nicht gut kannten, konnten auch denken, sie hätte ein uneheliches Kind. Nein, sie war sich fast sicher, dass Obermeier seiner unbändigen Wut über den Tod seiner Schwester Luft machte. Sie sollte ihn zur Rede stellen.

Die Küchentür ging auf, und Martha kam frisch geduscht und in bester Laune herein. Als sie Julia sah, blieb sie abrupt stehen, und das Lächeln wich aus ihrem Gesicht. »Was ist denn mit dir los, Kind? Du siehst aus, als hättest du ein Gespenst gesehen.«

Julia ließ hastig den Brief in ihrer Hosentasche verschwinden. »Nichts, alles in Ordnung. Willst du einen Kaffee?«

Martha nickte, und Julia schenkte ihr eine Tasse ein. »Hast du Johannes heute Morgen schon gesehen?«, fragte sie beiläufig.

Martha nahm die Tasse entgegen, gab Milch und Zucker hinein und rührte bedächtig um. »Nein, habe ich nicht, aber ich habe mich auch nicht bemüht, um ehrlich zu sein.

Ich glaube, er schläft noch.« Sie trank einen Schluck Kaffee.

»Wenn wir mit Paul aus dem Krankenhaus zurück sein wollen, bevor Florian aus der Schule kommt, müssen wir bald los.« Julia trank ihre Tasse aus.

Sobald auch Martha ausgetrunken hatte, stand Julia auf. Eigentlich hatten sie mehr als genug Zeit, aber der Brief machte sie unruhig. Sie wollte wenigstens etwas tun, und wenn es nur Autofahren war.

Martha erhob sich ebenfalls und stellte ihre Kaffeetasse ins Spülbecken. »Gut, dann ziehe ich mir nur eben Schuhe an, und wir können los.«

Im Auto warf Julia Martha einen liebevollen Blick zu. »Du freust dich sehr, dass Paul nach Hause kommt, stimmt's?«

Martha errötete ein wenig. »Sieht man mir das so an? Ja, weißt du, er war, nein, er ist die Liebe meines Lebens.«

»Warst du jemals mit jemand anderem zusammen?«, fragte Julia.

Martha lachte. »Ja, doch. Aber ich war noch sehr jung, als deine Mutter geboren wurde. Und danach war ich immer das Mädchen mit dem unehelichen Kind. Das hat das Interesse der Männer schnell schwinden lassen.«

Julia nickte. Das konnte sie sich vorstellen.

»Aber ich bin immer so gerne tanzen gegangen. Als deine Mutter etwas älter war, konnte ich ab und zu ausgehen. Bis ... ja, bis sie starb und du zu mir gekommen bist. Dann fing alles von vorne an.« Martha sagte dies ohne Bitterkeit in der Stimme, im Gegenteil.

Julia schluckte. Sie war ihrer Großmutter immer dankbar gewesen, weil sie sie nach dem Tod ihrer Eltern bei sich aufgenommen hatte. Aber sie hatte nie darüber nachgedacht, wie viele Einschränkungen Martha hatte hinnehmen müssen. Lange Zeit hatte sich alles in ihrem Leben um andere, erst um ihre Tochter, danach um ihre Enkeltochter, gedreht. Und nun war sie alt und die Liebe zurückgekommen. Man konnte es am Strahlen in ihrem Gesicht ablesen. Julia brachte es nicht fertig, Martha erneut damit zu konfrontieren, dass Paul für einen Mörder gehalten wurde.

Im Krankenhaus ging alles sehr schnell. Als sie ins Zimmer kamen, saß Paul bereits fertig angezogen auf dem Bett. In einer Plastiktüte neben sich hatte er die paar Sachen, die er bei seiner Einlieferung bei sich hatte. Er stand auf und ergriff die Tüte.

Martha nahm seine Hand. »Bist du schon fertig? Hast du einen Bericht vom Arzt bekommen?«

Paul grinste. »Ja, nun mach dir mal keine Sorgen. Ich bin wieder vollkommen gesund.«

Martha runzelte die Stirn. »Vollkommen gesund sicher nicht. Müssen wir noch Medikamente besorgen?«

Paul sah sie an. »Weißt du, Mimi, eigentlich möchte ich jetzt nichts mehr von Krankheit und Medikamenten hören. Der Schreck war groß, aber jetzt geht es mir wieder gut, und ich mag, so schnell es irgendwie geht, hier raus.«

Julia nahm ihm die Plastiktüte aus der Hand und hielt die Zimmertür auf. »Dann los. Lasst uns nach Hause fahren.«

Am Landrover angekommen, setzte sich Martha zu Paul auf die Rückbank. Julia kam sich vor wie ein Chauffeur. Nur war der alte Landy natürlich keine Luxuslimousine für frisch Wiederverliebte, die nicht genug voneinander bekommen konnten. Sie drehte das Radio an, um den beiden ein wenig Privatsphäre zu geben.

»... bestätigte das Landesamt für Umweltschutz, dass im Landkreis Ebersberg zwei Schafe tot aufgefunden wurden, ein weiteres Tier wurde schwer verletzt und musste getötet werden. Der Vorfall wurde von einem Mitglied des Netzwerks Große Beutegreifer dokumentiert. Die Spurenlage deute derzeit auf ein hundeartiges Tier als Verursacher hin. Dass es sich dabei um einen Wolf handele, könne nicht ausgeschlossen werden. Zur weiteren Abklärung sind genetische Untersuchungen in Auftrag gegeben worden. Im Laufe der Woche hatten bereits einige Augenzeugen ein wolfsähnliches Tier in der Gegend beobachtet.«

Julia biss die Zähne zusammen. Nachdem die Jagd auf den Wolf in den letzten beiden Tagen glücklicherweise zu nichts geführt hatte und keine weiteren Sichtungen gemeldet worden waren, hatte sie gehofft, der Wolf wäre vielleicht weitergezogen. Vergeblich.

Frühjahr 1952

Eva behauptete, das Geschrei des Babys triebe sie aus dem Haus. Aber Martha wusste, dass Eva nur noch wenig mit ihr anfangen konnte, seit sie nicht mehr zum Tanzen mitgehen konnte. Insgeheim hatte Martha gehofft, ihre Freundin würde ihr beistehen, ihr die Kleine abnehmen, wenn Martha nachts wieder einmal kein Auge zugetan hatte. Aber je mehr sich Martha plagte, wenn sie in der Nähstube saß, obwohl ihr die Augen zuzufallen drohten, desto weniger kümmerte sich Eva um sie.

Nur ein einziges Mal in diesem Frühling kam Eva mit leuchtenden Augen zu ihr, um ihr etwas zu erzählen, als Rebecca gerade schlief.

»Stell dir vor, die Aigner-Bäuerin ist gestorben! Ganz plötzlich ist sie in ihrem Kuhstall umgefallen.«

»Oh, das tut mir aber leid für den Schorsch und seinen Vater.« Martha mochte die beiden Männer nicht, aber so ein Todesfall war schrecklich. Und er riss eine Lücke in die Arbeitsabläufe auf einem Hof, das wusste sie.

»Das muss dir nicht leidtun, mir tut es nämlich nicht leid, weißt du.« Eva grinste frech.

Martha sah sie mit großen Augen an. Für so herzlos hatte sie Eva nicht gehalten.

Aber dann brach es aus ihrer Cousine heraus. »Die Aigner-Bäuerin war die Einzige, die verhindert hat, dass der Schorsch mich heiratet. Die alte Hexe wollte mich nicht!«

Martha nickte stumm. Das konnte sie sich vorstellen. Eva war klein und zierlich und nicht einmal eine besonders gute Näherin. Für die harte körperliche Arbeit auf einem Bauernhof war sie ganz bestimmt nicht zu gebrauchen.

»Aber jetzt«, triumphierte Eva, »jetzt kann sie nichts mehr dagegen haben. Und der Schorsch hat mir gesagt, dass sein Vater ihm noch am Todestag der Mutter aufgetragen hat, mich zu heiraten.« Sie strahlte über das ganze Gesicht.

»Und du willst ihn jetzt wirklich heiraten?«, flüsterte Martha, die ein ungutes Gefühl im Bauch verspürte. »Überleg dir das lieber gut, Eva.«

Evas Gesichtszüge verhärteten sich. »Ich hab gedacht, du freust dich mit mir. Ich hätte nicht geglaubt, dass du eifersüchtig bist!« Die letzten Worte spie sie geradezu vor Martha aus.

»Eifersüchtig? Ich?« Martha wollte auflachen, aber Rebeccas Gebrüll hielt sie davon ab. Die Kleine war aufgewacht.

Siebenunddreißig

Als sie am Forsthaus ankamen, parkte ein Streifenwagen in der Auffahrt, und die Haustür stand sperrangelweit offen.

»Scheiße, was ist denn jetzt passiert?«, entfuhr es Julia. Sie stellte den Motor ab, stieg aus und eilte zur Tür.

Im Flur stand ein uniformierter Beamter, und aus dem Wohnzimmer schallte ihr die Stimme eines zweiten Polizisten entgegen, der anscheinend mit Johannes diskutierte. »Herr Kirmeier, da gibt es nichts zu protestieren. Sie stehen im Verdacht, einen Brand in dem Einfamilienhaus am Forsthausweg 3 gelegt zu haben. Deshalb werden Sie vorläufig festgenommen. Außerdem haben wir einen Durchsuchungsbeschluss für diesen Raum.«

Julia wusste nicht, was sie tun sollte. Am liebsten hätte sie Oma und Paul erspart, mit anzusehen, wie Johannes abgeführt wurde. Die beiden stiegen gerade aus dem Auto und würden gleich neugierig ins Haus kommen. Aber sie konnte ja schlecht die Polizisten bitten, mit Johannes aus dem Fenster zu verschwinden. Sie trat einen Schritt näher.

Der Polizist auf dem Flur bewachte offenbar die Tür. Er drehte sich kurz zu ihr um und nickte ihr zu. »Frau Sommer, oder?«

»Ja, Julia Sommer.«

»Machen Sie sich keine Sorgen. Wir müssen nur kurz das Zimmer durchsuchen und Herrn Kirmeier mitnehmen.«

Julia schluckte. »Dann sind Sie sicher, dass er das Feuer gelegt hat?«

»Schaut so aus. Im Endeffekt entscheidet das dann der Richter«, antwortete der Polizist.

Julia warf einen Blick ins Wohnzimmer. Johannes saß mit verkniffener Miene auf dem Sofa, und der andere Polizist packte die Unterlagen zusammen, die Julia sich schon angesehen hatte. Dann wandte er sich der Sporttasche am Boden zu, zog vorsichtig den Brief heraus und legte ihn auf den Stapel mit den anderen Papieren.

Der Beamte deutete auf die Tasche. »Die Sporttasche können Sie eigentlich so, wie sie ist, mitnehmen. Dann haben Sie alles, was Sie im Untersuchungsgefängnis brauchen. Vielleicht wollen Sie noch einen Waschbeutel einpacken?«

»Ich kann ihn schnell holen«, bot Julia an.

Auf dem Weg nach oben ins Bad überlegte sie, ob Johannes ahnte, dass sie froh war, ihn los zu sein. Einerseits hatte sie Gewissensbisse deswegen, andererseits war es die Wahrheit. Sie würde mehr als erleichtert sein, wenn er endlich aus dem Haus war.

Als sie wieder nach unten ging, waren Oma und Paul hereingekommen. Martha diskutierte gerade mit den Polizisten. Offensichtlich wollte sie ihnen noch eine Tasse Kaffee anbieten, bevor sie Johannes abführten.

»Frau Klein, das geht jetzt wirklich nicht; das müssen Sie schon verstehen. Wir müssen unsere Arbeit erledigen und …«, wehrte einer der Polizisten ab.

»Jeder Handwerker muss auch mal eine Pause machen, und ich wollte sowieso gerade eine Kanne kochen.«

Aber Martha hatte keinen Erfolg. Die beiden Polizisten

nahmen Johannes in ihre Mitte und drängten sich durch den Hausflur nach draußen zum Streifenwagen.

Paul sah wie versteinert zu.

»Wenn du irgendetwas brauchst, kannst du dich ja melden, Johannes«, rief Julia ihm hinterher, um wenigstens irgendetwas Freundliches zu sagen. Dann ging sie zurück ins Haus und half ihrer Großmutter dabei, ein zweites Frühstück zu bereiten.

Bevor Julia in ihr Arbeitszimmer ging, berieten sie, ob Paul nicht einfach ins Wohnzimmer ziehen sollte. Allerdings lehnte Paul zunächst vehement ab. Alles wäre sicherlich ein Irrtum, und Johannes würde bald zurück sein. Er wollte lieber im Gasthof wohnen. Martha hielt das natürlich für Unsinn, und Julia bot an, Paul könne in Florians Zimmer schlafen und Flo bei ihr, wenigstens für ein paar Nächte, bis klar war, wie es weiterginge. Insgeheim hoffte sie jedoch, dass Paul sich für das Sofa oder den Gasthof entscheiden würde. Sie liebte Florian, aber über längere Zeit mit der kleinen Krake in einem Bett zu schlafen würde anstrengend werden.

All das musste jetzt aber warten. Sie hatte die letzten Tage viel zu wenig Zeit für die Arbeit aufgebracht. Auch wenn Tom ein sehr entspannter Chef war, gab es Dinge, die sie nicht einfach liegen lassen konnte. Julia startete den PC und warf einen Blick in den Terminkalender. In den nächsten Tagen standen einige größere Durchforstungen an, für die sie ein darauf spezialisiertes Unternehmen engagiert hatte. Auch wenn die Leute selbstständig arbeiteten, würde sie sie einweisen und ab und zu nach dem Rechten sehen müssen. Und dann war da noch ein schier unendlich großer Stapel Papierkram, der dringend abgearbeitet werden musste. In den letzten Tagen hatte sie ihn nur immer wieder von der einen Seite des Schreibtischs zur anderen geräumt. Am liebsten hätte sie Tom gebeten, eine Sekretärin einzustellen, aber irgendwie fand sie das auch albern. Wenn sie ehrlich war, ging es nur um ein paar Stunden Sortier- und Ablagearbeit, aber sie war eben viel lieber draußen im Wald. Seufzend schob sie die Papiere zu einem ordentlichen Stapel zusammen. Aus der Schreibtischschublade zog sie einen Locher und nahm unschlüssig das oberste Blatt in die Hand. Es war eine Rechnung. Immerhin hatte sie die schon bezahlt.

Der Rechner meldete Betriebsbereitschaft. Julia legte das Papier und den Locher auf den Stapel und ließ alles zusammen in einer Schublade verschwinden. Dann rief sie die Website des Ebersberger Anzeigers auf.

Ganz oben auf der Seite prangte die Nachricht über die gerissenen Schafe, darunter eine Stellungnahme des Landrats, der nun ganz offen den Abschuss des Wolfes forderte. In dem Artikel wurde keine Verbindung zu Leonies Tod gezogen, wohl aber im nächsten, einem von Dirk Berger verfassten Kommentar über die Reaktionen im Landkreis. Julia las den Artikel genau durch und stöhnte. Berger hatte natürlich alle Polemik und Halbwahrheiten, die er irgendwo gefunden hatte, zusammengetragen.

Das Telefon klingelte. Tom war dran.

»Ich dachte, du kommst heute Vormittag noch vorbei?«

»Was? Ich … hatten wir das ausgemacht? Hab ich was vergessen?«, fragte Julia erstaunt.

Tom lachte. »Nein. Ich habe nur erwartet, dass wir noch über das sprechen, was du entdeckt hast.«

»Ach natürlich. Wir haben vorhin Paul aus dem Krankenhaus abgeholt, und dann ist Johannes verhaftet worden. Da hab ich wohl nicht mehr dran gedacht.«

»Was? Johannes wurde verhaftet? Mit welcher Begründung denn?«, rief Tom überrascht.

»Sie glauben, dass er den Brand selbst gelegt hat. Und nachdem dieses Mädchen dabei gestorben ist …«

»Hm«, machte Tom, »das glauben wir ja auch. Der Brief, den du bei ihm gefunden hast, weist ja schon in diese Richtung. Und was ist mit Leonie? Haben sie ihn da auch in Verdacht?«

»Keine Ahnung. Verhaftet wurde er jedenfalls wegen Brandstiftung. Außerdem hat Baumgartner mir im Vertrauen erzählt, dass Leonies Leiche Bissspuren aufwies.«

»Heißt das, dass der Wolf doch …?«

»Das heißt überhaupt nicht, dass der Wolf!«, entgegnete Julia scharf. »Es muss noch untersucht werden, ob die Bisse von einem Wolf stammen. Es könnte auch ein Hund gewesen sein.« Sie war lauter geworden, als sie beabsichtigt hatte, was sie auch an Toms beschwichtigendem Tonfall merkte.

»Ich glaube, mit Rätselraten kommen wir nicht weiter. Aber Paul ist ja jetzt zu Hause. Wie geht es ihm denn?«

»Besser, er sieht ganz gut aus«, antwortete Julia nun leiser.

»Wie wäre es, wenn ich euch nachher zum Kaffeetrinken besuche und wir ihn uns einmal zusammen zur Brust nehmen? Vielleicht bekommen wir mit vereinten Kräften endlich was aus ihm heraus.«

Noch mehr Kaffee? Julia stimmte zu. »Aber danach muss ich unbedingt noch mal in den Wald und eine Durchforstung kontrollieren. Am Ende fragt sich mein

Chef noch, warum ich so wenig Zeit mit Arbeiten verbringe …«

»Dann lege ich bei ihm ein gutes Wort für dich ein.« Tom lachte. »Außerdem weiß ich zufällig, dass er gar nichts dagegen hat, wenn du dich mit mir triffst.«

Achtunddreißig

Julia holte Florian auch an diesem Tag von der Schule ab, was er erneut mit einem verkniffenen Gesichtsausdruck quittierte.

»Stell dich nicht so an, Herr Missmutig«, neckte sie ihn. »Komm, wir machen ein Wettrennen bis nach Hause!«

Florian reichte ihr seinen Schulranzen. »Wenn wir ein Wettrennen machen, musst du den tragen. Du bist größer.«

Lachend rannten sie los. Aber schon nach ein paar Metern musste Julia sich zurückfallen lassen, weil ihr verstauchter Fuß die Anstrengung noch nicht wieder mitmachte. Trotzdem gelang es ihr, Florian den kurzen Weg bis nach Hause bei Laune zu halten. Vor allem, weil sie einen kurzen Stopp beim Bäcker einlegten und Kuchen zum Nachtisch kauften.

Sie waren gerade fertig mit der Nudelsuppe, die Martha zum Mittagessen gekocht hatte, als Tom klopfte. Er hatte Cora dabei, die sich auch gleich an ihren angestammten Platz an der Heizung legte, und erkundigte sich nach Pauls Befinden. »Schön, dass es Ihnen wieder besser geht, Herr Kirmeier. Das war ja ein ganz schöner Schreck.«

Julia grinste. Wollte Tom jetzt schon auf den Busch klopfen? Dann wäre es wohl besser, sie würden Martha los. »Oma, könntest du Florian eben nach oben in sein

Zimmer bringen, damit er die Hausaufgaben macht? Mein Fuß tut noch weh.«

Martha sah sie irritiert an und schüttelte den Kopf. »Warum soll ich ihn nach oben bringen? Der Junge weiß doch selbst, wo sein Zimmer ist.«

Julia musste ihr recht geben. So kam sie also nicht weiter. Wenn sie allein mit Paul sprechen wollten, brauchte es einen besseren Plan. Martha sah auch nicht so aus, als würde sie sich zu einem Mittagsschlaf überreden lassen. »Okay, Florian. Du hast Oma gehört. Ab nach oben und Hausaufgaben machen.«

Widerstrebend stand Florian auf. »Aber ihr esst keinen Kuchen, bevor ich nicht wieder da bin!«

Sein trotziger Ton rief Gelächter hervor.

»Ich passe auf«, versprach Martha und erhob sich, um zum dritten Mal an diesem Tag Kaffee zu kochen.

Julia zerbrach sich den Kopf, wie sie Martha am besten aus der Küche locken konnte. Bestimmt würde Paul in Omas Anwesenheit nicht so freimütig über seine Vergangenheit sprechen. Aber bevor sie zu einem Ergebnis kam, klopfte es erneut an der Tür.

Julia stand auf, lief aus der Küche und öffnete. Es waren Kriminalhauptkommissarin Baumgartner und ihr Kollege Winkler.

»Hallo! Was machen Sie denn hier?«, entfuhr es Julia.

Baumgartner reckte das Kinn vor. »Finden wir Paul Kirmeier bei Ihnen?«

Julia legte den Kopf schief und runzelte die Stirn. »Ja«, sagte sie zögernd. »Was wollen Sie denn von ihm?«

»Frau Sommer, Sie wissen genau, dass ich Ihnen das nicht sagen kann. Wir möchten kurz mit ihm allein sprechen.« Baumgartner schickte sich an, an Julia vorbei ins Haus zu gehen.

Doch Julia hielt sie auf. »Sie wollen ihn doch nicht festnehmen?«

Die Kriminalhauptkommissarin warf ihr einen misstrauischen Blick zu. »Gibt es dafür einen Grund?«

Julia schnaubte. »Natürlich nicht. Aber ich mache mir halt Sorgen. Kommen Sie rein.«

Sie bat die beiden in die Küche, wo Baumgartner überrascht stehen blieb, als sie den Kuchen sah. »Oh, haben Sie etwas zu feiern?« Dann begrüßte sie Martha, Paul und Tom.

»Wollen Sie auch Kaffee?«, fragte Martha umgehend. »Ich glaube, es müsste für alle reichen.«

»Nein danke. Eigentlich wollen wir Sie gar nicht stören, Frau Klein«, beeilte sich Baumgartner abzuwiegeln.

Julia bemerkte, wie Winkler sehnsüchtig auf den Kaffee schielte. Sie schenkte ihm eine Tasse ein und reichte sie ihm. Dann goss sie auch Tom, Martha, Paul und sich ein.

Baumgartner zog die Stirn in Falten. »Wir sind eigentlich nicht zum Kaffeetrinken hergekommen.«

Winkler stellte schnell seine Tasse ab.

»Wir wollten, wie ich Frau Sommer schon erklärt habe, mit Ihnen, Herr Kirmeier, sprechen.« Dabei warf sie Julia einen vorwurfsvollen Blick zu.

Julia tat so, als bemerke sie es nicht.

Paul stand auf. »Ja, was kann ich denn für Sie tun?«

»Herr Kirmeier, können wir irgendwo hingehen, wo wir ungestört sind?«

Paul warf Martha einen hilflosen Blick zu. Auch sie erhob sich.

»Ihr könntet ja einfach ins Wohnzimmer gehen, wie wäre das?«, schlug Julia vor. Sie hatte eine Idee.

»Ja«, stimmte Martha zu. »Das wäre sicher am besten. Da haben Sie Ruhe. Und mit dem Kuchen warten wir einfach noch ein bisschen.«

Als Baumgartner und Winkler mit Paul nach nebenan gegangen waren, zupfte Julia Tom am Ärmel. »Ach, dann kann ich dir im Büro noch was zeigen, Tom. Kommst du mit?«, sagte sie betont laut.

Tom sah sie fragend an, nickte aber und folgte ihr.

Im Büro legte Julia einen Finger an die Lippen, schloss die Tür nicht ganz und bezog ihren schon erprobten Lauschposten.

Leider sprachen Baumgartner und Paul so leise, dass Julia und Tom nur verstanden, dass es um den Brand ging und um das Mädchen, das Paul auf dem Dachboden gesehen hatte. Paul sollte sie beschreiben.

»Wissen Sie, wer das Mädchen war?« Pauls Stimme war leise, aber sehr eindringlich. Wahrscheinlich ließ sich Baumgartner deswegen erweichen, eine Antwort zu geben.

»Wir haben noch keinen endgültigen Beweis, aber es scheint, als wäre sie wirklich eine Ausreißerin gewesen. Ihre Eltern haben sie vor einem Monat als vermisst gemeldet.«

Tom zog Julia von der Tür weg. »Ich glaube, wir haben genug gelauscht für heute«, flüsterte er. »Wir sollten zurück in die Küche gehen, bevor die da drinnen fertig sind.«

Julia nickte, und sie schlichen zurück.

Wenig später verabschiedeten sich Baumgartner und Winkler.

Als Florian mit den Hausaufgaben fertig war, gab es endlich den ersehnten Kuchen und für Cora ein Stück Wurst.

Mittwoch, 11. Mai 2016

Sonnenaufgang	05:39 Uhr
Sonnenuntergang	20:41 Uhr
Minimaltemperatur	8,3 °C
Maximaltemperatur	21 °C
Erdbodenzustand (6UTC)	trocken
Niederschlag	0 l/m²
Sonnenscheindauer	6,2 h
Waldbrandgefahrenstufe	2 (gering)
Namenstage	Franz, Ignaz, Maiolus

Neununddreißig

Am nächsten Morgen ging Julia mit Flo zu den Seiwalds, um Sophia abzuholen. Die Luft war kalt und klar, und man konnte schon ahnen, dass später die Sonne die Wolken vertreiben würde. Sie waren früh dran, und Flo hatte sich vorgenommen, auf dem Weg einen Stein für Sophia zu finden. Immer wieder hockte er sich auf den Boden, um ein besonders schönes Exemplar zu begutachten, und Julia hatte es nicht eilig, ihn anzutreiben. Viel zu selten hatten sie Zeit zu zweit. Unternehmungen fielen meist Markus zu, wenn er Florian zu Papa-Wochenenden abholte. Wie würde sich das wohl entwickeln, wenn Florians Geschwisterchen auf der Welt wäre? Würde Markus häuslicher werden und sich mehr Zeit für die Familie und damit auch für Florian nehmen? Sie glaubte es nicht. Als Florian geboren wurde, hatte er sich auch nicht geändert. Markus war ein Mann für Abenteuer und Aktivitäten. Julia dagegen blieb der Alltag mit Florian. Umso mehr genoss sie kleine Aufmerksamkeiten wie jetzt, als Flo ihr einen Kieselstein schenkte, der wie ein Herz geformt war.

»Willst du den nicht für Sophia aufheben?«, fragte sie gerührt.

»Nein, Mama, der ist für dich. Für Sophia find ich schon noch einen!«

Der Zauber des Morgens wurde jäh gebrochen, als sie in

die Straße einbogen, in der die Seiwalds wohnten. Flo blieb abrupt stehen, und auch Julia sah auf. Zwei Polizeiautos mit blinkendem Warnlicht standen vor dem Haus, die Haustür war offen. Sie gingen weiter und konnten gerade noch zur Seite springen, als ein dunkler BMW die Straße entlangbrauste. Baumgartner. Julia packte Flos Hand und rannte mit ihm auf die Kommissarin zu, die aus dem Auto stieg.

»Frau Baumgartner? Was ist denn los?«, fragte sie außer Atem.

Baumgartner warf ihr einen müden Blick zu. »Was machen Sie denn hier, Frau Sommer?«

Julia hielt Flos Hand hoch. »Ich bringe meinen Sohn zur Schule. Wir wollten gerade Sophia abholen.«

»Sophia ist die kleine Schwester von Natalie, oder?«

Julia fröstelte plötzlich. »Ja«, bestätigte sie zögernd.

»Ich kann natürlich nicht für die Eltern sprechen, aber ich glaube, dass Sophia heute nicht zur Schule gehen wird.«

»Was ist denn passiert?« Julias Magen krampfte sich zusammen, und Flo drückte ihre Hand so fest, dass es wehtat.

»Ich … Ach, was soll's, hier bleibt ja eh nichts unter Verschluss. Natalie ist seit gestern Nacht verschwunden.«

Sommer 1952

Martha durfte immerhin Evas Hochzeitskleid nähen. Bei den Anproben plapperte Eva munter davon, wie sie sich das Leben als Bäuerin vorstellte, immerhin würde sie ja in die reichste Familie des Dorfes einheiraten. Martha nickte zu ihren Fantasien nur stumm. Selbst als sie einmal versuchte, Eva klarzumachen, dass das Leben einer Bäuerin härter war, als Eva es sich vorstellte, lachte ihre Cousine sie nur aus. »Als ob du armes Bauernmädel dir das vorstellen könntest. Euer Hof ist ja nicht einmal halb so groß wie der vom Aigner.«

Martha gab es auf. Es hatte keinen Sinn, ihr zu erklären, dass die Arbeit sich nun wirklich nicht so sehr unterschied, der einzige Unterschied war wohl, dass sich die reichen Bauersfrauen leisten konnten, ihre Kleider schneidern zu lassen, anstatt sie selbst zu nähen.

Zur Hochzeit war sie nicht eingeladen. Schorsch wählte die Gäste, die sie verköstigen würden, sehr genau aus. Als sie hörte, wer auf der Gästeliste stand, war Martha froh, dass wenigstens ihre Tante eingeladen war.

Martha verbrachte den Sonntag, an dem die Hochzeit

stattfand, daheim mit Rebecca. Am Abend kam ihre Tante nach Hause, ihr Haar war zerzaust, ihr Gesicht gerötet und die Augen feucht von Tränen.

Martha stürzte zu ihr. »Was ist denn passiert? Hast du dich verletzt?« Sie führte die Tante ins Wohnzimmer und half ihr in einen Sessel. Elsas Brustkorb hob und senkte sich so schnell, dass Martha angst und bange wurde, ihr Blick ging ins Leere. »So beruhige dich doch, Tante«, flehte sie.

Endlich drehte Elsa den Kopf und sah Martha an. »Ich habe keine Tochter mehr«, flüsterte sie. Dann brach sie erneut in Tränen aus.

Unter heftigem Schluchzen erzählte sie Martha, was geschehen war: Nach der Trauung und dem Essen und nachdem der Pfarrer den Saal verlassen hatte, hatte Schorsch, ihr Schwiegersohn, sie mit sich nach draußen in ein stilles Eck, wo sie ungestört waren, gezogen. »Ich solle mich nie wieder auf dem Aigner-Hof blicken lassen, hat er gesagt. Ich sei Gesindel und schlechter Einfluss für meine eigene Tochter. Und wenn ich versuchen sollte, mit Eva zu sprechen, würde er sie verprügeln so wie mich.«

Nun war Martha klar, dass die roten Striemen in Elsas Gesicht von den Ohrfeigen kommen mussten, die Schorsch ihr verpasst hatte. Als sie kurz darauf der Tante half, sich auszukleiden, damit sie sich in ihr Bett legen konnte, bemerkte sie, dass auch ihr Bauch und Brustkorb geschunden waren.

Vierzig

»Ich geh nicht in die Schule«, stellte Flo klar, als Baumgartner im Haus der Familie Seiwald verschwunden war.

Julia sah ihn nachdenklich an. Ihr Kopf war leer, aber sie musste denken, Entscheidungen treffen. Warum passierte so etwas? Warum verschwanden Kinder? Natalie war in Leonies Alter, ein junges Mädel von sechzehn Jahren, das sein ganzes Leben vor sich hatte; hübsch, lange braune Haare, sportlich, aber nicht so sportlich, wie Leonie es gewesen war. Nein, sie sollte nicht so über Natalie denken, als sei sie tot. Flo brauchte sie jetzt.

»Meinst du nicht, es wäre besser, wenn du zur Schule gingest? Du würdest etwas lernen und wärst gleichzeitig abgelenkt.« Julia versuchte, vernünftig zu klingen, einen guten Vorschlag zu machen. Aber sie glaubte selbst nicht an das, was sie da sagte.

»Aber ich kann doch nicht lernen, wenn Sophia nicht da ist«, protestierte Florian.

»Pass auf, wir klingeln jetzt doch mal bei den Seiwalds und fragen, ob Sophia in die Schule geht.«

Julias Herz klopfte bis zum Hals, als sie auf den Klingelknopf drückte.

Ein uniformierter Polizist öffnete die Tür und sah sie fragend an.

»Hallo, ich bin Julia Sommer. Ich, wir …« Sie sah zu

Florian, der sich neben sie drängte. »Wir wollten fragen, ob Sophia in die Schule geht und ob wir sie mitnehmen sollen.«

Der Polizist runzelte die Stirn.

Im selben Moment tauchte Korbinian im Hausflur auf. Er sah elend aus.

»Ach, Julia. Florian.« Seine Stimme war tonlos.

»Hallo, Korbinian. Ich, können wir etwas für euch tun?«

Korbinian atmete tief ein und stieß dann die Luft aus. »Nein, ich weiß nicht, ich glaube nicht. Abgesehen davon, Natalie nach Hause zu bringen …«

Julia schluckte schwer. »Ich helfe gern beim Suchen, klar. Aber Flo wollte fragen, ob Sophia in die Schule geht.«

»Sophia? Ach, ich weiß nicht. Ist es schon so spät?«, sein Blick fiel auf Flo. »Ja, du willst los, oder?« Korbinian rieb sich mit der Hand über das Gesicht.

Julia hätte ihm gern geholfen, aber sie konnte nachfühlen, wie verwirrt er im Moment sein musste, wenn all seine Gedanken um seine ältere Tochter kreisten. »Ich glaube, jetzt ist es vielleicht zu früh. Aber Sophia kann jederzeit zu uns kommen. Ihr habt jetzt bestimmt nicht so viel Zeit für sie.«

Korbinian sah sie an und nickte. »Ja, vielleicht am Mittag, nach der Schule.«

»Okay. Das ist doch eine gute Idee. Nach der Schule kommen wir wieder vorbei und holen Sophia ab. Dann kann sie auch bei uns was zu Mittag essen, und Oma passt auf, dass die zwei in der Küche bleiben und da was spielen.« Julia nahm Flo an der Hand. »Und du gehst jetzt in die Schule, dann kannst du Sophia nachher sagen, was ihr heute durchgenommen habt.«

Flo nickte widerstrebend.

Eine unbehagliche Pause entstand. Korbinian sah so hilflos aus, aber Julia konnte ihm im Moment nicht helfen. Sie musste sich erst um Flo kümmern.

Nachdem sie Flo in der Grundschule abgeliefert hatte, eilte Julia sofort nach Hause.

Martha und Paul saßen noch beim Frühstück. Wie immer sah Oma ihr sofort an, dass etwas nicht stimmte.

»Sophias große Schwester Natalie ist verschwunden«, erklärte Julia.

Oma ließ den Kaffeelöffel klirrend auf die Untertasse fallen. »Was?«

Auch Paul machte ein entgeistertes Gesicht.

»Es wird wohl wieder eine Suche mit Freiwilligen organisiert. Ich würde da gerne hingehen und helfen. Ich weiß zwar schon gar nicht mehr, wann ich meine Arbeit machen soll, aber das ist wichtig.«

Martha sah sie an. »Das ist mehr als wichtig. Wir müssen dafür sorgen, dass dieses Mädchen so schnell wie möglich wieder gefunden wird.«

»Ach, Oma«, Julia verbarg das Gesicht in den Händen und fühlte sich mit einem Mal alt und ausgelaugt, »hoffentlich ist sie nicht tot.«

Sie verständigten sich darauf, dass nur Julia ins Dorf gehen würde. Paul war nach der Rauchvergiftung noch nicht in der Lage, an der Suche teilzunehmen, und Martha wollte ihn nicht allein lassen.

Am Maibaum traf Julia Tom.

Er drückte ihre Hand, als sie ankam. »Danke, dass du mich angerufen hast. Ich hätte mich selbst nicht im Spiegel anschauen können, wenn ich das verschlafen hätte.«

Julia betrachtete ihn genauer. Toms Augen waren noch ziemlich klein, und dunkle Schatten lagen unter ihnen. »Du hast nicht viel geschlafen.«

Er grinste schief. »Nicht allzu viel, nein. Ich habe die halbe Nacht geschrieben.«

»An was arbeitest du denn gerade?«

»Ach, an nichts Besonderem.«

Julia konnte sehen, dass Tom die Frage unangenehm war, was sie dazu reizte nachzubohren. »Nun sag schon!«

»Aber du darfst nicht lachen«, forderte Tom.

Julia nickte. »Mach ich nicht. Versprochen.«

»Okay. Es ist ein Kinderbuch.«

Julia lachte nicht. Sie war sprachlos. Ein Kinderbuch?

Sie wollte gerade nachfragen, da sagte Tom: »Wir sind nicht zum Plaudern hier. Komm, da vorne kann man sich einteilen lassen.«

Julia folgte ihm. Wie schon vor wenigen Tagen war wieder eine Bierbank unter der Linde am Maibaum aufgebaut worden. In ihrem Magen rumorte es, alles war so ähnlich wie bei einem Déjà-vu. Durch den Kopf schoss ihr, wie schrecklich sich alles entwickelt hatte, dass die Suche bei Leonie kein Ergebnis gebracht hatte und dass sie tot war. Nichts und niemand würde sie zurückbringen. Julia streckte sich und schüttelte den Gedanken ab. Es ging jetzt um Natalie, die ihre Hilfe brauchte. Natalie.

Eine Menschentraube, vornehmlich Männer, hatte sich unter dem Maibaum gebildet.

Bürgermeister Sonnleitner hielt eine Ansprache. »Wir werden uns teilen. Die eine Hälfte macht sich auf die Suche nach dem Mädel. Die Routen durch den Wald sind die gleichen wie letzte Woche. Die andere Hälfte sucht den Wolf. Es reicht jetzt. Wir werden das Vieh erwischen und ihm den Garaus machen!«

Die Männer um ihn herum brummten zustimmend.

Nur Pfaffinger schien nicht einverstanden zu sein. »Sonnleitner, mein Freund, das ist eine wunderbare Idee, und ich stimme dir zu, dass wir nicht mehr warten dürfen, bis der Wolf noch weitere von uns erwischt. Aber ich glaube, dass es besser wäre, wenn wir uns nicht aufteilen würden. Sonst könnte der Wolf ja in das Gebiet entwischen, in dem die Suchmannschaft zugange ist. Ich schlage vor, die Jäger mischen sich unter die Suchmannschaft, dann machen wir das Beste aus der Situation. Des Wolfes letztes Stündlein hat geschlagen!«

Seite an Seite mit Tom ging Julia durch den Wald. Sie mochte nicht glauben, dass der Wolf für Natalies Verschwinden verantwortlich war. Ein paar Schritte weiter stapfte Sonnleitner mit einem Gewehr in der Hand durchs Unterholz. Julia hatte nicht verhindern können, dass die Jäger sich bewaffnet auf die Suche machten, aber sie hatte wenigstens durchgesetzt, dass unter diesen Umständen alle Suchenden Warnwesten trugen. In der Zwischenzeit hatte sie Baumgartner eine Nachricht geschickt und sie über das, was hier vor sich ging, informiert.

Sämtliche Teilnehmer des Suchtrupps verhielten sich leise, es herrschte eine gespenstische Stille, als erwarte niemand ernsthaft, Natalie lebend zu finden. Zu sehr glich die Situation der Suche nach Leonie ein paar Tage zuvor, bei der Korbinian Seiwald in erster Reihe gestanden und alles organisiert hatte. Ausgerechnet Natalie.

Es fiel Julia zunehmend schwerer, sich auf die Suche zu konzentrieren, und als sie die erste Pause einlegten, zog sie Tom ein wenig weg von den anderen. »Ich glaube nicht, dass das hier Sinn macht«, flüsterte sie.

Tom sah sie nachdenklich an. Dann nickte er. »Wahrscheinlich hast du recht. Hast du eine andere Idee?«

»Es ist fast Mittag. Ich muss jetzt sowieso gleich Flo von der Schule abholen. Ich habe ihm versprochen, dass wir dann Sophia mit zu uns nehmen. Wir könnten noch mal mit Paul reden. Oma könnte solange auf die Kinder aufpassen, dann funkt sie nicht wieder dazwischen«, schlug Julia vor.

»Gut, so machen wir das.«

Sie meldeten sich bei Sonnleitner ab, der die Suche leitete. Korbinian war nicht mitgekommen. Julia nahm an, dass er noch immer mit der Polizei zugange war. Es musste doch irgendwelche Hinweise geben. Kinder verschwanden ja nicht einfach so.

Gemeinsam mit Tom holte Julia Flo von der Schule ab, dann klingelten sie zum zweiten Mal an diesem Tag bei den Seiwalds.

Wieder öffnete Korbinian, und Julia bemerkte, wie er sich zu einem Lächeln für Flo zwang. »Ach, ist die Schule jetzt schon vorbei? Ich hole Sophia.«

Damit verschwand er und tauchte wenig später mit Sophia auf, die gleich mit Flo die Köpfe zusammensteckte. Korbinian sah Julia und Tom an. »Passt bitte gut auf sie auf. Meine Frau war dagegen, Sophia heute irgendwohin gehen zu lassen, und mir fällt es auch schwer. Aber ich glaube, wenn wir sie zu Hause einsperren, wäre das nicht gut für sie. Ein bisschen Ablenkung ist das Beste.«

Julia sah ihn ernst an. »Natürlich. Ich verspreche dir, dass wir gut auf sie aufpassen.«

Zu Hause erwartete sie Martha schon mit dem Mittagessen. Sie hatte Semmelknödel mit Schwammerlsoße gekocht, ein Lieblingsessen von Flo und Julia. Sophia wollte lieber Ketchup zu den Knödeln essen, also holte Julia ihr die Flasche aus dem Kühlschrank. Zu sechst saßen sie am Küchentisch und ließen sich das Essen schmecken.

Dann stand Julia auf und räumte den Tisch ab. Als Martha ihr helfen wollte, winkte sie ab. »Lass mal, du hast schon das Essen gemacht, abräumen kann ich. Willst du dich nicht ein bisschen hinlegen?«

Martha beäugte sie misstrauisch, nickte dann aber. »Du hast ja recht. Ich bin müde. Wenigstens für ein paar Minuten.«

»Ja, mach das. Ich habe versprochen, dass wir auf Sophia und Flo aufpassen, aber ich muss nachher noch mal kurz weg.«

Martha nickte wieder. Sie warf Paul einen Blick zu, aber der saß eingekeilt zwischen Tom und Flo auf der Eckbank, und Tom machte keine Anstalten aufzustehen. Also verließ sie ohne ein weiteres Wort den Raum.

Julia schickte die Kinder in Florians Zimmer.

»Paul, wir müssen noch mal mit dir reden«, begann sie.

Pauls Miene verfinsterte sich.

»Bitte, Paul. Ich mag dich und kann mir nicht vorstellen, dass wahr ist, was die Leute behaupten. Aber ich muss jetzt wissen, was los ist, wer du bist, was du getan hast. Ich …«, beschwor sie ihn.

»Du musst nicht weiterreden«, fiel Paul ihr ins Wort. Dann seufzte er tief. »Was haben sie zu dir gesagt? Dass ich ein Mädchen umgebracht hätte?«

Er sah sie an, und Julia bemerkte den Schmerz in seinen Augen. Sie nickte nur stumm.

»Ich weiß es noch wie heute«, fuhr Paul fort. »Es war damals anders im Dorf, nicht einmal halb so viele Leute wohnten hier, dabei waren schon einige Aussiedler da. Die ersten Jahre hatten wir eigentlich wenig mit ihnen zu tun. Aber es gab ein Mädel, Lieselotte hieß es, das verbrachte viel Zeit mit uns. Ein richtiges Teufelsmädel war die Lieselotte, hübsch und immer auf Männerfang. Sie war sich für nix zu schade, und manch einer nutzte das aus. Ich hatte eigentlich nur Augen für die Mimi, schon seit wir Kinder waren. Aber deine Großmutter lebte damals bei ihrer Tante, und die passte höllisch auf, dass Mimi nichts passierte. Na ja, ganz so gut passte sie dann wohl doch nicht auf.« Er grinste Julia an. »Gott sei Dank, sonst gäbe es dich ja nicht.« Er schwieg und schien in Erinnerungen zu versinken.

Julia wechselte einen Blick mit Tom, der daraufhin fragte: »Und was war mit dieser Lieselotte?«

Paul holte tief Luft. »Die Lieselotte war auch im Trachtenverein dabei, da tanzten wir immer, es war fast die einzige Möglichkeit, aus dem Haus zu kommen und etwas zu unternehmen. In den Wald konnte man halt noch gehen. Einmal waren der Schorsch und ich mit der Lieselotte im Wald. Sie hatte etwas getrunken, alle drei waren wir nicht nüchtern. Lustig war es, und sie küsste uns beide, den

Schorsch und mich. Ihre Busserl schmeckten nach Wald und Freiheit. So verführerisch. Ich wollte der Mimi ein paar Tage später einen Antrag machen und dachte, auf den einen Tag käme es nicht an. Später habe ich lange keine andere mehr geküsst.«

Julia schluckte. War Oma da schon schwanger gewesen? Hatte Paul sie betrogen? War es nur ein Kuss gewesen oder mehr?

Paul schien sie gar nicht mehr wahrzunehmen. »Ich musste an Martha denken und wollte gehen. Aber der Schorsch wollte nicht, dass ich ging. Er wollte, dass ich zuschaute, wie er sie nahm.« Er schluckte schwer. »Nahm. Anders kann man es nicht sagen. Lieselotte schrie, er solle aufhören. Doch der Schorsch war brutal. Er biss sie sogar in den Hals, weil sie nicht aufhörte zu schreien. Aber wir waren ja im Wald, und niemand konnte sie hören. Ich wollte ihr helfen, versuchte, ihm ins Gewissen zu reden, aber er lachte nur. Und dann packte er sie am Kopf und riss ihn zurück, und sie hörte auf zu schreien.«

Julia atmete hörbar aus. »Was passierte dann?«

»Wir waren ziemlich erschrocken und, ich kann nicht sagen, wie leid mir das heute tut, wir rannten weg. Dabei ließ ich mein Halstuch liegen, was ich erst daheim merkte. Ich musste dem Schorsch versprechen, dass ich nichts sagen würde. Es war erst später Nachmittag, aber ich verkroch mich zu Hause in meiner Kammer. Ich wollte nachdenken. Ein paar Stunden später kam der Michi, mein Bruder, rein und berichtete mir, dass der Schorsch überall im Dorf herumerzählte, ich hätte die Lieselotte umgebracht. Ihr Vater hatte sie gefunden und mein Halstuch auch, da hatte ja meine Mama meine Initialen eingestickt. Und es schaute so aus, als wollten sie mich holen. Vom Fenster aus konnte ich sie sehen. Also packte ich das Nötigste zusammen, schlüpfte durch die Hintertür hinaus und lief davon.«

»Aber du hast doch nichts gemacht!«, entfuhr es Julia.

»Nein, ich hab nichts gemacht. Aber tot war sie ja trotzdem. Und der Schorsch behauptete ja, ich wäre es gewesen. Wie hätte ich erklären sollen, was passiert war? Mein Wort hätte gegen seines gestanden.«

Tom runzelte die Stirn. »Wahrscheinlich gibt es irgendeine gute Erklärung dafür.«

Paul winkte ab. »Ist das heute nicht eigentlich egal?«

Julia schüttelte den Kopf. »Nein, es ist nicht egal. Viele Leute erinnern sich noch daran und denken, dass du ein Mörder bist. Das sollte dich nicht kaltlassen, allein schon wegen Johannes nicht.«

Paul sah auf und verzog den Mund. »Ich fürchte, du hast recht. Johannes wird genauso falsch verdächtigt, wie ich es damals wurde.«

Julia lächelte betreten.

»Ich hab das schon gemerkt, meine Liebe. Mein Sohn hat Fehler gemacht, aber er ist kein Mörder. Und für seine Fehler wird er nun büßen müssen.«

Winter 1952/53

Sie hörten nichts von Eva. Martha sah sie auch nie im Dorf, nicht einmal sonntags, wenn sie mit Rebecca einen Spaziergang machte. Ihrer Tante hatte es das Herz gebrochen. Eva war ihr Ein und Alles gewesen. Die Verbindung zu ihrem geliebten Mann, der immer noch in russischer Kriegsgefangenschaft ausharren musste. Und nun konnten sie nur noch hoffen, dass es Eva gut ging.

Kurz vor Weihnachten erreichte sie der Brief, der alles ändern sollte.

Mit zitternden Händen öffnete Elsa ihn, und als sie gelesen hatte, was darin stand, brach sie zusammen. Ihr Mann, auf den sie so lange gewartet hatte, war in der Gefangenschaft gestorben.

Es brach Martha das Herz, ihre Tante so leiden zu sehen. Als die Tante in den nächsten Tagen immer schwächer wurde, wusste Martha, dass sie aufgegeben hatte, und holte den Pfarrer. Elsa starb zwei Tage später.

Martha bat den Pfarrer, im Aigner-Hof Bescheid zu geben. Auf der Beerdigung sah sie Eva zum ersten Mal wieder. Ihre Cousine war sehr blass und hochschwanger.

Einundvierzig

Schorsch. Das war Georg Aigner, Max Aigners Vater. Tom wusste, wo er wohnte. Julia wartete ungeduldig, bis Martha ihren Mittagsschlaf beendet hatte. Als ihre Großmutter mit kleinen Augen in der Küche erschien und »Gibt es keinen Kaffee?« fragte, zog Julia Tom auf die Beine.

»Trinkt doch ohne uns Kaffee, Oma. Könntet ihr bitte dabei ein Auge auf Sophia und Flo haben? Ich muss noch mal mit Tom weg, aber es dauert nicht lange.«

Martha warf ihr einen zweifelnden Blick zu, nickte jedoch ergeben. »Schade. Aber gut, wenn ihr unbedingt wegmüsst, dann trinken wir eben allein Kaffee, oder, Paul?« Sie lächelte ihn an und schien sich über die Aussicht, den Nachmittag mit Paul allein zu verbringen, sehr zu freuen.

Julia verließ mit Tom das Haus.

»Lass uns zu Fuß gehen. Ich glaub, es ist nicht weit«, schlug er vor.

Julia nickte. Ein bisschen frische Luft konnte nicht verkehrt sein.

Die ersten paar Meter gingen sie schweigend nebeneinanderher.

»Was erhoffst du dir eigentlich bei diesem Georg?«, fragte Tom schließlich.

Julia zuckte mit den Schultern. »Keine Ahnung. Er lebt

völlig zurückgezogen. Ich weiß nur, dass er sich mit Max nicht immer gut versteht, und der deswegen ab und zu in seinem Bauwagen übernachtet. Aber ich möchte ihn nach dieser Nacht vor sechzig Jahren fragen. Ich kann einfach nicht glauben, dass Paul ein Mörder sein soll.«

Tom sah sie zweifelnd an. »Er wird sich kaum selbst beschuldigen.«

Julia zog eine Grimasse. »Ja, da hast du wahrscheinlich recht. Trotzdem, vielleicht können wir an seiner Reaktion etwas ablesen.«

Sie mussten tatsächlich nur ein paar Minuten am Ortsrand entlanggehen. Georg Aigners Haus lag von der Straße zurückgesetzt, der große Vorgarten war ziemlich verwildert, das Gras nicht gemäht und die Apfelbäume nicht zugeschnitten. Das Haus hatte eine große Grundfläche und musste früher einmal stattlich gewirkt haben, aber wie Pauls Haus hatte es die beste Zeit hinter sich. Auch ohne dass es gebrannt hatte.

Julia und Tom gingen links am Haus vorbei zum dahinter liegenden Garten, da kein Zaun sie daran hinderte. Noch bevor sie den Garten erreichten, hörten sie den Grund. Parallel zum Haus stand ein großer Schuppen, an den ein Zwinger angebaut war, aus dem ein riesiger Schäferhund sie laut anbellte. Er sprang gegen das Gitter, und Julia schreckte zurück.

Tom lachte. »Seit wann hast du Angst vor Hunden? Ausgerechnet du? Ich bin doch hier der Schisser. Ich hatte ja am Anfang sogar vor Cora Angst.«

»Das hier ist ein anderes Kaliber als Cora, das kannst du mir glauben.« Julia war mehr als froh, dass das stabile Gittergeflecht sie von dem Hund trennte. Sie zog Tom am

Ärmel zurück zum Schuppen, über dessen Tür der Schädel eines kleinen Tieres befestigt war. Einer Katze? Oder eines Wiesels? Jedenfalls eines kleinen Raubtieres. »Lass uns mal da reinschauen.«

»Was? Wieso denn? Ich dachte, du wolltest mit Georg Aigner sprechen.«

»Ja, will ich auch. Bei dem Radau, den der Hund macht, wird er eh gleich aus dem Haus kommen. Lass uns wenigstens einen Blick hineinwerfen. Schnell!« Sie stieß die Tür auf.

Es war ein einfacher alter Holzschuppen, Arbeitstische standen an den Wänden, der Boden bestand lediglich aus plattgetretener Erde. Julia trat ein, kramte das Mobiltelefon hervor und aktivierte die Taschenlampe. Tom trat hinter ihr in den Schuppen, und die Tür fiel mit einem leisen Quietschen zu. Sie standen im Dämmerlicht. Im Schein der Taschenlampenapp sahen sie, dass die Wände über und über mit Schädeln von verschieden großen Tieren dekoriert waren. Die Trophäen wurden lediglich von in die Bretterwände geschlagenen Nägeln gehalten.

Julia fühlte, wie sich die Haare in ihrem Nacken sträubten. An einer Wand waren alle möglichen Insekten mit Nadeln aufgespießt. Sie schluckte und drang weiter in den vollkommen im Dunkeln liegenden hinteren Teil des Schuppens vor, aus dem ein seltsam süßlich-fauliger Geruch zu ihr waberte. Julia spürte Tom dicht hinter sich, als sie die Taschenlampe hob. Auch hier überall Tiere. Allerdings nicht nur Knochen, diese armen Geschöpfe waren noch nicht sehr lange tot.

Sie traten noch näher, und im schwachen Lichtschein erkannte Julia etwas, das einmal eine Katze gewesen sein musste. Der Körper war an den Extremitäten mit Nägeln auf der Werkbank befestigt, der Kopf lag abgetrennt daneben. Julias Magen rebellierte. Sie versuchte, den Mund geschlossen zu halten und nur durch die Nase zu atmen.

»Was ist das? Was für ein Wahnsinniger hat das getan?« Sie musste sich zwingen, stehen zu bleiben und den Anblick zu ertragen. Zu gern hätte sie Toms Gesicht gesehen, sein Schweigen machte sie nervös. Schließlich hörte sie, wie er schwer ausatmete.

»Wir sollten gehen. So was machen nur Wahnsinnige. Serientäter. Dieser Georg Aigner muss Leonie ermordet und Natalie entführt haben. Wir müssen hier weg und die Polizei verständigen.« Toms Stimme zitterte.

Julia griff nach seiner Hand. »Du hast recht. Wir verschwinden.«

Die freie Hand in seiner eilte Julia zur Schuppentür und zog sie auf. Das Sonnenlicht blendete sie, und sie blieb einen Moment stehen. Als sich ihre Augen an das helle Licht gewöhnt hatten, sahen sie ihn.

Gegenüber vom Schuppen rollte ein alter Mann in einem Rollstuhl auf sie zu. Er hielt eine Schrotflinte in der Hand und richtete den Lauf langsam auf sie.

Julia stockte der Atem. Instinktiv hob sie die Hände und stand wie versteinert. »Entschuldigung. Wir sind hier einfach so eingedrungen, wir …« Himmel, warum fielen ihr nie die richtigen Worte ein?

Tom machte einen Schritt nach vorn. »Hören Sie, wir wollten nichts Böses. Wir sind auf der Suche nach meinem Hund. Cora – sie ist abgehauen. Haben Sie sie zufällig gesehen?«

Der Mann senkte die Flinte ein wenig. »Ein Hund?« Er lachte heiser. »Das muss ein sehr dummer Hund sein, wenn er sich in Hassos Nähe wagt.« Er sah zum Zwinger hinüber. Der Schäferhund ließ Julia und Tom nicht aus den Augen und knurrte.

»Sind Sie Georg Aigner?« Julia trat einen Schritt vor, ohne den Blick von dem Mann und seiner Waffe zu wenden. Er trug ein Unterhemd, das einmal weiß gewesen sein musste, darüber eine graue Strickjacke, der einige Knöpfe fehlten, und eine dunkle Cordhose.

»Wer will das wissen?« Abschätzig taxierte Aigner sie.

»Ich bin Julia Sommer.« Sie zögerte kurz, ging dann aber doch weiter auf ihn zu und streckte die Hand zum Gruß aus. »Sie sind der Vater von Max, oder? Ich kenne Max, er macht bei uns im Wald Brennholz.«

Aigners Mundwinkel verzogen sich zu einem verächtlichen Grinsen. »Ach, der Max, der Versager. Zu mehr als zum Holzmachen hat es nicht gereicht.« Er spuckte knapp an Julias Schuhen vorbei. Ihre Hand ergriff er nicht.

Julia zwang sich, nicht wieder zurückzuweichen. »Ist Max zufällig da?«

Unter Aigners feindseligem Blick hatte Julia das Gefühl, er könne bis in ihr Inneres sehen. Oder eher unter ihre Klamotten.

Noch immer hatte er die Flinte auf sie gerichtet. »Nein.«

»Dann wird er wohl im Wald unterwegs sein. Oder wissen Sie, wo er sein könnte? Ich hatte ihm einen Platz für Brennholz gezeigt, in der Nähe des Aussichtsturms. Aber da ist er wohl nicht?«

Aigner lachte bitter auf. »Selbst, wenn es mich interessieren würde: Woher soll ich das wissen? Er macht, was er will, statt seinem alten Vater zu helfen.« Er wies auf seinen Rollstuhl. Dabei verrutschte der Ärmel der Strickjacke und gab eine Narbe an der rechten Hand frei. Sie sah aus wie ein N.

Julia schüttelte die Gänsehaut ab und fühlte, wie sich Toms Finger fester um ihre schlossen. Er richtete sich neben ihr zu seiner vollen Größe auf und sagte mit einem nonchalanten Grinsen: »Ich hab dir doch gesagt, Schatz, dass der Max nicht daheim ist. Wir sollten noch mal losgehen und ihn im Wald suchen.« Er nickte Aigner zu. »Der Herr Aigner senior hat bestimmt noch anderes zu tun, stimmt's?«

Aigner grinste boshaft bis über beide Ohren, ließ sie dann aber gehen.

Als sie außer Hörweite waren, flüsterte Julia: »Ich dachte, er knallt uns ab.«

Tom ließ ihre Hand nicht los. »Das habe ich auch befürchtet. Aber wahrscheinlich ist er harmlos.«

»Harmlos? Er war zumindest damals an dem Tod des Mädchens beteiligt. Und ich, ach, ich weiß nicht. Jagt er dir keine Angst ein? Und hast du die Narbe an seiner Hand gesehen?«

»Doch«, gab Tom zu, »aber er sitzt im Rollstuhl. Er kann weder die Mädchen entführt haben, noch den Kindern Bonbons angeboten haben. So etwas Wichtiges wie den Rollstuhl hätten die beiden doch sicherlich erwähnt.«

Zweiundvierzig

Als sie am Forsthaus ankamen, saß Martha mit Paul völlig verstört auf der Bank davor und schluchzte hemmungslos in seinen Armen.

»Oma! Was ist denn los?« Julia lief los und kniete sich vor ihre Großmutter.

»Ich … ich weiß gar nicht, wie das passieren konnte … Wir saßen doch nur in der Küche und haben ein bisschen geplaudert und Kaffee getrunken. Wir waren nicht weg oder so …«

Paul nickte bekräftigend.

Julia starrte Martha verständnislos an. »Was ist passiert? Redet doch vernünftig!«

Ihre Großmutter knetete ein Taschentuch in der Hand und flüsterte: »Sie sind weg.«

»Was? Wer?« Ein Blick in Marthas Augen gab Julia die Antwort: Florian und Sophia.

Blut rauschte in ihren Ohren, sie rappelte sich auf und rannte ins Haus. Zuerst polterte sie die Treppe zu Flos Zimmer hinauf. Der Raum war leer. Auf dem Schreibtisch lagen ein paar Blätter Papier, auf die mit Wachsmalkreiden in kindlichen Strichen Bäume gemalt waren. Sie sah ins Bad, in Marthas Schlafzimmer und in ihres, bevor sie wieder die Treppe hinunterraste, je einen schnellen Blick ins Wohnzimmer und ins Büro warf und sich zur Küche wandte.

Tom kam ihr entgegen. »Warst du im Keller?« Er sah besorgt aus.

Statt einer Antwort drehte Julia sich auf dem Absatz um und rannte zur Kellertür. Sie war fest verschlossen. Julia nestelte den Schlüssel aus der Tasche, steckte ihn dann aber wieder ein. Sophia und Flo konnten kaum in den Keller gegangen sein und von innen abgeschlossen haben, wenn sie den einzigen Schlüssel bei sich trug.

»Scheiße.« Mutlos ließ sie die Schultern hängen. »Ich könnte sie erwürgen. Sie hatten nichts anderes zu tun, als ein paar Minuten auf die Kinder aufzupassen, und selbst das vermasseln sie, weil sie an nichts anderes denken können als an sich.« Sie schnaubte.

Tom legte ihr die Hand auf den Arm. »Ruhig. Es bringt nichts, wenn du dich jetzt aufregst.«

»Wir müssen die Polizei anrufen.«

»Und Sophias Eltern.«

Bei Toms Worten meinte Julia, ihr Magen drehe sich um. Das konnte sie nicht. Nein. Zuerst würde sie die beiden suchen. Sie kannte doch Florians Lieblingsspielplätze im Wald. Vielleicht hatte sie Glück und …

»Mama! Maaaamaaaa!«

Julia erkannte Flos Stimme sofort und stürmte zur Haustür hinaus. Ihr Sohn rannte ihr aus dem Wald heraus entgegen. Und, dem Himmel sei Dank, er hatte Sophia im Schlepptau. Keine zwei Sekunden später hielt sie ihn in den Armen. Sie konnte die Tränen der Erleichterung nicht zurückhalten.

Aber Florian schob sie ungeduldig von sich. »Mama, du erdrückst mich ja. Du musst mitkommen. Wir haben Natalie gefunden.«

Julia erstarrte. »Was? Wo habt ihr sie gesehen?«

Sophia drängte sich an sie. »In dem Bauwagen. Wir sind auf das Rad geklettert und haben durchs Fenster geschaut.«

Julia stockte der Atem. »Sie ist in einem Bauwagen?« Sie warf Tom, der herangekommen war, einen Blick zu und richtete sich auf.

Florian zupfte an ihrem Ärmel. »Mama. Wir glauben, dass sie da drin ist. Wir haben es nicht ganz genau gesehen, aber es hat sich etwas da im Dunkeln bewegt. Wir wollten Natalie rufen, aber dann ist der Mann mit seinem Hund gekommen.«

Julia stockte der Atem. »Ein Schäferhund?«

Florian nickte.

Sophia nahm Julias Hand. Sehr ernsthaft sagte sie: »Wir sind nur Kinder. Vielleicht glaubt uns nicht jeder. Aber ich weiß ganz genau, dass meine Schwester in diesem Bauwagen ist. Du musst ihr helfen.«

Julia nickte. »Ich werde deine Schwester da herausholen. Wisst ihr, wo der Bauwagen steht?«

Florian beschrieb ihr den Weg durch den Wald, den sie genommen hatten. »Aber ich glaube, er ist weitergefahren, als wir weggerannt sind.«

Julia atmete tief aus. »Macht nichts. Den finde ich auch so.«

Sie hatte Baumgartner am Telefon und markierte mit der freien Hand auf der Forstkarte, wo Florian den Bauwagen gesehen hatte.

»Sie sind also bei den Aigners eingebrochen?«, fragte die Kriminalhauptkommissarin.

Julia glaubte, sich verhört zu haben. »Was? Da waren lauter tote Tiere, macht Ihnen das keine Sorge? Serienkiller machen so etwas!«

»Wir werden das überprüfen, Frau Sommer. Aber ich muss Sie wirklich bitten, sich nicht in die Ermittlungen einzumischen.«

»Ich will mich auch gar nicht einmischen, aber die Kinder haben schließlich Natalie gesehen. Sie müssen den Aigner finden!«

»Natürlich. Haben Sie herausbekommen können, wo sie den Bauwagen gesehen haben?«

»Ja, bei den Hügelgräbern, nicht weit weg vom Dorf. Aber sie sagen, der Wagen sei weitergefahren.«

»Wir kommen, so schnell es geht. Er muss ja irgendwo zu finden sein.«

Julia hielt die Luft an und schluckte eine scharfe Bemerkung, die ihr auf der Zunge lag, hinunter. Wie konnte Baumgartner so ruhig bleiben? Es ging schließlich um Natalies Leben! Sie legte auf.

In der Küche saßen Oma, Paul und Tom mit Florian und Sophia um den Esstisch und spielten Memory.

Paul zwinkerte ihr zu. »Die jungen Herrschaften hier machen uns alte Leute fertig. Aber so haben wir sie im Auge.«

Für Julia war kein Platz mehr am Tisch, also lehnte sie sich an die Küchenarbeitsfläche und sah den anderen beim Spielen zu. Florian sammelte gerade ein Pärchen nach dem anderen ein.

Julia hielt es nicht aus. »Kommissarin Baumgartner wird vielleicht nachher vorbeikommen, und bestimmt möchte sie dann mit Sophia und Florian sprechen.«

»Kein Problem«, antwortete Martha. »Wir bleiben hier sitzen und spielen alle Spiele, die wir finden, stimmt's, Kinder?« Sie warf den beiden einen warmen Blick zu.

»Gut, das ist super. Ich muss noch mal kurz weg. Seid mir nicht böse.« Sie wich Toms fragendem Blick aus. »Ich denke, ich bin gleich zurück.« Zumindest hoffte sie das.

Tom wollte aufstehen, aber Florian protestierte: »Hey, du bist dran!«

Julia lächelte ihn an. »Ist schon gut. Bleib ruhig hier.« Dann drehte sie sich um und verließ das Haus.

Ihr Lächeln verschwand.

Frühjahr 1953

Martha packte ihre Sachen. Wo sollte sie mit der kleinen Rebecca nur hin, jetzt, da ihre Tante tot war? Sie bereitete sich darauf vor, vor ihrer Mutter auf die Knie zu fallen, sie um Gnade anzubetteln, aber der Gedanke widerstrebte ihr sehr.

Im letzten Moment – sie hatte die Tasche schon in der Hand und Rebecca auf dem Arm – kam Hilfe von unerwarteter Seite. Es klopfte an die Tür, und als Martha öffnete, stand der Bürgermeister in der Tür. Hermann Kirmeier war ein großer Mann, fast so groß wie Paul. In den letzten beiden Jahren war sein lockiges Haar weiß geworden, und die Sorge um seinen verlorenen Sohn hatte so manche Falte in sein Gesicht getrieben.

Marthas Herz schlug ihr bis zum Hals. Er hatte die gleichen Augen wie Paul. Und die gleichen Augen wie Rebecca, die sie gerade auf dem Arm hielt.

»Grüß dich, Martha. Willst du verreisen?« Kirmeier sah auf die Tasche, die Martha auf dem Fußboden abgestellt hatte, damit sie eine Hand für die Tür frei hatte.

»Na ja, ich kann ja schlecht dableiben, jetzt da meine Tante tot ist und der Onkel auch. Ich nehme an, das Haus

gehört nun Eva, und ich muss mich nach einer anderen Bleibe umsehen.«

Kirmeier starrte Rebecca an. Er schien ihr gar nicht zugehört zu haben. »Es ist doch ganz unglaublich, wie sehr sich Babys gleichen. Ich könnte schwören, Paul hat ganz genauso ausgeschaut.« Er kraulte Rebecca am Kinn, was diese mit einem leisen Glucksen quittierte. Dann sah er Martha an.

Würde er ihr gleich vorwerfen, seinen Sohn verführt und zur Flucht getrieben zu haben?

Nein. Kirmeier lächelte. »Du hast recht. Elsa hat das Haus an ihre Tochter vererbt, damit gehört es dem Aigner.«

Martha seufzte tief, bückte sich nach ihrer Tasche und schickte sich an zu gehen.

»Nicht so schnell.« Kirmeier hob eine Hand, um sie aufzuhalten. »Mir täte es leid, wenn unser Ort eine so fähige Schneiderin verlieren würde. Und deine Tante hat dich sehr gerngehabt, das muss man schon sagen.«

Martha nickte verwirrt.

»Jedenfalls«, sagte Kirmeier weich, »jedenfalls hat sie in ihrem Testament eine Klausel eingefügt. Nämlich, dass du hier wohnen bleiben und in der Schneiderei weiterarbeiten darfst.«

»Was?« Martha starrte ihn an. Hatte sie das richtig verstanden?

»Pack wieder aus«, meinte Kirmeier. »Du bleibst da.«

In den ersten Tagen nach der Testamentseröffnung ging Martha wie auf Wolken. Zum ersten Mal in ihrem Leben schien etwas gut zu enden. Wenn sie fleißig arbeitete und sparte, dann konnte sie vielleicht irgendwann fortgehen. Weg aus Grafenried, wo alles voller schmerzlicher Erinnerungen war.

Dreiundvierzig

Julia hetzte durch den Wald, achtete nicht auf die Blätter und Zweige, die ihre Arme zerkratzten. Sie hatte keinen genauen Plan, was sie machen sollte, wenn sie auf Max Aigner traf. Aber sie wusste, dass sie Natalie finden würde. Dann würde Baumgartner hoffentlich den Ernst der Lage begreifen und etwas schneller auftauchen.

Sie rannte den Naturpfad entlang. Sophia und Florian waren nicht sehr weit in den Wald gegangen, schon weil ihr Sohn bei aller Selbstständigkeit genau wusste, dass er das nicht durfte. Aber allzu nah am Ort würde Aigner seinen Bauwagen doch sicher nicht parken, wenn die Gefahr bestand, dass Natalie Spaziergänger auf sich aufmerksam machen konnte? Er konnte natürlich einfach weitergefahren sein. Sie blieb stehen und sah sich um. Wenn sie geradeaus weiterlief, würde sie bald auf die Staatsstraße treffen. Wenn Aigner dorthin gefahren war, würde sie ihn zu Fuß nicht mehr einholen können. Aber warum sollte er den Wald verlassen? Hier war er relativ sicher und schwer zu finden. Julia wandte sich nach links und folgte der alten Römerstraße Richtung Osten. An der Kreuzung spähte sie in die nach Süden abgehende Forststraße. Hier hatten Sophia und Flo den Bauwagen gesehen. Und tatsächlich, stand dahinten nicht ein Auto? Julia verließ den Forstweg und näherte sich im Schutz der Bäume dem

Wagen. Es war wirklich Max Aigners Suzuki mit dem Bauwagenanhänger. Julia machte einen weiten Bogen, um sich dem Gespann von hinten nähern zu können. Bisher hatte sie Aigner nicht entdecken können. Wahrscheinlich hielt er sich mit seinem Hund im Bauwagen auf. Sie merkte, wie ihr Herzschlag sich beschleunigte, also blieb sie hinter einem Baum stehen. Von hier aus konnte sie den Bauwagen gut beobachten. War Natalie wirklich da drin? War dieser Wahnsinnige auch die ganze Zeit mit Leonie im Wagen vor ihren Augen herumgefahren?

Sie musste planvoll vorgehen. Aus der Tasche zog sie ihr Handy und machte zwischen den Bäumen hindurch ein Foto vom Bauwagen. Was war sie doch für eine Idiotin! Wie sollte jemand auf diesem Foto erkennen können, wo sie war? Sie brauchte etwas Besseres. Die Kompass-App! Julia öffnete das Programm, und tatsächlich zeigte ihr die App nicht nur die Himmelsrichtung, sondern auch die Koordinaten ihres Standortes an. In einer Nachricht schickte sie Tom einen Screenshot davon. Er würde schon wissen, was er damit anfangen sollte. Dann straffte sie die Schultern und schlich langsam näher. Es war Zeit herauszufinden, ob Natalie sich im Bauwagen befand.

Der Anhänger war hellgrau gestrichen, auch das Dach. Als Julia näher kam, sah sie, dass über der Deichsel die roten Fensterläden des einzigen Fensters offen standen. Da der Bauwagen angespannt war, musste sie also zwischen den Wagen und Aigners Suzuki klettern, um einen Blick ins Innere werfen zu können. Ein Windstoß ließ die Blätter der Buchen hinter ihr rascheln, und der einsame Ruf eines Kauzes ertönte. Ansonsten war es still, schrecklich still.

Julia huschte von Baum zu Baum und hielt sich außerhalb der Sichtweite des Bauwagenfensters. Aigner sollte sie schließlich nicht bemerken.

Da! Hatte der Bauwagen nicht gerade ein wenig gewippt, als bewege sich jemand darin? Ihr Herz hämmerte in ihrer Brust.

Vorsichtig trat sie auf den Forstweg, konnte aber nicht verhindern, dass der Kies leise unter ihren Füßen knirschte. Sie schlich bis zum Bauwagen und presste sich dicht an die Verkleidung. Links von ihr befanden sich der Suzuki, die Deichsel und das Fenster, rechts von ihr war die Tür. Aigner konnte dort jeden Moment auftauchen. Sie zwang sich, so leise und ruhig wie möglich zu atmen. Dann schlich sie Schritt für Schritt zum Fenster. Sie ging in die Knie und kletterte über die Deichsel. Vorsichtig streckte sie sich, um durch das Fenster zu spähen. Drinnen war es dunkel, doch sie konnte schemenhaft ein quadratisches Gebilde auf dem Boden erkennen und Gitterstäbe, hinter denen sich etwas bewegte. Es war Natalie!

Das Mädchen sah ihr direkt in die Augen. Dieser Blick – flehend, verzweifelt. Am liebsten hätte Julia ihr zugerufen, dass sie sich keine Sorgen machen solle, dass Rettung nahte.

Dann spürte sie den Schmerz, und es wurde dunkel.

Vierundvierzig

Als Julia zu sich kam und die Augen öffnete, war es immer noch dunkel. In ihrem Kopf pochte ein heftiger Schmerz. Mühsam tastete sie neben sich, fühlte Stoff, sie lag auf einer Matratze. Die Luft war erfüllt von einem muffigen Geruch und dem intensiven Gestank nach Hund. Vorsichtig versuchte sie, Arme und Beine zu bewegen, doch ihre Handgelenke waren vor ihrem Körper zusammengebunden. Als sie versuchsweise daran zog, schnitt etwas schmerzhaft in ihre Haut ein. Sie führte die Hände an die Lippen und befühlte die Fessel, sie roch und fühlte sich an wie ein Lederband, war aber so fest gebunden, dass es wehtat.

Julia rollte sich auf die linke Seite und stemmte sich hoch. Gleich hinter ihr war eine kalte Rückwand. Kalt wie Stein oder Metall. Sie setzte sich auf, lehnte den Rücken an. Wo zur Hölle war sie? Es war stockdunkel. Sie erkannte nichts, nur schwarze Leere. Draußen, anscheinend weit weg, pfiff der Wind. Jetzt wusste sie es. Sie war in Aigners Bauwagen.

Was hatte er mit ihr vor? Julia schüttelte unwillig den Kopf. Sie würde nicht abwarten, bis sie es herausfand. Wieder zerrte sie vergeblich an ihren Fesseln, dann biss sie kräftig in die Lederschnur. Das könnte funktionieren. Julia biss ein ums andere Mal in die Fessel, riss mit ihren

Schneidezähnen kleine Stückchen ab, spuckte sie aus und kam ihrem Ziel, die Hände zu befreien, immer näher.

Plötzlich ertönte ein Geräusch. Julia schreckte hoch, presste sich an die kalte Blechwand und lauschte mit angehaltenem Atem. Erneut hörte sie das Geräusch, es klang wie das unterdrückte Stöhnen oder Atmen eines Menschen.

»Natalie?« Obwohl Julia flüsterte, klang ihre Stimme unnatürlich laut. Sie lauschte in die Dunkelheit und riss die Augen weit auf, um wenigstens ein kleines bisschen Licht einzufangen. Wieso, verdammt noch mal, konnte sie praktisch nichts erkennen? Dieser Bauwagen konnte doch unmöglich so dicht sein, dass überhaupt kein Licht hereinfiel. Sie starrte angestrengt in die Richtung, aus der das Geräusch gekommen war. »Natalie?«, wisperte sie wieder. Die Antwort bestand erneut aus einem Stöhnen. Diesmal aber etwas näher. »Natalie?«

Wieder ein langgezogener kehliger Laut. Dann hörte Julia, wie jemand über den Boden auf sie zukroch. Sie stützte sich auf Hände und Knie. »Natalie, ich hole dich raus. Wir hauen ab, bevor er zurückkommt.«

Leise Schluchzer waren die Antwort.

»Natalie, ich muss mich erst befreien, er hat mich gefesselt.« Hektisch knabberte, zog und zerrte sie weiter an dem Lederband um ihre Handgelenke. Es schmeckte widerlich, doch das war ihr egal. Endlich lösten sich mit einem kleinen Schnalzen die Fesseln. Sie war frei. Zumindest ihre Hände.

Im Sitzen tastete sie um sich, kam auf alle viere, krabbelte los, aber ein dumpfer Schmerz gebot ihr abrupt Einhalt. Sie streckte die Hand aus und ertastete mehrere

Eisenstangen. Der Hundezwinger. Den hatte Aigner doch für den Schäferhund in den Bauwagen eingebaut. Sie hielt inne, sah innerlich schon die Fangzähne des Schäferhundes in der Dunkelheit aufblitzen. Sie brauchte eine Waffe. Ihre Hände fühlten über den Boden, fanden aber nichts. Sie griff in ihre Hosentasche. Auch ihr Handy und ihr Schlüssel waren weg. Natürlich hatte er ihr beides weggenommen. Hoffentlich hatte Tom vorher die Nachricht bekommen. In der Finsternis konnte sie kein Knurren hören. Julia atmete erleichtert aus. Natürlich. Da war kein Hund. Es roch nur so. Hatte sie nicht Natalie in dem Zwinger gesehen, als sie durch das Fenster geblickt hatte?

»Natalie, bist du da drin? In dem Käfig?«

Ein weiteres Schluchzen, nah vor ihrem Gesicht, war die Antwort.

Julia zog sich an den Gitterstäben des Zwingers nach oben und stand auf. Jetzt, da sie wusste, dass sich nicht der Schäferhund, sondern Natalie darin befand, war ihre Angst abgeebbt. Sie musste handeln, musste Natalie da herausholen. Sie musste es schaffen.

Ein schleifendes Geräusch ließ sie herumfahren. Was war das? Es war nicht aus der Richtung gekommen, in der sie Natalie vermutete. Nein, es kam von weiter hinten aus dem Bauwagen. Ihr gefror das Blut in den Adern. War das Aigner? Ergötzte er sich daran, dass sie verzweifelt versuchte zu entkommen? Ihre Schläfen pochten, und sie fuhr sich langsam über den Kopf. Als sie die Stelle an ihrem Hinterkopf befühlte, an der Aigner sie geschlagen hatte, zuckte sie zusammen. Sie spürte getrocknetes Blut. Er hatte sie niedergeschlagen und hier in den Wagen gesperrt. Aber war er noch in der Nähe? Julia hielt wieder den Atem an, aber sie konnte beim besten Willen weder etwas hören noch sehen. Sie hatte das sichere Gefühl, mit Natalie allein im Bauwagen zu sein, aber konnte sie dem trauen? Wieder vernahm sie das schabende Geräusch, gefolgt von einem leisen Fiepen. Es klang wie eine Maus oder eine Ratte. Jedenfalls war es nicht Aigner.

Neuer Mut erfüllte Julia. Sie richtete sich auf und tastete sich an den Gitterstäben entlang. Bei jedem Zentimeter horchte sie in die Dunkelheit. Aber außer Natalies leisem Stöhnen hörte sie nichts. Julia berührte Stange um Stange, suchte die Zwingertür. Nach scheinbar endlosen Minuten kam sie auf der anderen Seite des Zwingers an, ohne eine Möglichkeit gefunden zu haben, ihn zu öffnen. Fluchend tastete sie sich an der Wand des Bauwagens entlang weiter nach vorne. Irgendwo hier musste die Tür des Bauwagens sein. Endlich spürten ihre Finger eine Veränderung in der Struktur der Wand. Die Tür. Hastig fühlte sie weiter. Wo war nur die Klinke? Schließlich fand sie den Griff und drückte ihn hinunter.

Vergeblich. Die Tür ging nicht auf.

Wütend rüttelte Julia daran, aber es half nichts. Mittlerweile war es ihr egal, ob Aigner sie hören konnte. Sie wollte nur noch aus diesem Bauwagen raus – zusammen mit Natalie. Sie rüttelte und zog an der Tür, doch sie war fest verschlossen.

Licht. Sie brauchte Licht. Aigner hauste schließlich in dem Bauwagen, irgendeine Lichtquelle würde ja wohl zu finden sein. Sie tastete sich weiter an der Vorderwand entlang bis zur nächsten Ecke, dann wieder zurück in den hinteren Teil des Wagens mit dem Zwinger und der Matratze.

Plötzlich fühlte sie ein Brett, ein Regal, direkt vor ihr. Sie ließ ihre Finger behutsam darüber wandern und ertastete etwas, das eine Streichholzschachtel sein konnte. Sie konnte ihr Glück kaum fassen. Mit zitternden Fingern öffnete sie die Schachtel und erfühlte drei Streichhölzer. Sie fingerte eins der Hölzchen heraus. Mit dem Daumen tastete sie über die Schachtel, bis sie die raue Reibefläche gefunden hatte. Dann atmete sie tief aus. »Halt dir die Augen zu, Natalie.«

Julia zog das Streichholz über die Reibefläche, und mit einem Zischen erschien die Flamme. Julia musste wegsehen, so sehr blendete sie das helle Licht. Dann zwang sie sich, die Augen hinzuwenden, denn sie hatte nicht viel Zeit, nur ein paar Sekunden noch, bis das Streichholz abgebrannt war. Mit schmerzenden Augen sah sie sich um und erhaschte einen Blick auf Natalie, die zusammengekrümmt in einer Ecke des Zwingers kauerte. Ihr Anblick versetzte Julia einen Stich. Das Mädchen war total verstört und ihr Mund mit Klebeband verschlossen. Was hatte Aigner ihr nur angetan?

Die Flamme erlosch, und sie stand wieder in der Dunkelheit. Mit zitternden Händen zündete sie ein weiteres Streichholz an.

Diesmal sah Julia Natalie nicht an, auch wenn es ihr das Herz zerriss. Sie konzentrierte sich auf den Käfig, erkannte die Tür und rüttelte daran. Sie war verschlossen. Mist. Sie musste einen Ausweg finden. Den Schlüssel für den Zwinger und auch einen Schlüssel für die Tür des Bauwagens.

Nach wenigen Sekunden erlosch auch die zweite Flamme, und Julia ließ sich mutlos zu Boden sinken. Die Wahrscheinlichkeit, den Schlüssel für den Zwinger und den Bauwagen hier drinnen zu finden, war mehr als gering. Aigner würde beide Schlüssel bei sich tragen.

Plötzlich gab es einen Ruck, und Julia wurde unsanft zur Seite gedrückt. Der Wagen bewegte sich. Sie fuhren. O nein. Wie sollte Tom sie dann finden? Aigner konnte überall mit ihnen hinfahren. Selbst wenn er den Ebersberger Forst nicht verließ – es gab genügend Möglichkeiten, den Bauwagen zu verstecken, wenn man nur wusste, wo. Und Aigner kannte den Wald wie seine Westentasche. Es konnte Tage dauern, bis jemand sie finden würde. Verzweifelt verbarg sie das Gesicht in den Händen und weinte bittere Tränen, während das Ruckeln des fahrenden Wagens sie beinahe sanft und einschläfernd hin- und herwiegte.

Nein. Sie würde, sie durfte nicht aufgeben. Für Natalie, für Florian und für Oma. Entschlossen zündete Julia das dritte Streichholz an, schob den Gedanken von sich, dass sie, sobald das Streichholz abgebrannt war, wieder in der völligen Dunkelheit ausharren mussten. Stattdessen hielt sie die kleine Flamme vorsichtig höher, um möglichst viel von ihrer Umgebung zu beleuchten. Da. Was war das? Nicht weit von Julia entfernt lag etwas auf dem Boden. Der Schädel eines Rehbocks mit Gehörn.

Dunkelheit. Viel zu früh war das Streichholz erloschen. Das letzte Streichholz. Vielleicht hatte ihre Hand zu sehr gewackelt.

Julia ging auf die Knie und krabbelte in die Richtung, in der sie den Schädel entdeckt hatte. Sie fand ihn, hielt ihn in den Händen, befühlte die spitzen Enden der Hörner. Der Bock war noch jung gewesen. Ein Spießer. Hastig versteckte sie den Schädel im Käfig. Daneben fand sie ein längliches Holzscheit, das für den Kaminofen vorgesehen sein musste. Sie wog es in ihrer Hand. Sie war gerüstet.

Frühjahr 1954

Schon bei ihrer nächsten Begegnung im Dorf hatte der Schorsch ihr gesagt, dass er das Testament nicht akzeptieren würde. Sie hätte es sich denken können. Er würde gegen die Klausel klagen.

Die kleine Rebecca, die anfangs so viel geschrien hatte, war nun viel ruhiger und spielte stundenlang ganz lieb neben Martha, während sie nähte. Martha sorgte dafür, dass es der Kleinen an nichts fehlte, dass sie immer genug zu essen hatte und auch ab und zu eine Leckerei bekam, auch wenn sie selbst dadurch sehr wenig aß. Martha arbeitete, so viel sie konnte, tags und nachts. Nur am Sonntagvormittag, nachdem sie in der Kirche gewesen waren, in der sie die Eltern und die Marei immer noch ignorierten, nahm sie sich frei für einen Spaziergang mit Rebecca.

An diesem Sonntag Anfang Mai wärmte die Sonne ihre Haut, und die sprießende Natur, die sich nach jedem Winter neu erfand, zeigte sich in besonders bunter Pracht. Rebecca suchte am Waldrand nach Blumen, die sie bewunderte, und Martha folgte ihr, ohne auf den Weg zu achten.

»Mama, schau. Wau wau!«

Martha sah in die Richtung, in die Rebecca mit ihrer kleinen Hand zeigte. Tatsächlich, auf dem Grundstück, das an den Waldweg grenzte, war ein großer Zwinger an einen Schuppen angebaut. Ein riesiger Hund saß darin, beobachtete sie und fletschte die Zähne. Speichel tropfte von seinen Lefzen.

»Komm mal an meine Hand, Rebecca.« Auch wenn da ein Zaun zwischen ihnen und dem Tier war, war Martha doch mulmig zumute. »Wir gehen besser weiter«, sagte Martha leise.

Rebecca starrte mit großen Augen den Hund an. Nein. Rebecca sah woandershin. Martha bemerkte nun auch eine Bewegung am Rand des Zwingers. Dort, direkt an der Wand zum Schuppen. Was war das?

Sie machte ein paar Schritte auf das Gitter zu, um besser sehen zu können. Eine Gestalt kauerte im Zwinger, offensichtlich bemüht, sich so klein und unauffällig wie möglich zu machen.

»Hallo? Brauchen Sie Hilfe? Sind Sie eingesperrt?«, rief Martha.

Die Gestalt bewegte sich zögernd, hob das Gesicht.

Eva.

Martha schnappte nach Luft. Was machte Eva in dem Zwinger? Bei dem bissigen Hund?

»Eva? Soll ich dich da rausholen?« Martha lief auf das Grundstück, auf den Zwinger zu.

Der Hund flippte aus. Er sprang gegen den Zaun, bellte und fletschte die Zähne. Martha hielt erschrocken inne. Eva starrte sie nur mit leeren Augen an. Ihr Gesicht war schmutzig, ihre Kleider zerfleddert, als säße sie schon längere Zeit da im Käfig. Sie drehte sich ein bisschen, und wieder stockte Martha der Atem. Mit ihrem Körper schützte Eva ein Kind.

Am Haus auf der anderen Seite des Zwingers öffnete sich eine Tür, und Schorsch trat heraus, mit einer Flinte in der Hand. »Was ist denn da los? Hab ich nicht gesagt, was passiert, wenn da so ein Radau ist?«

Martha wich zurück.

Ihre hastige Bewegung erregte Schorschs Aufmerksamkeit. »Ach, wir haben Besuch! Das ist doch die Martha. Deine alte Freundin ist da, Eva, hast du das gesehen?«

Eva sprang auf und lief an die Tür des Zwingers, das Kind fest an die Brust gepresst. »Lass uns raus, bitte. Wir tun alles.« Sie sank vor ihm auf die Knie.

Schorsch beachtete sie gar nicht. Er ließ Martha nicht aus den Augen und ging mit einem gefährlichen Lächeln auf den Lippen langsam um den Zwinger herum.

Martha nahm Rebecca auf den Arm. Tränen liefen ihr über das Gesicht. »Du Scheusal! Was machst du mit ihr? Lass Eva sofort da raus!«

Er lachte boshaft.

»Hörst du nicht? Hast du nicht gesehen, dass sie das Kind im Arm hat? Du kannst deine Frau doch nicht in einen Zwinger sperren!«

»Ich kann alles, wenn ich will, lass dir das gesagt sein, Martha! Und schließlich, wie wäre es denn mit uns beiden? Die Eva wäre bestimmt froh, wenn sie dich öfter bei sich hätte. Oder immer!«

Martha wich einen Schritt zurück.

»Aber was ist denn, Martha?« Schorsch kam immer näher auf Martha zu. »Möchtest du nicht deine alte Freundin Eva besuchen? Sie hat gerade Zeit.«

Endlich löste Martha sich aus ihrer Erstarrung und rannte mit Rebecca auf dem Arm, so schnell sie konnte, nach Hause.

Später an diesem Tag getraute sie sich, zum Bürgermeister zu gehen und zu berichten, was sie gesehen hatte.

Doch als sie geendet hatte, sah Kirmeier sie traurig an. »Mein liebes Mädel, ich hab meine Hand über dich gehalten, solange ich konnte. Ich wünsche dir nur das Beste, aber wenn ich gegen den Schorsch etwas unternehme, macht er eine Aussage bei der Polizei … über Paul und diese Lieselotte.«

Martha erstarrte. Bisher waren die Anschuldigungen gegen Paul nur Gerüchte, die im Dorf die Runde machten und immer wieder hochkochten. Aber wenn die Polizei einen konkreten Hinweis hatte, würde sie Paul suchen.

Kirmeier ließ den Kopf hängen, und Martha berührte ihn flüchtig am Arm. Er schien in den letzten Minuten um Jahre gealtert zu sein. Auch die Last auf ihren Schultern kam ihr unerträglich schwer vor.

Am nächsten Tag verließ Martha Grafenried, um sich in Mühldorf in der Textilfabrik zu bewerben.

Fünfundvierzig

Als die Tür aufging, war Julia bereit. Ihr Plan war, Aigner ebenso niederzuschlagen, wie er es mit ihr getan hatte, dann Natalie zu befreien und so schnell wie möglich davonzulaufen. Sobald der Wagen angehalten hatte, hatte sie Position neben der Tür bezogen. Nun hielt sie das Holzstück fest in beiden Händen hoch über dem Kopf, bereit, es dem Eindringling über den Schädel zu ziehen.

Die Tür schwang auf, und grelles Tageslicht erhellte die Dunkelheit. Julia kniff die Augen zusammen. Sie hatte nicht erwartet, dass das einfallende Abendlicht sie so sehr blenden würde. Nur schemenhaft erkannte sie eine hochgewachsene Gestalt in der Tür des Bauwagens. Sie blinzelte und schlug dann mit all ihrer Kraft das Holzscheit auf deren Kopf. Doch Aigner ging nicht zu Boden, sondern fluchte nur laut. Julia ließ ungläubig die Arme sinken, und bevor sie einen weiteren Versuch unternehmen konnte, hatte er sie mit einer geschmeidigen Handbewegung entwaffnet. Julia schrie frustriert auf und prügelte mit beiden Händen auf Aigner ein. Er packte sie an den Handgelenken und warf sie grob zu Boden, sodass sie mit dem Rücken gegen den Käfig prallte. Hinter Aigners Rücken knurrte der Schäferhund und bewachte die offene Tür. Julia rappelte sich auf und überlegte, ob sie sich einfach wieder auf Aigner stürzen sollte.

Er trat einen Schritt auf sie zu, ragte drohend vor ihr auf. Heiser sagte er: »Frau Försterin, jetzt hör auf. Ich tu dir sonst weh. Oder der Hund.«

Julia erstarrte in der Bewegung. Ein kalter Schauer lief ihr über den Rücken. Wenn er den Hund auf sie hetzte, hatte sie kaum eine Chance. Das war der falsche Weg. Sie musste überlegt handeln.

Max Aigner war weiter in den Wagen gekommen und hantierte derweil am Ofen, machte Feuer und drehte ihr dabei den Rücken zu. Der Weg zur Tür war frei.

Julia machte vorsichtig eine Bewegung in die Richtung. Sofort fletschte der Hund die Zähne und knurrte sie an.

Aigner drehte sich um und warf ihr einen Blick zu. »Der Hund passt auf, Frau Försterin. Du gehst nicht weg.« Sein Tonfall war gleichgültig. Er schien ihr den Angriff nicht übel zu nehmen. Gehen lassen wollte er sie aber auch nicht.

Julia setzte sich auf den Boden des Wagens und lehnte sich an den Käfig, in dem Natalie mit aufgerissenen Augen das Geschehen verfolgte. Julia spürte, wie sich Natalies Finger zwischen den Gitterstäben auf ihre Schulter legten. Verdammt! Sie musste etwas tun. Sie musste Natalie hier herausholen!

»Warum hast du Natalie hier eingesperrt, Aigner?« Vielleicht konnte sie ihn mit der vertraulichen Anrede und gutem Zureden davon überzeugen, sie gehen zu lassen. Sie und Natalie. Sie zwang sich, nicht an Leonie zu denken, deren Bild wieder vor ihrem inneren Auge auftauchte.

»Das Mädchen? Ich mag es, wenn ich sie immer anschauen kann, wann ich will.« Er wirkte wie ein kleines Kind, das einem Spielgefährten ein Spielzeug weggenommen hat und es nicht wieder hergeben will.

Natalies Finger krallten sich in Julias Schulter.

Julia schluckte und bemühte sich um einen ruhigen Tonfall. »Das verstehe ich. Aber warum hast du ihr den Mund zugeklebt, sie kann ja gar nicht mit uns reden. Und sie kann auch gar nicht sagen, ob ihr zum Beispiel etwas wehtut.«

Aigner brauste auf: »Weil sie geschrien hat, immer nur geschrien, so laut, dass einem die Ohren wehtun. Wie die andere. Die hat so laut geschrien, sie musste aufhören damit. Ich hab den Hund auf sie gehetzt, dann war Ruhe.«

Traurig schloss Julia die Augen. Sie schluckte schwer, öffnete die Augen wieder und beobachtete den Hund. »Dein Hund ist ziemlich gut erzogen, oder?«

»Ich hab ihn abgerichtet. Mein Pap hat mir gezeigt, wie das geht.« Stolz schwang in seiner Stimme mit.

»Ach, ich hab deinen Vater heute kennengelernt. Ein armer Mann, schon so gebrechlich. Wie kommt er denn mit seinem Rollstuhl klar, wenn du nicht da bist?«

Aigner lachte keckernd. »Hat er sich in den Rollstuhl gesetzt? Das macht er gern mal, wenn er zu faul zum Laufen ist, dabei kann er ganz gut gehen. Aber er erschreckt die Leute gern. Hat er schon immer gemacht. Heute kann er nicht mehr so viel, aber laufen kann er. Er kommt schon zurecht. Ich brauche meine Ruhe.«

»Beim Haus habt ihr auch einen großen Zwinger für den Hund, oder?« Julia sah sich verzweifelt nach einer neuen Waffe um. Sie musste die Unterhaltung unbedingt weiter am Laufen halten, bis ihr eine neue Idee gekommen war.

Das Feuer brannte jetzt, und Aigner setzte einen kleinen Kessel mit Wasser auf die Ofenplatte. Seine Antwort war kalt und knapp. »Der Zwinger ist nicht für meinen Hund. Der ist für die Hunde vom Vater.«

»Er lässt deinen Hund nicht dazu?«, fragte Julia ungläubig.

»Der Zwinger gehört dem Vater. Schon immer.«

Max zog seltsam den Kopf ein, wenn er von Georg Aigner sprach. Julia überlegte fieberhaft. Das konnte die richtige Richtung sein oder ganz falsch, wenn Aigner im nächsten Moment beschloss, dass sie zu viel redete. Vielleicht konnte sie das Gespräch auf ungefährlicheres Terrain lenken. »Als Kind hast du bestimmt mit den Hunden deines Vaters gespielt.«

»Hunde, Frau Försterin, sind sehr zutraulich und zuverlässig. Und sie stellen nicht so viele Fragen wie Menschen.«

Julia, die den Mund schon für die nächste Frage geöffnet hatte, klappte ihn wieder zu. Hinter sich fühlte sie, wie Natalie ihr den Schädel mit den beiden spitzen Hörnern in die Hand legte. Sie wagte nicht, sich umzudrehen, um Aigner nicht aufmerksam zu machen.

Der Hund knurrte leise.

Als Julia ihn ansah, bemerkte sie, dass er sich abgewandt hatte, etwas draußen im Wald anknurrte. Durch die geöffnete Tür des Bauwagens konnte sie erkennen, was es war. Der Wolf. Sie erstarrte.

Er stand etwa zehn Meter entfernt vom Bauwagen mitten auf dem Weg und witterte. Die Schnauze war leicht in die Luft erhoben, das ganze Tier in Anspannung. Aigners Hund knurrte wieder. Julias Finger schlossen sich um den Rehschädel. Alles, was sie brauchte, war etwas Zeit und eine gute Gelegenheit. Ihr Herz klopfte wie wild. Und Glück brauchte sie.

»Theo. Sitz!« Max Aigner hatte sich nicht umgedreht, er sah seinen Hund gar nicht an. Von der Treue und Zuverlässigkeit seines Gefährten anscheinend vollkommen überzeugt, bereitete er Kaffee zu, gab einen Löffel Kaffeepulver in eine Blechtasse und goss heißes Wasser hinein.

Theo starrte bewegungslos den Wolf an. Julia betete lautlos, dass der Hund seinen Gehorsam vergessen und ihr eine faire Chance geben würde.

Dann ging alles ganz schnell.

Der Wolf kam ein, zwei Schritte näher, und Theo folgte seinem Instinkt. Er galoppierte wütend bellend auf den Wolf zu, der einen Satz machte und die Flucht ergriff. Der Schäferhund verfolgte ihn.

Aigner stieß einen lauten Fluch aus und drehte sich zur Tür, um zu sehen, wo der Hund geblieben war. Im selben Moment sprang Julia auf, riss mit einer Hand das Geweih hoch und stieß mit der anderen kraftvoll von unten gegen die Tasse in Aigners Hand. Die heiße braune Flüssigkeit spritzte Aigner mitten ins Gesicht. Reflexartig kniff er die Augen zusammen, seine Gesichtshaut rötete sich schlagartig. Er schrie auf, presste die Hände an die Augen und taumelte gegen die Tür. Julia atmete ein, nahm alle Kraft zusammen und verpasste ihm einen Fußtritt, sodass er aus dem Bauwagen stürzte und bäuchlings auf dem Waldboden landete. Sie sprang hinterher und ins Freie. Dann stand sie heftig atmend mit erhobener Waffe über ihm.

Aigner brüllte und fluchte, ruderte mit den Armen und versuchte, Julia am Fuß zu fassen zu bekommen. Er schrie so laut, dass Julia beinahe die Polizeisirenen nicht gehört hätte.

Sechsundvierzig

Als Erstes sah Julia, wie ihr eigener Landrover auf der Forststraße auf sie zuraste. In wenigen Metern Abstand folgten der dunkelblaue BMW von Kriminalhauptkommissarin Baumgartner und ein Streifenwagen.

Tom bremste den Landrover direkt neben ihr scharf ab, sprang aus dem Auto und umarmte sie fest. »Julia! Ach, Julia, wie gut, dass dir nichts passiert ist. Ich habe mir solche Sorgen gemacht, als du nicht dort gewesen bist, von wo aus du mir die Koordinaten geschickt hast.«

Julia genoss den Moment. Es tat so gut, seinen Atem an ihrer Wange zu spüren. Dann schälte sie sich aus seiner Umarmung, schließlich war Aigner durch den heißen Kaffee nur vorübergehend außer Gefecht gesetzt. Aber als sie zu ihrem am Boden liegenden Peiniger sah, legten ihm zwei Beamte bereits Handschellen an. Sie atmete tief aus und spürte, wie ihr Körper erschlaffte. Die Trophäe fiel ihr aus der Hand und rollte ein paar Meter über das Moos. Hätte sie es wirklich geschafft, sie als Waffe gegen einen Menschen einzusetzen? Keine Zeit für diesen Gedanken. Julia drehte sich um und rannte zurück in den Bauwagen. »Natalie! Sie ist da drin!«

Tom und Baumgartner folgten ihr. Julia blieb seitlich der Tür stehen. Natalie kauerte im Käfig und hielt die Gitterstäbe fest mit den Händen umklammert. Über ihre Wangen rannen Tränen, und hinter dem Klebeband über ihrem Mund formte sich ein stummer Schrei.

»O mein Gott!« Baumgartner kletterte in den Bauwagen, ging vor dem Käfig in die Knie und rüttelte an der Tür. »Natalie, alles wird gut. Du bist gerettet. Wir holen dich hier gleich raus!« Ihre Stimme überschlug sich fast. Dann atmete die Kommissarin tief durch und wiederholte etwas ruhiger: »Alles wird gut.«

Tom quetschte sich an Baumgartner vorbei und stieß die Läden des kleinen Fensters im hinteren Teil des Bauwagens auf. Sofort erhellte sich der kleine Raum. Julia nahm ein Holzscheit und schlug damit auf das Vorhängeschloss ein, das den Käfig sicherte, während Baumgartner im Wagen nach einem Werkzeug suchte, um den Zwinger aufzubrechen.

Zweifelnd blickte Tom von einer zur anderen. »Wahrscheinlich hat Aigner einen Schlüssel bei sich. Wir sollten rausgehen und ihn fragen.« Er wandte sich um, um aus dem Wagen zu steigen.

Plötzlich war lautes Gebell zu hören. Tom hielt in seiner Bewegung inne, und auch Julia stockte der Atem. Theo war zurück. Julia spürte, wie ihr schwindelig wurde, der Boden des Bauwagens schwankte unter ihren Füßen. Da griff Tom nach ihrer Hand und zog sie an sich. Ängstlich barg sie sich an seiner Schulter. Dann hörten sie einen Knall, und das Gebell erstarb.

Tom ließ sie los und drückte noch einmal zärtlich ihre Hand. Er kletterte aus dem Bauwagen, rannte zu dem Streifenwagen, in den Aigner mittlerweile von den beiden Polizisten befördert worden war, und kam eine Minute später mit einem Schlüsselbund zurück. Er reichte ihn

Baumgartner, die umgehend die kleine Tür des Käfigs öffnete, und Julia schloss die schluchzende Natalie in die Arme.

Mittwoch, 18. Mai 2016

Sonnenaufgang	05:31 Uhr
Sonnenuntergang	20:50 Uhr
Minimaltemperatur	4,2 °C
Maximaltemperatur	18,1 °C
Erdbodenzustand (6UTC)	feucht
Niederschlag	1,8 l/m²
Sonnenscheindauer	13,6 h
Waldbrandgefahrenstufe	2 (gering)
Namenstage	Claudia, Felix

Siebenundvierzig

Bayerisches Landesamt für Umwelt
Pressemitteilung

Nr. 23/2016 18. Mai 2016

Natur

Genetische Analyse bestätigt Wolfsverdacht im Landkreis Ebersberg. +++ Wie erste Ergebnisse einer vom Landesamt für Umwelt (LfU) in Auftrag gegebenen genetischen Analyse bestätigen, wurden Schafe nahe Grafenried im Landkreis Ebersberg von einem Wolf angegriffen. Zwei Schafe wurden dabei getötet, ein weiteres Tier wurde schwer verletzt und musste eingeschläfert werden. Die dem Nutztierhalter entstandenen Schäden werden über den »Ausgleichsfonds Große Beutegreifer« zu 100 Prozent ausgeglichen. Dem LfU liegen keine weiteren Erkenntnisse über Schäden an Nutz- oder Wildtieren in der Region vor. Die letzte über die Polizei gemeldete Beobachtung eines wolfsähnlichen Tieres im Münchner Osten bzw. Süden liegt über eine Woche zurück. Die Gremien des Wildtiermanagements sowie die Behörden vor Ort wurden informiert. +++ Bei der genetischen Analyse wurden Speichelproben untersucht, die von einem Mitglied des Netzwerks Große Beutegreifer vor Ort sichergestellt wurden. Das Tier kann demnach der zentraleuropäischen Population aus Nordostdeutschland/Westpolen zugeordnet werden. Vom LfU wurden weitere genetische Analysen beantragt, um gegebenenfalls nähere Informationen zu Geschlecht und zur genaueren Abstammung des Wolfes zu erhalten. +++

Julia drehte sich schwungvoll auf dem Schreibtischstuhl vom Bildschirm weg zu Tom um. »Siehst du? Seit einer Woche keine weitere Sichtung. Der Wolf muss weitergezogen sein.« Sie lachte erleichtert.

»Wolltest du nicht eigentlich bei diesen Experten anrufen und sie deswegen befragen?« Tom kraulte Cora, die neben ihm in Julias Büro stand, hinter dem Ohr und sah Julia neugierig an.

»Hab ich. Und soll ich dir was sagen? Du wirst es nicht glauben, aber das Reh, das erste, das ich damals mit dem Obermeier auf der Staatsstraße gefunden habe …« Sie hielt inne und beobachtete Toms aufmerksame Miene.

»Ja? Mach es doch nicht so spannend!« Er runzelte ungeduldig die Stirn, und Julia musste an eine kleine Gewitterwolke denken.

»Die Bissspuren stammen nicht von einem Wolf, sondern von einem Hund. Und zwar von einem ganz bestimmten Schäferhund, den du in den letzten Tagen auch häufiger gesehen hast.«

»Von Theo? Dem Schäferhund, der Max Aigner gehört hat?« Tom riss überrascht die Augen auf.

»Genau von dem. Aigner muss das Reh auf der Straße abgelegt haben, damit wir auf den Gedanken kommen, dass der Wolf gefährlich ist. Und er hat wohl auch immer wieder Sonnleitner angebliche Hinweise auf den Wolf zugespielt, damit der möglichst viel Aufruhr um den Wolf macht.«

»Das ist allerdings ein starkes Stück. Ich hätte ihm das gar nicht zugetraut. Auf mich hat der Aigner eher einen verschrobenen Eindruck gemacht. So als wäre er nicht ganz, na ja, als könnte er nicht eins und eins zusammenzählen.«

»Einen harmlosen Eindruck hat er gemacht, genau. Ich hab immer gedacht, dass er ein armer, zuverlässiger Kerl ist, dem das Schicksal mit seinem cholerischen Vater übel mitgespielt hat. Dass er ein Mörder sein könnte, das hätte ich nie gedacht.« Julia furchte die Stirn und bekam eine Gänsehaut, als sie daran dachte, wie knapp sie und Natalie ihm entkommen waren.

»Außerdem hat Kommissarin Baumgartner mich vorhin angerufen. Theo war auch der Hund, der Leonies Körper verstümmelt hat.« Sie schluckte schwer. »Gestorben ist sie allerdings, weil Aigner höchstwahrscheinlich in Rage, als sie nicht aufhörte zu schreien, mit einem Knüppel auf ihren Kopf einschlug.« Julia verstummte und dachte an Leonie, wie sie im Garten mit Florian fröhlich lachend Ball gespielt hatte. Sie konnte die Tränen nicht zurückhalten.

Tom trat näher zu ihr, aber bevor er etwas sagen konnte, öffnete sich die Tür, und Martha streckte den Kopf ins Büro. »Hallo, ihr zwei. Der Kaffee ist fertig. Wollen wir uns noch ein bisschen stärken, bevor wir weiterarbeiten?«

Tom drehte sich zu ihr um, und Julia konnte hören, dass er lächelte, als er antwortete: »Gerne. Kaffee kann man immer brauchen. Danke, Frau Klein.«

Martha kam ins Zimmer und zupfte mit einem gutgelaunten Grinsen Tom am Ärmel seines Hemdes. »Ich weiß ja, du bist hier der Chef, junger Mann. Aber willst du nicht endlich Martha zu mir sagen? Ich komme mir so alt vor, wenn ich immer gesiezt werde«, sagte sie mit einem Zwinkern.

Tom lachte herzlich und streckte die Hand aus. »Gerne, wenn Sie, wenn du mich Tom nennst.«

Feierlich gaben sie sich die Hand. Dann verschwanden die beiden mit Cora in die Küche, und Julia folgte ihnen.

Paul stand am gedeckten Tisch und schenkte Kaffee in Tassen. Sie setzten sich und plauderten, aber Julia konnte sich der fröhlichen Stimmung nicht ganz anschließen.

Tom stupste mit dem Zeigefinger ihre Nase an. »Was ist los? Wo bist du mit deinen Gedanken?«

Julia holte tief Luft. »Mir geht Max Aigner nicht aus dem Kopf. Warum hat er die Mädchen in den Zwinger gesperrt?«

Martha erstarrte. »Er hat was gemacht?« Ihre Stimme war nur mehr ein Flüstern.

»Ich … Entschuldige, eigentlich soll ich es nicht weitererzählen, aber Max hatte einen Hundezwinger in seinem Bauwagen, in den er die Mädchen eingesperrt hat. Ich verstehe einfach nicht, warum er das gemacht hat. Er hätte sie doch einfach betäuben oder fesseln können.«

Marthas Blick verschleierte sich, und ein kummervoller Ausdruck zeigte sich in ihrem Gesicht. Sie räusperte sich, bevor sie sagte: »Ich … also ich weiß nicht, ob das später noch öfter passiert ist, oder wie oft, aber zumindest einmal musste ich mit ansehen, wie Max und seine Mutter im Zwinger an ihrem Haus eingesperrt waren …« Sie schwieg traurig. Ihr Gesicht war fast weiß, nur ein paar wenige rote hektische Flecken zeichneten sich auf ihren Wangen ab.

»Was?« Julia riss erstaunt die Augen auf und ließ sich in ihrem Stuhl zurückfallen. Bedächtig sagte sie: »Dann weiß ich jetzt, warum Max gesagt hat, dass er Hunde den Menschen vorzieht. Ich glaube, das solltest du der Polizei erzählen, Oma. Ich habe Anzeige gegen Georg Aigner erstattet, weil er die Kinder im Ort angesprochen hat. Es macht einen Unterschied, ob er einfach ein seniler alter Mann oder ein Psychopath ist. Schließlich hat er uns ja auch vorgegaukelt, dass er im Rollstuhl sitzt.« Sie schnaubte und schüttelte fassungslos den Kopf.

Martha nickte. »Du hast recht. Ich werde Frau Baumgartner anrufen.«

»Was ist eigentlich mit Ihnen, Paul? Diese alte Geschichte mit dem Mädchen? Hat die Polizei etwas dazu gesagt? Das betrifft doch auch den Aigner senior.« Tom nahm einen Schluck Kaffee. Sein Tonfall war harmlos, aber Julia merkte, dass er mehr als gespannt die Antwort erwartete.

Paul lächelte traurig. »Lieselotte. Die arme Lieselotte. Ich habe mit der Kommissarin über sie gesprochen, auch wenn mir das nicht leichtfiel. Sie hat sich die Geschichte angehört und gemeint, dass es nach so langer Zeit schwierig wäre nachzuweisen, dass der Schorsch die Absicht hatte, sie zu ermorden. Und ich kann nur aussagen, was ich beobachtete. Und das war, dass sie mit ihm Sex haben wollte, er sie dann aber so hart anfasste, dass er ihr das Genick brach. Die Kommissarin hat gesagt, dass sie mit der Staatsanwältin sprechen wird. Vielleicht wird der Fall neu aufgerollt, und der Schorsch bekommt zumindest dafür noch eine gerechte Strafe.« Paul hustete und nahm einen Schluck Kaffee.

Julia schnaubte verächtlich. »Ich hoffe, der kommt nicht einfach so davon.«

Martha nickte. »Ja, das hoffe ich auch. Aber die Kommissarin hat auch gemeint, der Staatsanwalt könne vielleicht eine psychiatrische Untersuchung anordnen. Wenn wir Glück haben, stecken sie ihn in ein Heim.« In ihren Worten lag Verachtung.

Das Telefon klingelte. Julia stand widerstrebend auf und machte sich im Büro auf die Suche nach dem Mobilteil. Nach dem vierten Klingeln fand sie es endlich und nahm ab. »Sommer?«

»Hey, Julia, ich bin's, Markus.«

»Oh, hallo. Was verschafft uns die Ehre?«

»Ist Florian da? Ich wollte gerne was mit ihm besprechen.«

»Tut mir leid, da wirst du mit mir vorliebnehmen müssen. Er ist gleich nach dem Mittagessen abgehauen, um sich mit seiner Freundin Sophia zu treffen.«

Stille. Dann: »Oh. Also gut, dann könntest du ihn ja bitten, mich anzurufen, wenn er nach Hause kommt. Ich wollte ihn fragen, ob er Lust hat, mit mir am Samstag in den Zoo zu gehen.«

Julia zögerte. Das klang ganz nach einem Friedensangebot. Meinte er das ernst? »Das hat er bestimmt. Aber was ist, wenn es Antje dann nicht gutgeht?«, fragte sie vorsichtig.

»Dann bleibt sie eben zu Hause.«

Julia traute ihren Ohren kaum. »Echt? Weißt du, wenn es nicht sicher ist, dass ihr das macht, dann sag ich es ihm lieber noch nicht. Er war so schrecklich enttäuscht, dass er letztes Wochenende nicht zu dir kommen konnte.« Ihr

Tonfall war fast entschuldigend, aber sie wollte keinen neuen Streit. Sie hörte, wie Markus einen langen Seufzer ausstieß.

»Echt«, bestätigte er und zögerte kurz. Dann sprach er weiter: »Julia, Florian ist mir wichtig. Ich werde ihn abholen, das verspreche ich!«

Julia grinste. »Danke, Markus. Florian wird sich freuen!«

Sie legten auf, und Julia fragte sich, wann sie zuletzt ein so friedliches Telefonat mit Markus geführt hatte. Sie konnte sich nicht erinnern.

Als sie in die Küche zurückkam, hörte sie noch, wie Paul gerade sagte: »... und er wird wegen schwerer Brandstiftung angeklagt.«

Betretenes Schweigen folgte. Paul saß wie ein Häufchen Elend auf der Eckbank. Julia atmete tief durch und setzte sich neben ihn. Sie legte ihm einen Arm um die Schultern und sagte aufmunternd: »Paul, das tut mir total leid für dich. Aber du hast dir nichts vorzuwerfen. Du kannst doch nichts dafür. Möchtest du Johannes in der Untersuchungshaft besuchen? Soll ich dir dabei helfen?«

Paul verzog den Mund zu einem schiefen Lächeln. »Ich würde ihn sehr gerne besuchen. Er muss sich ja schreckliche Vorwürfe machen.«

Tom runzelte die Stirn. »Meinen Sie, wegen des Mädchens?«

Paul nickte. »Ich bin mir sicher, er hat nicht geahnt, dass sie oben im Dachgeschoss war. Er kann das nicht gewusst haben. Dann hätte er niemals einen Brand gelegt.«

»Hm«, machte Tom, »vielleicht nicht.« Er klang nicht vollkommen überzeugt.

»Nein, wirklich nicht«, bekräftigte Paul. »Johannes würde niemals absichtlich einen Menschen gefährden. So ist er nicht.«

Julia sah ihn zweifelnd an. Dann beschloss sie, das Thema zu wechseln. »Hast du denn von Baumgartner gehört, woher das Mädchen gekommen ist?«

Paul zögerte. Er schloss die Augen und atmete tief ein und wieder aus. Dann begann er langsam zu erzählen: »Frau Baumgartner hat mir nicht gesagt, wie sie hieß. Aber sie haben sie in der Vermisstenkartei gefunden. Sie war von zu Hause ausgerissen und hatte, wie ich mir dachte, als ich sie fand, wohl einen Schlafplatz für die Nacht gesucht.« Er machte eine Pause und vergrub das Gesicht in den Händen. »Wenn ich Johannes nur erzählt hätte, dass sie auf dem Dachboden schläft …« Seine Stimme war kaum zu hören.

Martha umarmte Paul, nahm sein Gesicht in die Hände und küsste eine Träne weg, die über seine Wange rann. Dann griff sie nach seinen Händen und drückte sie. »Paul, du kannst nichts dafür!«, sagte sie nachdrücklich. »Wie hättest du voraussehen sollen, dass dein Sohn, von dem du das nie geglaubt hättest, einen Brand legt?«

Paul ließ den Kopf hängen. »Nein, das hätte ich wohl nicht wissen können.«

Julia und Tom machten zustimmende Geräusche. Trotzdem entstand wieder eine bedrückende Stille, die Julia nur schwer aushielt. Sie nahm einen großen Schluck Kaffee und sagte: »Ich finde, wir sollten versuchen, die Vergangenheit zu vergessen. Verdrängen, vielleicht. Und Kuchen essen!« Sie deutete auf die Platte, auf der Martha mehrere Stücke Kuchen angerichtet hatte, die sie beim

Bäcker gekauft und die bisher niemand angerührt hatte. »Möchte jemand?«

Tom tat ihr den Gefallen und nickte. »Apfelkuchen, bitte«, sagte er. Danach gab Julia ein Stück Käsekuchen auf Marthas Teller, weil sie wusste, dass Oma den am liebsten aß. Sie sah Paul an. Mit einem vorsichtigen Lächeln zeigte er auf das zweite Stück Käsekuchen. Julia schob es auf den Tortenheber und von da auf Pauls Teller. Es fiel auf die Seite.

»Oh, entschuldige bitte.«

Paul kicherte leise. »Das macht doch nichts. So schmeckt er sogar noch besser.«

Martha musste auch lachen. Julia sah die beiden an, und ihr wurde warm ums Herz, als sie ihre Großmutter so glücklich und unbeschwert sah. Aber was würde die Zukunft für die beiden bringen? Sie beschloss, einfach zu fragen. »Paul, sei mir nicht böse, wenn ich dich so direkt frage, aber wie sind denn eigentlich deine Pläne? Bleibst du noch ein wenig im Dorf?«

Paul zögerte. »Ich … also, ich wollte eigentlich schon gerne in Grafenried bleiben.« Er sah Martha an, und seine Augen glänzten. »Ich glaube, ich war lang genug weg. Ich wollte bei einem Bauunternehmer im Dorf nachfragen, ob das Haus noch zu retten ist.«

»Das ist prima«, sagte Tom sofort begeistert. »Wie wäre es, wenn wir am Wochenende damit anfangen würden, das Haus zu entrümpeln, Paul? Ich könnte gleich nachher einen Schuttcontainer bestellen.«

Paul starrte ihn überrascht an, und Martha und Julia riefen gleichzeitig »Was für eine tolle Idee!« und »Ja, klar, das machen wir!«

Und damit war es beschlossene Sache. Paul öffnete den Mund, um noch etwas zu sagen, doch im selben Moment klingelte es an der Tür.

Julia warf einen schnellen Blick auf die Uhr und ging zur Tür, um Korbinian zu öffnen. Er stand tatsächlich draußen, wie sie erwartet hatte, und war mit dem Auto gekommen.

Julia grinste ihn an. »Super, dass du kommen konntest! Ich hätte echt nicht gewusst, wie wir das sonst hinbekommen können!«

»Das ist doch das Mindeste«, antwortete Korbinian. »Immerhin hast du Natalie gefunden.«

Julia lächelte wieder. »Ja, zum Glück!« Dann wandte sie sich ins Haus. »Hey, Herr Voss! Komm mal!«

Gleich darauf tauchte Tom an der Tür auf, und Julia präsentierte ihm den Besuch. »Schau mal, Tom, ist es nicht schön, dass Korbinian vorbeigekommen ist?«

Tom sah sie unsicher an. »Ja, hallo«, grüßte er den Neuankömmling.

Korbinian lachte. »Du hast ihm nichts gesagt, oder Julia?«

»Nein, natürlich nicht. Es sollte doch eine Überraschung sein«, bestätigte Julia.

»Ich bin mit dem Auto da, Herr Voss. Julia hat mich gebeten, den Bauwagen des Waldkindergartens aus Ihrem Garten zu ziehen.«

In Toms Gesicht ging die Sonne auf.

Julia kicherte. »Damit du die Blagen endlich loswirst.«

Eine Stunde später stand sie mit Tom im Garten der Villa und winkte Korbinian nach, der ihnen versichert hatte, er käme mit dem Bauwagen wunderbar allein zurecht. Er würde ihn wieder an dem angestammten Platz in der Nähe des Aussichtsturms abstellen.

»Danke«, sagte Tom und nahm Julias Hand.

Nachwort

Die geschilderten Ereignisse und Figuren sind meiner Fantasie entsprungen. Auch der Ort Grafenried ist fiktiv, aber rund um den Ebersberger Forst gibt es einige Orte, die Ähnlichkeiten aufweisen könnten. Große Beutegreifer kommen zurück in unsere Kulturlandschaft. Auch im Großraum München sind in den letzten Jahren gelegentlich Wölfe gesichtet worden. Sollten Sie einen Wolf sehen, können Sie die Polizei oder die Forstdienststelle verständigen. Das Landesamt für Umweltschutz wird dann mithilfe des Netzwerks Große Beutegreifer Ihren Verdacht überprüfen.

Für diese und andere Informationen möchte ich mich recht herzlich bei Christian Hierneis (1. Vorsitzender der Kreisgruppe München und Mitglied des Landesvorstandes des BUND Naturschutz in Bayern e.V.) bedanken.

Außerdem recht herzlichen Dank an die besten Lektorinnen Kerstin Schaub und Vera Thielenhaus und an die besten Testleserinnen Michaela Stocker, Carla Capellmann und Gabi Schmid. Dank geht auch an Claudia und Micha für wertvolle Tipps, Ideen und eine Leiche sowie an Dr. Hagen Tillger für die fachliche Beratung.

Und natürlich lieben Dank an meine Familie für die Geduld und wie immer: Danke an Oma.

Ursula Hahnenberg

Ursula Hahnenberg, Jahrgang 1974, lebt mit Mann, zwei Jungs und zwei Katzen in einem kleinen Dorf in der Nähe von München. Sie studierte Forstwissenschaften, entschied sich dann aber für das Leben als Schriftstellerin. Heute ist sie als freie Autorin und Lektorin tätig und schreibt neben Büchern auch Artikel und Kolumnen. Nach ihrem Romandebüt »Teufelstritt« ist »Wolfstanz« der zweite Fall für Julia Sommer. Ihre Kurzgeschichte »Wolfskind« wurde für den Ralf-Bender-Preis nominiert, den höchstdotierten Kurzgeschichten-Krimi-Preis Deutschlands.

Weitere Informationen zur Autorin unter: www.ursula-hahnenberg.de

Mehr von Ursula Hahnenberg:

Teufelstritt. Kriminalroman (Auch als E-Book erhältlich)

GOLDMANN
Lesen erleben

Unsere Leseempfehlung

350 Seiten
Auch als E-Book
erhältlich

Kriminalhauptkommissarin Lydia Louis soll den Rechtsanwalt Gregor Kepler, einen Mann, den sie aus der Vergangenheit kennt und der sie in ihren schlimmsten Albträumen heimsucht, befragen ... Unauffällig gibt Lydia den Fall an einen jungen Kollegen ab. Kurz darauf werden sie und ihr Partner Chris Salomon an einen Tatort gerufen: In einem Teich wurde die entstellte Leiche einer Frau gefunden. Ihre Handtasche samt Handy liegt am Ufer. Ihr Name: Silvia Kastinzky. Ihr letzter Anrufer: Gregor Kepler. Diesmal muss Lydia den Fall übernehmen – und riskiert damit nicht nur ihren Job, sondern auch ihr Leben ...